U0524117

原上丛书

李 浩 郝建国 主编

请叫她天鹅

王 芸 —— 著

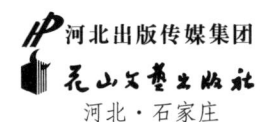

扫码听书

河北出版传媒集团
花山文艺出版社
河北·石家庄

图书在版编目（CIP）数据

请叫她天鹅 / 王芸著. -- 石家庄：花山文艺出版社，2023.9
（原上丛书 / 李浩，郝建国主编）
ISBN 978-7-5511-6433-7

Ⅰ．①请… Ⅱ．①王… Ⅲ．①短篇小说－小说集－中国－当代 Ⅳ．①I247.7

中国国家版本馆CIP数据核字(2023)第017825号

丛 书 名：	原上丛书
主　　编：	李　浩　郝建国
书　　名：	请叫她天鹅 Qing Jiao Ta Tian'e
著　　者：	王　芸
选题策划：	丁　伟
统　　筹：	李　爽
责任编辑：	温学蕾
责任校对：	李　伟
装帧设计：	陈　淼
美术编辑：	胡彤亮
出版发行：	花山文艺出版社（邮政编码：050061） （河北省石家庄市友谊北大街330号）
销售热线：	0311-88643299/96/17
印　　刷：	河北新华第一印刷有限责任公司
经　　销：	新华书店
开　　本：	880 毫米×1230 毫米 1/32
印　　张：	10
字　　数：	200千字
版　　次：	2023年9月第1版 2023年9月第1次印刷
书　　号：	ISBN 978-7-5511-6433-7
定　　价：	65.00元

（版权所有　翻印必究·印装有误　负责调换）

序：筑起属于自己的"山峰"

李 浩

一

编撰一套反映当下中国小说创作实绩、展示中青年作家艺术品格和前行势头的系列丛书，一直是花山文艺出版社郝建国社长和我的共同心愿。应当说他的意愿可能更强烈、更紧迫，也更"成熟"一些，因为早在两年前他就开始策划组织"诗人散文丛书"的出版，至今已经进行到第四季，积累了丰富的经验。在经历多轮交流、碰撞和相互说服之后，便有了这套"原上丛书"。

之所以名为"原上"，一是基于我们不断谈及的中国当代文学"有高原无高峰"的共识性判断。必须承认，经历数十年的吸纳、丰富、转变和探索，时下的中国当代文学（尤其是当代小说）呈现了一定的甚至可以说几乎普遍的"高原"态势，立足于本土、个人和时代经验，深谙东西方小说讲述的艺术策略，有着广博的文学视野和经久的文学阅读，并较好地融合萃取变成个人的独特，呈现出不同的"中国故事"可贵面影。这一努力和前行,是我们绝不能忽略和无视的!然而,我们也需要承认,我们当下的写作还有诸多的匮乏和不足,尤其表现于思想性、创新性、丰富性和锐利感上……我们编撰这样一套丛书,是为彰显、呵护已经呈现"高原"态势的中青年作家的创作实绩,认知和呈现他们的文学实力,同时也冀望借此加以"促进",希望这些作家朋友能够不断向前,最终筑起属于自己的"山峰"。而定名为"原上"的第二个原因,则源于白居易"离离原上草,一岁一枯荣,野火烧不尽,春风吹又生"的著名诗句——它意味着(或者隐喻着)不竭的新生力量,不竭的"原上"的生长和文化根脉的深层延续……"原上丛书",愿意为已经站在了高原的、相对年轻的"新生力量"提供可能的助力,为文学的真正发展和繁荣提供可能的助力。这,应当说是这些中青年作家所需要的,也是出版社和阅读者们所需要的。

二

立足于实力,立足于读者好评、业界好评和几乎可见的"创作前景",立足于专业审读和专业评判——也就是说,我们这套"原上丛书"首先考量的是"实力"和"未来态势",以现有创作的真实呈现为第一标准。作家的创作影响力在我们的统筹范围之内,但它或多或少属于"次要标准",它提供参照值但不进入标准值。实力,以及我们的未来预期,在"原上丛书"中占有更大的比重,这是我们这些编撰者应当承认的。

基于此,我们甚至更愿意从那些潜心写作但或多或少被低估,荣耀的强光尚未照到身上的那些作家中"捞取",让他们在这里获得可能的彰显与艺术尊重——这也是我们所要承认的。也正是基于这一个原因,在我们开始遴选作家的时候"不成文"地将已经获得鲁奖、茅奖的作家忽略在外。在我们第一辑十本的编辑过程中,作家刘建东、沈念获得了2022年的第八届鲁迅文学奖——这当然是我们尤其是作家本人的荣耀,但我们和编辑团队愿意再次强调:我们在约稿和编辑丛书的过程中,他们尚未获奖,我们的选择标准是并会一直是实力和创作前景……事实上,我们也大约有理由相信,入选"原上丛书"的诸多作家或许会在今后的某一时段再有大奖斩获,或者成为具有标志意义的文学名家——这,也是我们所更愿意见到的。在接下来的遴选和编辑过程中,我们还会将这个"不成文"继续下去。

全国性,是我们这套丛书的又一立足,我们愿意将整个中国有实力的中青年作家放在一起打量,并使用同一标尺。我们当然愿意它能有一个丰富性、多样性和多层面的展示,但它们大约依然是参照值而不是标准值。花山文艺出版社隶属于河北出版传媒集团,具有地域性,但在这套丛书的遴选中我们首先排拒的就是地域性。同样是"不成文"的规定,我们会对河北籍的、现在河北生活的作家秉持更多苛刻,如果是同等条件,"被遗憾"的一定是河北作家;在第一辑包括之后的第二辑、第三辑……每辑中至多有一本是河北作家的。这个"不成文"也将是我们坚持的固执原则。

三

第一辑入选的作家是刘建东、李凤群、林那北、哲贵、沈念、王芸、和晓梅、卢一萍、郑小驴、文清丽(排名不分先后)。他们是当下文坛极为活跃、极有实力并且部分地获得着关注的中青年作家,而我们更看重的是在他们身上所能体现出的创新意识和前行态势,包括他们对于时代、生活、个人人性的有效挖掘。他们的写作,真的是在为我们提供着来自生活和文学的双重丰富。

在我看来,林那北的小说更具"东方"质地,娓娓道来,不疾不徐,语言上有一种清浅的音乐性,而在故事上也有那种"东方"式的轻和淡,仿佛不着力地推进着,而阅读者则在不知不觉中沉入她预设的涡流。她有一双敏锐之眼,这份敏锐中包含了清晰的看透,和小小的但入骨的"毒"。她熟谙生活和生活细微,极易从具有幽暗感的褶皱中做出发现。相对之前的写作,林那北的《燕式平衡》似乎更从容,社会生活的流变、个人的境遇与处境、人性的多重复杂一直是林那北所关注的,在这里,她呈现了更让人感吁、会心和由衷赞叹的文学发挥。我觉得,林那北的小说耐读,经得起重读,而在重读的过程中可能获益更多。

而在王芸的小说中加重的则是情感的力量——所以阅读她的小说，时时会有"胸口受到了重重一击"的那种情感强力，而这强力来得那么真实真诚，毫无矫饰。可以说，王芸的小说已形成她极有特质性的东西，极有"个人标识"。我认为这种标识性就是：从小事儿和微点开始，角度较小甚至是极小，然而撬开的是一个具有普世性的共有议题；故事上往往不那么用力，但涡流感重，会让人在品啜的过程中被缓缓吸入，难以自禁自拔；大量留白，会调动阅读者不断地为文本填充，在情感和智力两方面……它是那种可以引发思忖、耐人寻味的小说。在这本《请叫她天鹅》中同样如此，它聚焦生活和人性的复杂世相，探触心灵深处、生活褶皱处的幽微细部，展现一个个普通生命内在的柔软与坚硬、紧张与松弛、平和与挣扎、痛楚与欢欣、无奈与向往、绝望与执拗，在生活剧变和断裂处映现出"人"的力量。

《无法完成的画像》，具有强烈的先锋感和现代意识，同时又具有扎实沉厚的现实积累，不回避生活、生命的种种困囿和艰难，又能将困囿和艰难"熬"成诗——一直以来，我都认为刘建东的中短篇小说（尤其短篇）属于"教科书"级的，在语言上、故事结构能力上、意蕴营造和留白点的设置上，无一不见微妙与精心，就像我在"小说创作学"课上反复要讲的胡安·鲁尔福或加·加西亚·马尔克斯。这本小说集兼有现代主义创作倾向和现实主义创作倾向，而我看重的是它的融合力量,那种将两种或多种不同向度的力量完美融合并构成合力的力量。这,也是我这样的写作者试图从中汲取的。

埃柯谈到,有两类人属于"天生的作家",一类是农民,一类是水手。将哲贵看作是"农民"型的作家大抵是合适的,因为他对地方生活的了如指掌,因为他比那些观光游客更知道、更了解这一地域的生活内部,更能体味在这一地域生活的人们的精神真实和情感真实,他在那条被称为"信河街"的地方打出了一口深邃的、不断能反射出生存实态的井。较之一般小说,《信河街别录》可能更具有地方志和民俗学价值,当然它更值得言说的还是文学价值、思考价值,那种对人生、人性和独特环境中生存的思考和追问。同时我也愿意承认,哲贵的故事能力也是我所极为欣赏的,他能将一般人无话可说之处写得风生水起,让读者感到津津有味,也能将激烈和回旋有意地半遮起来,让我们通过猜度和想象将其充满。

"80后"作家郑小驴的写作则呈现了另外一种"异质"和独特面目,他尖锐、锋利、直面现实,有一种"少年老成"的技术熟练和"坚决不肯老成"的青春冲力……在他身上和他的写作中,我能看见时下写作普遍匮乏的"巴库斯"式的原始冒险。必须说,这是一股可贵的力量,尽管它有时会引发我们的小小不适,就像我们第一次面对罗伯-格里耶的《去年在马里安巴》、让·热内的《鲜花圣母》或贝克特的《马龙之死》那样。郑小驴关注的或者说更为关注的是我们生活中的"另一潜流",是某种有意回避和视而不见——恰因如此,郑小驴小说写作的价值感也变得更为显豁,它让我们不断地、不断地思忖:这,也是一种生活?非如此不可?有没有更好的可能,如果我是二告或者立夏,如果我是杜怀民,如果我是……我该如何选择?对于小说来说,它应当提供的是"可能"而不是解决之道,解决之道是我们在读完小说之后"自我完成"的部分,小说相信并始终相信阅读者会有自己的独立判断。

当我们在谈论爱情的时候我们是在……这是一句反复被运用已经用得过于俗滥的用语,但我还是选择用它,因为它本身包含的隐喻性质。当我们在谈论爱情的时候,我们的确很少关注于爱情本身,而是关注隐匿于它的背后和深处的那些内容,譬如欲念和释放,譬如权力意志,譬如暗在的交换和平衡,譬如操控性和……事实上,仔细回想一下,我们谈论爱情的概率越来越少了,而集中地、专注地谈论爱情的概率则更少——因此,卢一萍的《N种爱情》在提交到我们手上的时候就让我眼前一亮,竟有小小的心动。与我预想的不同,与我这个身处东部城市的写作者预想的不同,卢一萍的《N种爱情》多数与我从哲学、社会学、心理学和惯常小说呈现中得出的"预设"不同,它的里面包含着真正的爱情之美与人性之美,包含着安宁、博大、舍身的投入和为爱的"不顾一切"。曾在边疆当兵并深深融入边疆生活的卢一萍,在他的写作中呈现的是那片大地上"人类最初的爱情的战栗",它是一种久违,一种真实，同时也是一种怀念。我甚至愿意感谢卢一萍的这一提供，它让我的内心百感交集，暗生涡流。

在本辑丛书的编辑过程中，数位编辑都对完全陌生的和晓梅的小说赞不绝口，他们完全陌生于这个名字，但又对她在小说中上佳的艺术呈现感慨万千。身处云南的纳西族作家和晓梅，属于那种只会潜心写作、"与世无争"地致力于将自己的小说写好的写作者，像她这样一直深潜于自我的文学世界而不事张扬的作家还有不少，譬如本辑中的其他一些作家，又譬如与我有过一些交集的东君、戴冰、李约热，等等。在我们时下（也包括之后）的"原上丛书"的组稿中，我们愿意更多地关注那些具有实力和未来可能的沉潜着的小说家们，可以说这也是我们的初衷。收录于《漂流瓶》中的小说均为中篇，和晓梅在她最为擅长的篇幅空间内纵横施展，建构成一个或多个有着复杂意味的交互世界。与刘建东的小说质地相似，和晓梅小说的现代感充沛丰盈，其故事结构往往也不是单一线性而是采取复调叙事多线并织，并使其铆合于统一的叙事点上，其技艺的精熟和细节控制力让人叫绝。更重要的是，和晓梅始终将小说看作"探索存在的密钥"，她的所有技艺呈现都精心围绕于小说的智识和追问，深入而深刻——在这里我愿意再次重复列夫·托尔斯泰文学标准中的第一条：小说追问的问题越深，越对生活有意义，它的格就越高。毫无疑问，和晓梅的小说处在一个高格之中，它是勘探，是言说，是审视与思忖。

许多时候我们会把沈念归为"散文作家"，就像我们有些时候会把史铁生、宁肯、刘亮程、周晓枫看作"散文家"一样,他们在散文写作中的影响力远大于在小说中的影响力,但这绝不意味他们的小说写得不好,达不到高标。《八分之一冰山》会让我们轻易地想起海明威的"冰山理论",也会让我们在开始阅读之前就暗自认定,这本小说集将会在"未说"和"未尽"之处有更多经营——事实上也的确如此,我在沈念小说的"空白处"读出的其实更多。这本小说集,聚焦于平常人生,聚集于平常生活中的个人遭际与精神困境,充满着追问、反诘和更多体谅,叙事冷峻而又不失温情。在本辑十本书中,沈念的《八分之一冰山》大约是最具知识分子气息的一本,这一独特足以让它显得别样。它,在表层有种"隔着玻璃看世界"的距离和淡然,然而在再次的阅读中,我读到的却是骨肉相连的体恤,以及经久不散的"耐人寻味"。

弗兰兹·卡夫卡为何要让格里高尔·萨姆沙变形?就以现实主义的方式讲述一个推销员的故事不可以吗?当然可以。只是,它的强度就可能变弱,极端感就会变弱,故事的张力和阅读者被调动起的思考敏锐就会变弱。我们知道文似看山不喜平。我们知道,小说的故事性诉求和思想性诉求,都需要小说家们在不失合理性的前提下努力"推向极端",其原本纤微的、隐藏的、不那么呈现的部分才会得到有效彰显。在现实主义题材的小说中,因为身份和条件的特殊,军人和军事文学最容易在日常化的场景中建构起"极端",呈现出强烈的故事性和戏剧冲突。"善假于物"的文清丽在她的《撩人春色是今年》中充分地利用着这一点,以现实的、回忆的、追怀的方式强化和突出故事主人公们的军人身份,以及他们的经历种种……尤其巧妙和独有匠心的是,文清丽在这本小说集中建立了具有象征的"军营"和同样具有象征的"昆曲"两个舞台,一武一文,一雄悍一温婉——其中的自然张力被她有效调动,魅力十足。就我有限的阅读而言,我们的军事文学写作很容易指令性地完成单一向度,其丰沛性、多义性和动人性时有不足,而文清丽在《撩人春色是今年》中的尝试无疑为我们提供了某种启示性参照。

注意到李凤群的写作应当是很晚近的事情,几位我熟悉的作家、编辑朋友向我推荐李凤群,甚至希望我能为李凤群的文字写点儿什么。我是从长篇小说《大野》开始认真关注起李凤群的,我觉得她有良好的艺术感觉,更重要的是她有一颗真诚的心,小说中诸多的人与物都连接着她的肋骨,她体恤他们、理解他们,甚至与他们共用同一条血管。对了,在强调小说的思想性(小说对生活越重要,小说的品格越高)、艺术性(与小说的内容相匹配的外在之美)之后,列夫·托尔斯泰的第三条文学标准是真诚,是作家对他所创造的一切的理解和信。在李凤群的小说中,包括这本《天鹅》中,那种真切的理解和信始终存在着,也使她写下的故事并不单纯是"一个故事",而更多的是一种有共感的情绪,一种有共感的思考,一种具有普遍性的精神面对。从某种意味上,李凤群的小说可算作是"体验式文学"的那类创作,她更重视小说中的具体体验感和精神波动——尽管，这里面写下的或许是"他者"故事。

四

十位作家，从性别上来说，五男五女——这并非是我们的有意为之，只是在反复不断的约稿过程中机缘巧合地呈现，它不是我们的考虑因素，在第二辑及以后各辑约稿过程中，我们依然不会将它看作遴选要素。

十位作家，其身份、工作单位和生活区域各有不同：有军人、教师、编辑、作协领导和事业单位工作人员，也有自由职业者；有的生活于大中城市也有的生活于边远城市；有汉族也有少数民族……它同样不是我们所看重的遴选要素，我们要的只有"实力"和"未来态势"——而我们之所以梳理了这些不在遴选要素范围之内的点，是因为它在机缘巧合中呈现了我们试图达到和获取的"丰富"。这是我们极为看重的。希望我们遴选的作家都具有强烈的个人面目，都在以自我的方式开掘自我的精神富矿，当我们将这些作品呈现于大家面前的时候你能够感觉它们的"独树一帜"……罗素说，参差多态是人类的幸福本源——就文学作品的阅读来说，确是如此，我们甚至不愿意在同一作家的不同作品中读到不经思虑的重复，求新求异是我们阅读中的心理本能。在这里，我们强调作家们在身份、工作、生活区域和性别上的不同，更多地，是意识到

"童年记忆、生活环境和未知因素 X"对作家写作的影响确有它的显见和内在微妙，这应是我们需要重视与反思的另外一隅。

他们在高原之上，他们具有代表性和独特性，他们和他们的写作，值得被关注。

是为序。

2022 年 11 月于石家庄

目 录

寄 ················· 1
请叫她天鹅 ············ 54
裂织 ················ 111
盔犀鸟 ················ 125

第六指 ················ 141
黑色的蚯蚓 ············· 200
心祠 ················ 253

寄

一

惊蛰前一晚，野地里呼唤"小倩"的一粗一细声音响了大半夜。雨在后半夜下起来，起初漫不经心地敲打门楣上的铁皮檐，渐渐雨脚密起来，铺排出马蹄激踏的阵势。整座仓房只燃着一根三指粗的蜡烛，烛火被门缝里挤入的风吹得摇曳不定，在房顶地面落下层层叠叠斑驳的暗影。两股鼾声浮游在连绵的雨声之上，老韩醒来听了一阵，又睡沉了。

从深梦中跋涉出来的过程有点儿长，有一阵子他似乎神志浮游，望见天光一点点在放亮，虽然速度慢些，显然已过了平日起床的时辰，他的神志告诉依然迷睡的自己，莫被这雨水洗淋过的天色蒙骗了，可身子还是从梦里挣不出来。锁搭与铁门碰击的那一下，直戳进梦里来，让他的神志一个激灵，眼睛睁开了。他静静听了一刻，雨势不见小，鼾声却只有一股了。

流浪者十三号大概就是在那个时辰走的。后来老韩在回答警察提问时，非常详细地描述了自己挣扎在梦境边缘的过程，以证明自己说辞的准确性。他做了大半辈子语文老师，对言语的准确性是颇讲究的。

几个警察在惊蛰过去一周后出现。那天上午附近的湖边聚拢了不少人，那个喜欢去湖里寻找海昏国遗物的老迁头，从水底拖曳出的不是雕花石礅，也不是刻了篆字的砖块，而是一具被泡得肿胀变形的肉身。那肉身据说像极了水泡过的馒头，手指一碰就是一个窟窿，手腕处的骨头裸露出来，白森森的。警车从"寄物居"前驶过没多久，远处就缥缥缈缈传来了哀号声，一粗一细。老韩叹口气，想来是小倩的爸爸和奶奶。寻找了这许多时日，两人的声音已经嘶哑，一层层削弱下去，焦虑却层层累积，直到这一刻爆发出来。

缥缈的两道声音，像两柄螺旋形锥子，直往老韩的耳膜钻。他寻思着警察大概会来"寄物居"，在心里仔细回忆了一番，又给儿子韩一含打了个电话。"您照实说，我最晚后天回。"韩一含显得平静。

警察在幸福新村转了大半日，临近傍晚走进了"寄物居"。分管这一带的片儿警老于对这里熟，同来的另外三位老韩不认识，他们踏进门都有些恍惚。初来"寄物居"的人很少不被这屋内阵势惊到的。老韩有些抱歉地笑笑，领头的那位很快镇定了，老于介绍这是市刑侦支队的王队长。三人坐下，老韩将自己回忆起来的情况一五一十说了。话间，另外两个警察散到满屋的器物中去了。隔着层层叠叠的物障，老韩瞟眼寻了几次，看不到他们的身影。

"流浪者十三号？"王队长的眼睛眯缝一下，又睁开来。

老韩望望老于，这个说来话长，他不知道自己能不能说清楚。老于接过话头:"这是'寄物居'的一个规矩,要说明白这个还得先说说'寄物居'……"

这一聊天就挂了黑,沉沉的夜色遍布四野。老韩点燃蜡烛,两个警察拿着手机照明从屋子深处走出来,身后拖着重重的阴影。"你这仓库真大,旧厂房改造的?"

"可不,当年说招商引资建了一排厂房,一直荒着,前年我儿子尰摸画室,找来这里,就定下来。"

"里面啥都有啊!我还是小时候见过的炸米花机、缝纫机、樟木箱子、酿酒缸……比我岁数还大,有些恐怕是我奶奶、祖奶奶辈用过的……收集这些东西,很费了些工夫吧?"

烛影飘忽,老韩的笑容也有些飘忽。"不是收的,都是远远近近的人送来的……"

年轻警察还要问,王队长将话题拉回来:"村里还失踪了一个男孩儿,叫于雷,十三岁多,也是惊蛰那天不见的,你可看见过?"

"没见过。"老韩沉吟一下,仔细搜索记忆,"真没见过。"

"这几个人来,若是有人看见了,知会老于一声。"

送走四位警察,老韩热了中午剩的饭菜,喝了一小碗酒,将肚子填饱实了,坐在桌前听一阵收音机,又躺在床上打开手机听韩一含给下的折子戏。耳朵捕捉到一缕窸窣声,边心想怕是要安灭鼠夹了,边将声量调小,仔细听来,又只听到了淅沥雨声。自惊蛰那天流浪者十三号不见了,两天后流浪者七号也按规矩走了,此后都不见有人来留宿,这在平日也寻常,可有过和没有过到底不一样，阔大的仓房在一线程派唱腔里显得荒寂。

老韩将声量调到最大，手打拍子半眯起眼跟着吟唱。

>谯楼上二更鼓声声送听，
>父子们去采药未见回程。
>对孤灯思远道心神不定，
>不知他在荒山何处安身。
>到三更真是个月明人静，
>猛听得窗儿外似有人行……

二

仓房依然一盏烛火，忽亮忽暗。流浪者七号走到国道和村道的交会口时就望见了，心里竟有一脉细细的暖流升腾。

半年前他从另一个流浪汉那儿知道这地方，断断续续来过十多次了。按照"寄物居"的规矩，每次只能借宿三天，如果逢上大雪极寒天气，可以多待两日。以前风里雨里雪里照样裹一床破被倒地就睡，自到过这"寄物居"，再回到街头竟有了辗转难眠的毛病，可见人天生不得娇惯的，一娇惯就添麻烦。

他推开虚掩的铁门，"哐啷"一声响，老韩头半眯的眼睛略睁开来，摇头晃脑的节奏没停，似冲他点下头，他也点一下头,这就算打过招呼了。他径直走进右侧的小隔间,两张铺都空着,仿佛还是他临走时的模样。

他将身上的层层装备除下一半,尽数搭在身上。收音机的声量小了。他睁着眼睛盯住屋顶上斑驳的光影,略一恍惚,此时身心都松弛下来,所有的骨头肌肉仿佛都找到了倚靠,不用再费神凑成一个整体。流浪五年,他在荒郊野外的田埂上睡过,在树洞里睡过,在树枝上用一根绳子将自己绑牢也睡过,在城里银行24小时自助点睡过,在医院停尸房屋檐下睡过,在夜风呼呼吹过的大桥桥墩下睡过,在随便一处马路牙子上睡过,眼睛合上了身体却是紧绷的,随时防备着有一只脚踢上来,或是一声呵斥在耳边炸响。有片完整的屋檐总归是好的,有个不被打扰的空间也是好的,这恐怕就是他一次次穿过大半个城市来"寄物居"的缘由。

"寄物居"偏僻,这里原属郊县的于家村,十年前被划进了开发区,开发区陆续建起了一些厂房,招商引资很是喧腾过一阵子,有的厂房进驻了企业,有的建好后一直空着。有一处据说引进的是一家效益非常可观的化工厂,计划从沿海迁移过来,万事俱备了,市民听到消息炸了窝,网络上层出不穷的反对帖,天天有人在政府门前静坐示威,计划迫于民愤最终搁浅了。

靠近于家村的这一幢阔大厂房为何闲置着,流浪者七号不清楚。他来时"寄物居"的樟木招牌已经挂在了铁门一侧,只是那时仓房更见空旷,后来东西越堆越多,越来越杂。他从不多话，可感叹是有的，原来人们积攒了那么多平时用不上的东西，用不上又不舍得丢，不像他，带着一副皮囊可以自在来去。

到达这座城市以前，他晃荡了大半个中国，在一个地方待的日子长短不拘，喜欢的地方就多待一待，那些地方的博物馆、图书馆、医院、广场、学校，还有没人管束的江河湖海，他见识过不少，也被人驱赶过，他不贪恋，离开就是，毫无牵绊。也不知是否这"寄物居"的缘故，他竟在这座城市待了近一年，好几次准备拔腿上路了，却又莫名地折转回来，仿佛这里是一个召唤。

当初带他来的流浪汉，是这里的流浪者三号，后来在"寄物居"又遇过一次就再没见了。流浪者三号说过想去看海，他从甘南出发的，这辈子的心愿就是在海边撒个野，和海浪尽情地嬉戏，他一心一意往南走，立志要一直走到天涯海角……

他还见过几个流浪汉，有固定在这座城市的，也有像他一样四处晃荡的，他们之间没有同气相求的亲近感，舍得放弃一切的人素来不会有太多感性，也就不会被束缚。这"寄物居"对流浪者开放，且每人连续留宿不得超过三天。于是，他隔几日来一次，也见识了不少人。并不都是流浪汉，他所知道的一个，好像是流浪者十八号，大概是个瘾君子，他只一眼就看出这家伙不是过惯了流浪生活的。

流浪者十八号来后就不停地打哈欠，将个木床折腾得嘎吱作响。他半夜感觉有人在他身上盖的衣服里掏摸,蓦地惊醒。他将眼睛虚虚地睁开,是那人,喘着粗气,蹲在床尾,他能感觉伸进衣服里的那只手抖得厉害。他佯作翻了个身,面朝向墙壁,墙上的一蓬虚影子退走了。

流浪者十八号像只被困住的小兽在床上辗转,粗重的呼吸节奏混乱,时而像窒息了一般。后来,那人下了床,蹲伏在墙角,拿头撞墙,一下一下,哑闷的撞击声在空旷的夜里极其骇人。那晚他再没睡着,也没动,一动不动地躺着……

那晚,"寄物居"的韩老板也在,一墙之隔的他赶了过来,递给那人一支烟。一缕烟的香息弥散开来,流浪者七号听见那人双唇用力的"吧吧"声,由急渐缓。

"天亮,就走吧。"他听见韩老板说了一句,然后脚步声渐远,最后铁门撞响。

第二天一早,他起身离开,经过流浪者十八号,一个满脸胡楂儿的男人,摊手摊脚地睡死在窄窄的木床上,青白的脸颊深陷下去。那一刻,他倒是宁静的。

原则上,"寄物居"只留宿,不提供饮食,所以来去的流浪汉白天得自己出去觅食,有的走远了也就懒得再返回,对于他们,有一张床和没一张床,区别并不大。有时,流浪者七号会提前备好三天的吃食来"寄物居"。这感觉倒有点儿像郊游,偶尔住一趟别墅。他见识过寄放者送东西来,多半是附近的村民。

村庄田地被征用大半划入了开发区,又配套建设公路,火车轨道也延伸过来，于是一征再征，于家村就剩不下多少地了。市政府建设了幸福新村来安置于家村村民，有自愿搬迁的，也有死扛着不愿迁出祖辈留下的宅基地和田地的，可最终胳膊拧不过大腿，还是迁得一户不剩。只是这幸福新村八栋贴着瓷砖亮晃晃的房子，平日里真正住的人并不多，一大部分人都进了城，也有奔了经济更发达地区的。一整栋楼每天只负责吞吐五六个人的不在少数，还都是孩子老人。

留下来的老人，都是实在不愿意连根带须离开故土的，老村虽已面目全非，却还在视线范围内。一些老人心存侥幸，万一哪天落土了，也还是可以在这附近寻摸一小块地面让自己躺下来落叶归根的，毕竟是生于兹养于兹的故土。若走远了，那可就保不齐了。

原来一户一宅，平房也好，楼房也好，空间是宽绰有余的。祖祖辈辈、成年累月积攒下的器物，塞在角角落落不显山不露水，可一搬进楼房，可好，都露了馅。还迁的房子再多，还迁的面积再大，也没有这些老旧物件的容身之地，尤其那些沾灰染尘被日月侵蚀又侵蚀的物件，搁进粉白墙壁、家具簇新的屋子里，就像一个良家妇女活活给糟蹋了一般。年轻一辈绝不允许一个新家眨眼工夫被糟蹋掉，可老人哪里舍得丢，每一样拿在手里都缀满了回忆和念想……有一阵子，于家村里吵闹声此起彼伏，多半为这个，一个不许搬，一个不肯丢。

韩老板是于家村常客，常进村或穿过村子去后面的梅山写生。听说他的画室在这处空厂房落脚有四五年了，原本想办个展厅的,考虑到位置偏远迟迟未付诸实施。眼见得于家村即将整体迁入新村,家家户户都流溢着生离死别的氛围,不时有争吵声从院落流泻出来,这景况改变了他的思路——办个可以寄放旧物的地方。那空旷的厂房仿佛就是为这念头留着的。

没多久,"寄物居"的樟木牌子挂了出来,村里也出现了手绘的招贴:

"寄物居"免费存放旧物,不收费用也不支付费用,寄放物件写明清单,双方签名按手印,一式两份,各自留存,取用时按清单领取。

寄物居主

下面是一幅图,画明了"寄物居"的方位。开始村人还犹豫,渐渐地有人试探性地去仓房看了,也拿去了一两件不太作数的器物,那年纪轻轻的韩老板竟然好脾气地照单全收,而且按照承诺在清单上写得清清楚楚。于家村人渐渐知道,这韩老板是个画家,一幅画就可以卖上万元,这人不缺钱,办这"寄物居"也不为钱。他说是父亲喜欢旧物,镇日里让他和这些旧物待在一处,多少是个安慰。

这话老人爱听,孝心难得。这事年轻人也欢喜,免费寄放,随时可取,天上掉馅儿饼的好事砸在了咱于家村人的头上。消息越传越远,来寄放东西的渐渐不只于家村人,连城里人也有慕名寻来的……

这些，流浪者七号都是听人说的。来的人东一句西一句，就凑出了囫囵情景。

韩老板和他父亲老韩，流浪汉接触一两次后，就觉出了文化人的底子。一问老韩原来是老师，沉沉稳稳安安静静镇日守着这大仓房，天天听戏听不厌，没事就在这些旧器物间溜达，还真是养老的好光景。

流浪者七号喜欢这里，还有一个原因。这里让他有用武之地。

他喜欢木工活儿，自小看做木匠的父亲拉墨线、旋刨花、锯木料，天天在木香里翻滚，亲切感就渗透到了骨子里。父亲去世后，母亲也伤心过度很快随他去了，他自小在叔叔家长大，见多了婶婶的阴阳脸，一觉得自己可以自立了就决然离开了那个不算家的家，开始漫无目地地晃荡，偶尔落脚一个村庄，做一点儿木匠活儿，攒点儿钱再往前走，竟渐渐爱上了这样的生活。可村人请木匠多请熟悉、有口碑的匠人，他并不是那么容易找到活计。后来灰了心，索性混沌地四处游逛，也学其他流浪汉在垃圾桶里捡食了，那样倒是轻松而自在。

来"寄物居"的第二次，恰好有人送来一张木床，寄放的人说断了一只床脚，原来用块砖头垫上，现在搬新家，儿子死活不让搬过去，只好送来这里。床被分拆开来，散放在仓房角落，流浪者七号在它跟前儿转悠了三四次，下了决心："韩伯，有工具吗，我修修这床脚。"

老韩愣一愣神，眉眼舒展开来："那敢情好！"

一个白天一个晚上的工夫,他给床安上了木脚,可以稳稳地立在地面上,人坐上去都纹丝不动。从那以后,每逢他来,都会在满屋的器物间转悠,发现残缺的就搬出来修一修,他那手古旧的接木榫活儿,还真适合这些上了年头的东西。一样一样,他不慌不忙细细地琢磨,细细地修缮,反正有的是时间。

老韩心里不过意,喊他一起吃饭,还斟一杯酒给他。酒暖过肠胃的感觉还真是让人有点儿留恋。这恐怕也是他迟迟不曾离开的原因。但他从不破坏"寄物居"的规矩,住满三天就走,哪怕再想念,也要过上几日再来这里。这里两张床,他得留点儿余地给别人。而且,人敬他,他便也要敬人,这样才不枉这一场缘分。

夜里,流浪者七号醒来一次,依稀听到仓房深处有什么响动,被雨声切割得模糊不清,似有又无的。惊蛰过后,各种虫豸都苏醒了,他相信那些看起来没生命的器物也在苏醒,它们仿佛应和着春天的节奏和气息,在暗里较着劲儿。

惊蛰那晚,他在马蹄般的雨声中,听见某个木柜发出吱呀的声响,他想是风,或者是木柜子从骨头里苏醒了,在伸懒腰。流浪者十三号起身时,他听见了,那时雨声正烈,天还没亮。这么早动身是有急事?他心里嘀咕一句,又睡沉了。

三

老迁头成了网红。失踪多日的小倩从湖底浮出水面是一个线头，媒体来采访时顺带牵出了老迁头和他的海昏国的故事。

于家村人都知道老迁头一心一意扑在海昏国上很多很多年，这早不是新闻了，可记者写成了白纸黑字登在报纸上，又通过网络散布得都知道，人们才惊觉，原来这还是个事儿！在很多于家村人看来，这世上只有老迁头还相信海昏国至今沉睡在这大湖底下。

海昏侯墓发掘的消息在报纸上连篇累牍报道的时候，很多人一见面就打趣老迁头，说你南辕北辙了吧，找了这么些年的海昏国可不在你天天踅摸的大湖里，那海昏侯可是躺在离这里好几十公里的地方。老迁头梗着脖子不说话。在心里，他可不认这个理。人死后的葬身之地，和他生活的地方，那可是两码事，隔着十万八千里也说不定。但他知道这话说出来没人听，而且，到底是怎样连他自个儿也闹不清楚。

老迁头和海昏国的缘分，如果追溯起来最早在他六岁那年。村里最会讲故事的二爷每晚在打谷场开讲，老迁头那时还是小芋头，坐在一帮孩子中间，他被二爷口中的海昏国给迷住了。二爷说那海昏国在汉代存在过六百多年，突然的一天，它就消失了，从此世间再无海昏国。但是，民间关于海昏国的传说却没断过，有一种说法是这海昏国被水淹了，就在挨着他们村的这个大湖湖底。二爷还说他祖上有人潜水捕鱼时，看见过水底下的城池，空无一人的街道，两旁还竖立着未倒塌的房屋，县衙门的屋瓦闪闪发光，那景象啊就像海底的水晶宫，蓝莹莹的。听到这里，人丛中的小芋头只觉得心脏"轰"地一下被什么击中了。二爷接着说，没有人相信他祖上的话，认为他是胡诌，他的祖上非常气闷，决心再下去一次趸摸点儿东西上来，可是等他再一次潜下湖去寻时，却怎么也寻不到了……

从那以后，小芊头就对这个传说中的海昏国念念不忘了。无数次他偷偷地一个人潜下水，在水草、游鱼间茫然前行，四处寻觅，却始终没有发现水晶宫一般的蓝莹莹的城池。只有一次，唯一的一次，大约在他十八岁那年，盛夏，他被暑热蒸烤得烦躁不安，胸焦气闷，溜达到大湖边，望了一会儿粼粼闪亮的湖水，就下湖了。湖水温凉，像柔软的怀抱包裹住他，他一个猛子扎进水里，透过水面看那太阳光，亮晃晃地灼眼，又波漾不定，竟让人有种忧伤的美。他的腿似乎被什么蜇了一下，一股酸麻迅速游窜而上，他拼命挣扎起来，可是腿忽然不听使唤了，身子一个劲儿地往下沉，往下沉，他张开嘴，一股水猛灌进去，他不由得心慌了，难不成今天要葬身在这湖底？

就在他感到绝望时，不远处一条蓝色的光亮吸引了他，他的身体重新灵动起来，向着那条光带游去，光带之中竟然无比开阔，开阔得仿佛没有尽头。渐渐地，他看清了，下面是一条向前延伸的石板路，目光往两边移转，他瞧见了石础、门鼓、石兽，再往上，依稀是房屋，有的已经倾塌，可还看得出房屋的轮廓。他游得一点儿不费力气，仿佛有一股力在前面牵引着他，他简直想大笑出声了："找到了！我终于找到了！"这时，斜刺里一个黑乎乎的东西冲过来，他被重重地撞了一下，坠入一片黑暗……

醒来时他发现自己躺在大湖边，半条腿还浸在湖水中，一条小腿上淌着血，血水染了一片不小的水面，水面呈渊深的墨绿色。阳光已经弱下来。怔忡良久，他才爬起身来。

他忍不住将这事对人说了，一同泄露的是他守护多年的那个秘密——他对海昏国没来由的痴迷。越来越多的人知道了这事，却没有一个人相信他。久之，人们将他看成一个脑子出了点儿毛病的迂夫子，而他也从当年的小芋头蜕变成了老迂头。

老迂头和老韩一见如故，很重要的原因在于老韩相信老迂头的海昏国，这让老迂头受宠若惊，多年的执着终于有了知音。而且，老韩帮了老迂头，他不知从哪里找来地方志，还有竖版的老迂头看得云里雾里的线装书，封面上的字他倒是认得，《一统志》，老韩说这是清朝编制的书，上面有关于海昏国的记载，更准确地说，是海昏县。

老韩在查阅大量资料后，试图纠正老迂头头脑里的错误概念，"首先，我觉得海昏县是存在过的。我在地方志中查到一句民谣'淹了海昏县，现出吴城镇'，这说的啥意思呢，明白人一看就懂，吴城镇就在这大湖边上，很可能是一次地壳运动将海昏县——这座文字记载有大约六百年历史的县城淹没在了湖底。但是，我接下来要向你郑重说明的，海昏县并不等同于海昏国。海昏国，准确地说是海昏侯国，是西汉时将皇室成员分封到海昏县建立的一个侯国，曾由过几代海昏侯来管理。那个正在大规模发掘的海昏侯墓，葬的可能就是其中一个海昏侯。而你一直在寻找的海昏县，也就是民谣里说的沉到大湖底的，是汉高祖时期的一个行政区划。海昏侯国不能干预海昏县的行政事务……"

这番话听得老迁头如堕五里雾中，但他靠着本能抓住了与自己有关的重点，"那么，不是海昏国，而是海昏县？不管叫什么，它是真实的，历史上都写清楚了，而且它就沉在咱这大湖底下？！"

老韩点点头补充道："它大概消失在公元400年。"

"距今一千六百多年了？"

"对，所以你说你看见了湖底的遗址，准确也不准确，可信也不可信。你想经过那么多年湖水浸泡，原来以木做主材的房屋哪里还能幸存，只剩下些石基了……"

老韩并不知道他对老迁头的精神支持意义有多重大，他只是靠着教师的职业本能想把这事搞清楚。老迁头自此打心眼里认定老韩是自己的大恩人，缠磨他大半辈子的虚飘念想而今落到了实地，这让他心里从未有过的踏实知足。老迁头更加勤勉地一次次往湖里钻，既然海昏国，不，海昏县是真实可查的，而且有史料说就淹没在这湖底，他相信终有一天能被他找到。

在"寄物居"里，有他寄放的不少物件，其中大半是从湖底摸来的，半截石板，写了字的砖块，碎瓦片，器形不小的破缸……但凡是这湖里出来的，他都当宝贝收存着。儿子打击他："这个一眼就能看出是近代的，最多不会超过一百年，哪会和你的海昏国扯上干系。"老伴劝他："一把年纪了，还在湖里折腾，哪天一不留神把命丢在湖里了也不一定，你还是安安生生养老吧。"

儿子儿媳在南方打工,村里给他家还迁了两套房,按理这些物件堆进去也不是没地儿,可儿子就是不让,死活不让,说如果将这些搬进新家,他就再不回了,过年过节都不回了。儿子犟,这话他不能不听,于是一样不剩地搬进了"寄物居"。他并不能安心,隔三岔五转来看一看,拿手摸一摸,一颗心才又稳稳当当地在胸腔里扑腾了。

那天他下湖,潜得深了点儿,模糊望见前面一个白乎乎的东西,在一团水草里飘动。挪过去一看,骇一跳,好像是一个人。

那时他还不知是小倩,整个肉身都肿胀变了形,他想将这人拽上来,一握手腕,碎渣样的肉末从指缝里溢出,想想,他返身浮出水面,取了网,又潜下去,将那人网住时,才发现那人的腿被水草给缠住了,颇费了点儿劲儿才将整个人套进网里,拖上岸……

这些天,他被问得最多问题是那女娃最后成啥样了,他什么都不想说,只摇一摇头。人落难于水就不过是一团死肉,那鱼啊虾啊还不都来欺负你,还有水,看似柔软实际能击败任何东西的水,你说那女娃被泡了六七天还能成啥样?他忽然莫名地有些灰心,好几日提不起精神。他似乎第一次从小倩身上看清了水的残忍,水的不可小视的力量,想来,那海昏县泡在湖水里一千六百多年,一千六百多年啊,还能有囫囵模样吗,还能像水晶宫一样蓝莹莹发光?他第一次意识到,二爷植根到他身体里的可能真的是一个谎言。

和老韩喝了两杯酒,他将这心思和老韩说了,他以为老韩会劝慰两句,开导两句,可老韩什么也没说。良久,举起杯来,和他的一碰,仰脖一饮而尽。搁下酒杯,老韩拿指甲拨拨蜡烛芯,悠悠地说:"用一辈子做一个梦,也是值得的。"

忽然间,老迁头觉得眼眶被一股热流炙得胀痛。他赶紧仰起头来,让辣辣的一脉液体炙过喉管,好让另一些液体倒流回去……

四

韩一含走向"寄物居"时,远远地看见流浪者七号在太阳地里修一把椅子。但凡到过他"寄物居"的流浪汉,衣着外貌都清洁许多,和街头流浪汉有了不一样的气质。若不深究,陌生人很难看出流浪者七号是一个自十八岁就四处漂泊的流浪汉。

两人相互点头打个招呼。韩一含看见了靠墙根晒太阳的韩老师和老迁头,两人将手虚拢在衣袖里,半眯着眼睛,阳光下一副安暖模样。

韩一含从小称呼父亲"韩老师",那是父亲要求的,说父子在同一所学校不能搞特殊化。本来父亲说在学校叫他"韩老师"就可以了,可他渐渐叫习惯,再改不了口。韩老师对待其他学生和蔼可亲,独独对待他这个学生态度粗暴、方法简单、耐心有限。升入四年级，全校只一个班，他不可避免地和韩老师正面相遇，因为韩老师担任班主任。

语文他学得差强人意，数学却是一塌糊涂，不论他花费多少工夫在那些公式上，脑子里都是一团糨糊，索性就不去白花工夫了。英语也不比数学好多少。瘸了一条腿和一条胳臂的他，自然不能让韩老师满意，且身为班主任的韩老师为了以身作则，避免他人说闲话，将他看管得很紧，让他感觉就像浑身上下被捆绑了数道绳索。

极度压抑之后是极度反叛，他的叛逆期忽然之间提前到来。逃学是不敢的，但他可以闭塞眼耳，这是谁都管不了的。他埋头在课本下面画画。那时他就表现出对画画的超常喜爱，却被韩老师视为不务正业，那些画被缴了当众撕碎，碎片纷纷扬扬落在他脸上身上，没关系，他可以再画……父子俩直斗得筋疲力尽，好在运气成全了他，中考数学和英语的选择题，他全靠抓阄儿填满的，两门课却考了前所未有的高分。他进了县城的重点中学，从此脱离了韩老师的视线范围。

他大大地松了一口气，想来韩老师也是。学校老师和邻居们前来恭贺时，他缩在自己的房间里画画，不肯踏出来半步。他听见韩老师谦逊地答话，语气里掩饰不住的满足，一口一个"我儿子"。他心里腾地冒出一句："我能活下来全靠自己，你倒是骄傲了。"

脱离了韩老师的管辖范围，他像鱼儿入了江海，鸟儿飞回了天空，自我觉醒得比其他学生都干脆利落彻底。那时他就有

了明晰的人生规划,当一个画家。他抛开了课本,不管不顾地往自己想去的方向奔。他利用课余打工挣钱,也接画画赚钱的活儿,寒暑假背上画夹四处云游拜师写生,以至韩老师想见他一面都不容易,更别说教训他的机会……等到很多年以后,他才意识到,磨难也许是另一种形式的成全。没有早期韩老师的高强度管理方式,也许他会像绝大多数学生一样,无惊无险地成长,按部就班地成长,他的自我也不会有淬火般的超前蜕变,他将只是庞大庸常队伍中的一个。

过了六十岁的韩老师彻底向他缴了械,尤其是他母亲心脏病突发去世后,他更是成了韩老师的安慰和倚靠。"听你的"成了韩老师的口头禅。

他将"寄物居"的招牌挂起来,又将仓房充填得有了些看相后,才和韩老师说。韩老师二话不说将一应生活用品和他的宝贝书籍打包,第三天就飞了过来。他这边已一切就绪,将仓房隔出一个带卫生间的卧室,临近铁门隔出一个半敞窗的办公室,靠右侧一长溜儿辟出一个公用洗手间和一个长条形客房,里面由最初的一张床发展成两张床。那时留宿流浪汉的想法还没成形,他只想着父亲的朋友来有个落脚安眠的地方。

容留流浪汉的主意,是韩老师提出来的。韩老师来后的那年冬天,雪下得格外猛。老迁头来找韩老师唠闲嗑,说起幸福新村的一个门洞里住进了一个不知从哪里来的流浪汉,他猜测是从后山翻山过来的。任谁去问那流浪汉,他都不说话,看起来呆呆愣愣的,不知什么原因走上这么一条弃路子。他整天裹一床棉被窝在门洞楼梯下面，村人可怜他送些吃的和水过去，倒也不会饿着，可这三九寒天的，那门洞灌风，终不是长久容身处。韩老师一听动了怜悯心，转头和他说了，当天夜里老迁头就将那人领了过来，"寄物居"有了流浪者一号。

韩老师烧了热水让那人洗了，又热了饭菜让那人吃了，崭新的棉被铺在从未使用过的木床上。那人表情木木的，洗干净了一看，是个二十岁不到的年轻小伙子，看面相还算老实。那晚韩老师忙出了一身热汗，一张脸在蜡烛光下显得喜滋滋的，竟是来这里后最神采飞扬的一次。他看在眼里，有些诧异，却也有些明白。

转天韩老师提出留宿流浪汉的主意，说这床铺空着也是空着，不如恩泽那些需要的人，他没有反对，但言明必须立下规矩，若无规矩不成方圆，也难长久，以后来"寄物居"蹭食蹭住的人会越来越多，不立个规矩他们肯定招架不住……"听你的。"韩老师沉吟一下点了头。

这次他去城里谈画展的事，滞留了两个礼拜。韩老师趁吃晚饭的工夫，絮絮地和他讲了这段时间发生的事，警察老于留话让他回来后去一趟派出所。

韩一含知道老于是要流浪者十三号的资料，本来流浪者七号的也要，可他自己回来了，一副坦荡荡的样子，想来和小倩的事不沾边。而且，韩老师回忆说，小倩失踪那天，流浪者七号一直在仓房门外修东西，倒是流浪者十三号去过湖边，拿着简易的钓鱼竿，傍晚时才回。

韩一含去了派出所。"寄物居"开始留宿流浪者时，老于就来转悠过，交代他不能随随便便容留暂住者，万一和毒贩、杀人嫌犯、经济罪犯沾上边，"寄物居"麻烦，他这片儿警也麻烦。韩一含答应他，每接待一个新的流浪者，能问出点儿来龙去脉是最好，可那些过惯弃路子的人哪愿意聊自己，将过往敞开给别人看，他只好退而求其次，每次偷偷拍一张照片存档。这事，只有韩一含和老于知道。

临出门，韩老师叫住他："一含，你顺路再买几张粘鼠垫，最近这老鼠又欢实了。前晚我安了几个，放的东西给偷了个干净，连根鼠毛都没粘住，是不是粘鼠垫过期失效了，还是这老鼠越活越精灵了……"

老于出外勤了。韩一含将 U 盘里的照片拷到老于的电脑里，又给老于留了张纸条。他只知道流浪者十三号带四川口音，但平时不怎么说话，问五句答一句，也就两三个字。看他吃东西挺讲究的，不像一般的流浪汉，比如他随身带的筷子勺子装在一个套盒里，每次吃完都洗干净装回去。他还有一根剔牙棒，每次剔牙时用手半遮住。还有，每次从外面回"寄物居"，他都会将鞋子蹭两下，仿佛门内放了地毯……这些都是这两天他回忆起来的。细想想，流浪者十三号身上还真有不少和别的流浪汉不一样的地方。其实每个人身上都有特异的细节，只是平时不刻意去捕捉，也就被忽略了。

拉杂写了一面纸，他也不知这些是否有用。潜意识里，他并不觉得流浪者十三号和小倩的案子有关。还记得流浪者十三号第一次出现在"寄物居"是过小年那天。韩一含记得很清楚，那天"寄物居"就他和韩老师，韩老师生了一盆旺旺的炉火，他去山上打了一只野兔子，做了个热锅架在炭火炉上慢炖，黄昏时分香气就铺满了仓房的小办公室。两人就着温热的米酒，刚一举箸，传来了敲击铁门的声音。这特殊的日子，家家都关门闭户在过小年，老迁头也不会来，会是谁？

韩一含打开门，门外一张青白的脸，半缩在一件看不出颜色的羽绒长衣里，额前的发遮住了一只眼睛。"听说，这里可以借宿？"那人的声音打着抖。韩一含点点头，将那人让进来。

那晚，三人就一同吃了，到底是小年。那人伸筷并不勤猛，不像是饿过好多天的人，酒也拒了，闷头吃了一阵就去歇了。趁着吃饭的工夫，韩一含将"寄物居"的留宿规矩和他说了，那人点点头。第二天他问韩老师要了屋角的钓鱼竿，去湖边待了大半天，拎回三条鱼，两条放进办公室，自己剖了一条，熬成一锅鲜鱼汤，乳白的汤色上漂几星绿葱。他一个人连汤带水吃了个干净。第三天也是。第四天一早，他就默声不响地离开了。

流浪者十三号出现的规律像标准图表，住三天，消失三天，第四天必定出现。他喜欢钓鱼，大冬天的也喜欢握一柄细竹竿在大湖边坐上大半天。有收获总是分一大半给韩老师，韩老师推辞再三，他只简单的一句："我吃不了。"韩老师想想浪费也是不妥，就收了，吃不完的腌了做阳干鱼。惦记鱼鲜的时候，韩老师都会忍不住念叨这个十三号，算一算他下次来的日子。可是自惊蛰那天早上离开后，他再未出现了。

韩一含在超市买了点儿生活日用品，选了几张粘鼠垫。粘鼠垫每张都试了试，想起韩老师的话，一个念头忽然闪过韩一含的脑海，又觉得想岔了，摇摇头将念头晃走了。

五

警察老于这几天骑着摩托车将辖区内大湖沿岸跑了个遍。幸福新村里能问的人都问了。小倩的班主任刘老师说她是下午第四节班会课才发现小倩不在的，她趁中午的工夫去找外校的一位名师请教赛课的事儿，年届三十五岁的她最后一次机会可以参加青年教师优质课大赛，就在下个月初。她必须抓住这次机会，现在评职称、加工资、论资格都看这个。

她踏着班会课的铃声进教室，小倩的座位在靠近教室门的第一排第三个，像门牙豁了口那么醒目。她奇怪班长为什么没向她汇报，班长委屈地说打了电话，没人接。她这才想起手机调了静音。

小倩的书包还在抽屉里，桌上的书本也一副平静表情。刘老师却觉出了不安。她调出小倩妈妈的电话，翻过去，她在广东打工，问了也是白问。调出小倩爸爸的电话，他在省城开了一家公司，据说天南地北跑，常年难落家，打过去，小倩爸爸接了，说他不在家，马上打电话回去问问情况，看小倩是不是临时身体不舒服旷了课。

虽然父母常年不在身边照料,小倩和奶奶一起生活,却是班里的尖子生,本分、自觉、刻苦,集中了好学生该有的优点。刘老师很喜欢这孩子,初中两年她没让人操过心。刘老师又翻出小倩家的座机电话,拨过去没人接,小倩的奶奶耳聋眼浊,小倩说过她家的电话对于奶奶就是个摆设。

班会课开得心神不宁。半小时后,小倩爸爸的电话来了,语气有点儿急,小倩不在家。

家里的电话不通,他只好打给了在派出所工作的侄子,侄子骑摩托车赶到家里,门擂得山响也没人应。小倩爸爸在电话那头指挥,让他去飞地看看。

飞地是于家村被征用土地后残存的一小块地,没有一块补丁大,却被几家老人悄悄地分割了,密赶密地撒上蔬菜种子。在田里忙惯了的老人们,将这一小片菜地当成了生活莫大的兴味。小倩奶奶一有空就往这里跑,摘两根杂草,松一松土,浇一浇水。警察侄子找到她时,她正半勾着腰侍弄她的菜苗,贴着她耳朵问了半天,才弄明白她将中饭热在锅里赶早就出了门。两人又折回家里,一看,吃过的碗筷放在洗菜池里,小倩中午回来过……

这丫头去哪儿了?她可是从来不会缺课的。电话这头的刘老师,心里头不祥的预感愈发浓烈。小倩的爸爸在电话里说,已经托侄子报了案,但因为没超过二十四小时,警方还不能立案。他马上赶回来,请刘老师也问问同学和老师,可有谁见到小倩。

直到放学,也不见小倩露面,同年级四班还有个男生叫于雷的,下午也没来上课。两个学生的家并不在一个方向,也没人看见两人一起出现,无法判断两人的旷课是否有关联。

于雷的班主任说他也是个平时挺老实的孩子,没什么言语,成绩中等,除偶尔缺一次作业外没什么不良记录。他的父母同在中山打工,他和爷爷住一起,学校已经联系了他爷爷,他中午一般不回家吃饭,爷爷对他旷课的事一点儿不知情。

小倩的爸爸连夜赶到,刘老师还等在学校,她被不祥的预感和内疚折磨着,晚饭也没顾上吃。两人一起打着手电筒,沿学校周边、小倩每天回家的路线、幸福新村外围都走了一遍,边走边唤,一无所获。

第三天警方正式立案,老于带着一个警察开始走访调查。这一带还没架设"天网",老于收集到的零碎信息还是无法将小倩和于雷的同时段失踪牵连起来。案情陷入迷局。老师和家人都盼着某一时刻,两个孩子忽然出现在他们应该出现的地方,以他们惯常的模样,但盼来的却是一个噩耗——小倩被一个老人从大湖里打捞了起来。

据警方推测,小倩的死亡时间在惊蛰前日午间至傍晚时段。这一推断,碾过许多人的心田,留下经年难愈的疼痛。

辖区发生命案,老于的日子就没法儿安稳地过了。况且还有一个学生至今下落不明,活不见人,死不见尸。

这段日子,老于不管几点入睡,每天凌晨三点就会自动醒来，脑子里过片一样晃过案情资料。他觉得"寄物居"的流浪者十三号有极大的嫌疑，据老韩说他那天一直在湖边钓鱼，从小倩被打捞起来的地点推断，她那天应该经过了流浪者十三号的垂钓点。而且，案件发生次日一大早，准确说天还没亮，流浪者十三号就悄没声儿地离开。按规律，他会在三天后再来"寄物居"，却没出现。这都显得反常……可破案不是猜字游戏，讲究证据确凿。

老于将韩一含转给他的照片放大来，一小片一小片区域加以琢磨，磨了不下百遍。照片是用手机拍的，隔了大约五米的距离，韩一含是偷怕，自然距离不可能太近，好在他是画画的，手稳，画面没糊没虚。流浪者十三号在炉子边煮东西，视线低垂，额前长发从右侧垂下来遮住了右边的眉眼，幸好露出了还算完整的左半边脸。

还真让老于发现了几点细节：这流浪者十三号的左耳上竟然有个耳洞，左边的眉毛里藏了一粒小痣。他还仔细观察了他的鼻形和唇形。尽管没有实质性的突破，这发现还是让他振作了一下。

他上网查对有记录的二十至五十岁年龄段的男性犯罪嫌疑人，不分昼夜地查，直查得两个眼睛视物不清，太阳穴胀痛难忍。可他不放心交给别人，万一漏过了，等于所有此前的努力都是白费工夫。没有，没找到一个同时符合这几项特征的人。

他不甘心，又找来各地失踪人员资料进行比对。还是没有符合的。头痛欲裂，老于被一股沮丧的情绪攫住。

韩一含留给他的那张纸，上面的内容他已经可以背下来。一个一个细节被剖成单条，在他的脑海里打旋、交织、穿插、碰撞，拥有这些行为细节特征的人，为什么居无定所孤身流浪？老于脑子里一团混乱，两眼无神地盯着公交车上的电视，电视里正在播放"老赖名单"。长而单调的一串。他忽然一激灵，这流浪者十三号会不会是个"老赖"，或者情不得已跑出来躲债的？

　　老于连蹦带跳地蹿下车，往回跑，跑了一段才想起来可以坐公交车回去。可他等不及，忍痛叫了一辆的士。派出所的干警吓一跳："老于，你不是刚说给自己放个假，怎么又杀回来了？"

　　老于脸上泗一层难以名状的表情，坐到电脑前，再不与人说话。他从四川口音这一点切入，先查四川的"老赖"档案，连带四川失踪的、破产的、欠债的、跳楼的老板……还真让他撞上了大运，原来这个流浪者十三号是成都一家医疗器械公司的老板，曾是当地的政协委员、青联委员、优秀青年人才，去年夏天因为一家医院的医疗事故，连带被查出从境外购买翻新的旧医疗器械销往国内的医院，被媒体报道过。

　　老于大喜过望，但不忘谨慎行事，又查找了多帧此人的照片，一一仔细比对，确信正是流浪者十三号。他马上联系当地派出所，将此人的资料调来。流浪者十三号的清晰面部照片通过网络发布到全市及邻近县市的警察局、派出所和保安系统。

很快,在一座跨江大桥的桥墩下,有人发现了流浪者十三号。

六

赵诚那夜没睡踏实,远处一粗一细呼唤"小倩"的声音,让他脑子里的一根神经又跳疼起来,每隔几秒跳疼一次。他患这毛病快一年,流浪到"寄物居"后一度缓解了,那夜的复发被他视为不祥的预感。辗转大半夜后,他决定离开。这念头一出,他就没法儿再多待一秒了,似乎下一秒危险就会轰然落于他头上。

"寄物居"里有真正意义上的屋檐、床和睡眠,但这不是他留念"寄物居"的理由。"寄物居"那么空旷、杂乱、渊深,空气里弥漫着一股传自久远的浸透了尘埃的气息,一点儿不像真正意义上的家,却给他一种时光倒流的恍惚感、安慰感,让他莫名地心安。

他已经是不配有家的人,他不知道这样的日子会持续多久,还是可以一直流浪下去耗尽余生。出来后他未与任何人联系过,彻底地斩断,怕连累,却又知道这连累已经是改变不了的事实,只是没有勇气回头去面对。

他去了一家银行,翻看当地的日报晚报,如果有消息,报上也许会有一个豆腐块来报道此事。他的预感没错,女孩儿还是遭遇了不幸。原来她叫小倩,那个男孩儿呢?那个同一天失踪,却至今未被人发现的男孩儿。

他看见他们沿湖边公路往西走,男孩儿拉扯着那个女孩儿,女孩儿似有些不情愿,却没有反抗,也没有挣扎,只是被动地被男孩儿拽着往前走。他听不见他们的声音,只是安鱼饵时无意地一扭头,望见了这一幕。一丛芦苇将他隐蔽起来,男孩儿和女孩儿都没注意到他。他默默地望着他们的背影消失在视线尽头。

看到消息的一刻,他心里又悲伤又庆幸。如果当时他走上公路,也许就能改写这个女孩儿的命运。可他做不到,上天让他目睹这一幕,却又让他无能为力。他也庆幸自己及时地离开了"寄物居",警察一定会找去那里,一定会知道他当天出现在女孩儿走向死亡之路的大湖边。他无法自证清白。

夜里,裹衣睡在桥墩下,他心里冒出过回大湖边去看看的念头,或许他应该站在那个女孩儿被打捞起来的地方,请求她的原谅。自那事后,他变得迷信,无比迷信,觉得世间真的有因果轮回,真的有命运的怪圈无法逾越。

理智提醒他,他必须尽快离开,虽然"寄物居"的人不知道他的底细,可进入警察的视线总是危险的。他不能冒这个险。脚底却踟蹰着,仿佛等待着什么到来。果然,警察先一步找到了他。

被人拍醒时,他正梦见女儿,两岁大的女儿被他扛在肩膀上看花灯。"爸爸,去那儿,去那儿!"女儿两只小腿踢着他的前胸,声音娇嫩。

他从羽绒服下探出头来，还沉浸在一股甜蜜的情愫中，懵懂地看着半蹲在他面前的那个人。"你叫赵诚？"那人问，他茫然地点头。瞬间惊醒过来，正待否认，那人握住了他的手腕："我是警察，请跟我们走一趟。"

他没有一点儿挣扎。坐进那辆越野车里，他还在思考一个问题，女儿上个月刚过完十三岁生日，怎么在梦里回到了她两岁的样子？这梦有寓意吗？

虽然不明白这梦的寓意，可它像幼时父亲递给他的那一粒糖果，模糊消解了他内心的恐惧。他曾经多么恐惧被警察带走的一刻，无数次在脑子里设想过，伴着不由自主的战栗。他望着窗外快速滑动的街树、江面、人丛、光影，心里居然无比平静。在外流浪了快一年，这一刻他才感到了骨子里沉淀下来的疲惫，原来他那么厌倦流浪，厌倦逃亡。该结束的就让它结束吧，至少，回去他可以见到女儿，看看她过完十三岁生日的模样。所有的罪责理当由他来承担，让她们母女结束担惊受怕的日子。

这一刻，他相信一切都是命运的安排，所有的努力不过是在它的手掌心里翻转。

拥有一个幸福的家庭，给妻子孩子优裕无忧的生活，那是奶奶走后他全部的理想。他的童年不曾安稳过。四岁那年，父亲突然面目膀肿起来，经常哇哇地呕吐。母亲越来越频繁地抹眼泪，背着他。他知道，几颗石子在他手里颠过来颠过去，像他的一颗心，他不敢回过头去看。夜里，他被母亲的啜泣声惊醒，父亲母亲在小声地争吵，他听不清楚，一颗心又在暗夜里颠动起来。他小心翼翼观察母亲的脸，母亲眼泡肿大，眉头紧锁，父亲似乎好些，整个脸鼓胀起来，有种少见的富足气象，只是脸色越来越黑。忽然的一天，父亲递给他一粒糖果，莹亮的玻璃纸包着的透明糖果，他喜得跳起来。那颗糖他咂摸了一整天，整个人沉浸在晕乎乎的甜蜜里，直到傍晚被母亲的哭号声惊破，他看见父亲躺在卸下的门板上，盖着一床被子，似乎睡着了，一张脸从未见过的黑，黑中带紫，母亲跪伏在地，哭得直不起身来。他被奶奶揽在怀里，艰难地吞咽唾沫，水果糖留下的滋味在嘴里发酵成了满腔苦涩。

很多年后，他才知道父亲得的是尿毒症，每次三百元、每周两次的巨额透析费最终让父亲主动放弃了生命。他不知道该不该怨恨父亲，也不知道他走后留下的空白与负债累累之间，哪个更残忍。一切都是上天的安排，他只有承受。母亲的眼泪在他的记忆里没有断过，那是她留给他的最大一笔财富，他从这眼泪知道母亲至少是爱着父亲的，只是不堪命运捉弄。

六岁那年，一天清晨醒来，他再看不到流泪的母亲了，奶奶将哭哑了嗓子的他搂在怀里，用她粗砂般的手来回抚摩他的脸："我苦命的崽，苦命的崽啊！"他哭得回不过气来，直到昏睡过去。好在孩子的愈合能力是惊人的，身量小小的奶奶没让他饿过一顿，寒过一天，奶奶成了他生命中最宝贵的人。

填报志愿时，他一点儿没犹豫报了医学院。奶奶发愁，她听说当医生要读五年书，还有昂贵的学费，他对奶奶说"我有办法"。他去了所有亲戚家,对于那些慷慨相助的,跪下来端正地磕三个头:"滴水之恩,涌泉相报。我赵诚来日定当重谢!"从考场出来,他就进了餐馆,餐馆收工后,又去了夜宵店。他攒够了第一笔学费,成了一名医学院学生。临行时,那么些年从没在他面前哭过的奶奶老泪纵横,他伸出手不停地揩抹那些爬满沟壑的眼泪,哽咽着说:"奶奶,等我,我们会过上好日子的!"

奶奶没能过上好日子。他在医学院野心勃勃地朝着自己的梦想狂奔时,奶奶佝偻着腰在地里翻耕,在公路边摆摊,在四乡八村收破烂,她颠动着一双小脚闷声不响地奔波着,从没向他诉过一声痛一声苦。等他毕业实习时,奶奶已经将自己透支成了一副空壳,风一吹就能将她吹倒。她果真被一阵风刮倒在山路上,翻滚下十米高的坡坎,全身八处骨折,其中一根肋骨刺穿了肺叶,脑腔内部两处瘀血,急需巨额的手术费。

这时他才感到后悔,如果不是奶奶拼了命地挣钱,又将这些钱填进了他自私的梦想,即便奶奶被命运之手推下山坡,也还有挽救她的可能。现在他空有一身还没实践过的医学知识,面对徘徊在生死边缘的奶奶深感无能为力,懊丧不已。

他再一次跑遍了亲戚家,一言不发先跪下来磕头,如果不拿出钱来他就不停地磕啊磕,可是这一次借来的钱还不足以支付奶奶一次头部手术的费用。每晚夜深人静时,他守在奶奶的病床边,握着她干枯似柴的一双手,为自己一双手的白皙丰润而痛苦得泪流不止。无能为力,他眼睁睁看着奶奶的生命一点点流逝,在疼痛中虚弱不堪地挣扎。奶奶已经不能说话,眼帘镇日低垂,只有她的手不时在他的手里轻微颤抖一下……

在消失十八年后,他再一次看到了母亲。

护士将他叫出来,他来不及整理疲惫的表情和脸上的泪渍,猝不及防地看见了一个熟悉又陌生的妇人站在三步之处。她望着他,那眼神和表情让他在瞬间认出了她。他折转身,她追上来:"诚诚……"

她拉住他,在他手里按进一个塑料包,他似乎猜到了那是什么。早在他考上大学的时候,他就知道她过得不错,再嫁的老公下海经商成了万元户,她为他生了两个孩子,一儿一女。她送了一笔钱来,交给奶奶的,他拒绝见她,也拒绝用她的钱。他发了狠,第一次冲奶奶发脾气:"这钱不退给她,我就退学!"

"给奶奶做手术吧。"她在他身后说,他用力将手抽回来,让钱自由落体砸在地面上,闷哑的一声响。他关上病房的门,任护士来敲了几次也没开。第二天护士长告诉他,奶奶的手术排在周三上午,他疲惫而虚弱地"嗯"一声,没有追问。

这一切,躺在病床上的奶奶不知有没有感应,她赶在手术前咽完了最后一口气。

带着满身伤痛的奶奶,却走得平静,只在临终时使尽全力般握了一下他的手,就松开来。彻底松开来。

那笔充填到医院账户上的手术费,结清所有账单后,还退回了一部分,刚好可以将奶奶体面地安葬。这是奶奶应得的,她辛劳的一生应该有个体面收尾。他没有纠结，也没有挣扎，只在心里对那个女人说："我们两清了。"

那是他第一次生出憎恨，对母亲，对命运。那也是他第一次原谅母亲，原谅了命运。

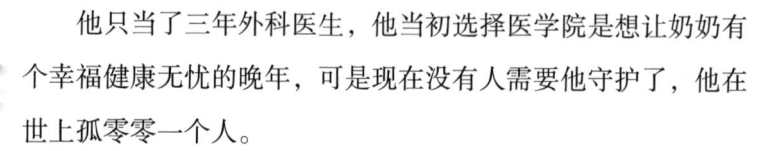

他只当了三年外科医生，他当初选择医学院是想让奶奶有个幸福健康无忧的晚年，可是现在没有人需要他守护了，他在世上孤零零一个人。

遗憾深入骨髓。如果当初他有足够的钱，也许就能将奶奶留在这世上。他下了海，进了一家医疗器械公司，老板是个官二代，公司在几年之内迅速膨胀，而他也从公司普通职员一路高升到分公司经理，攒下了自己的第一桶金，也攒下了足够的人脉。这期间他顺利地娶妻生女，妻子是他曾经的医学院同学，他创办了自己的公司，似乎他拥有了自己曾经梦想的一切，独独缺少了奶奶。

他住进阔大的屋宅，拥有美丽的妻子、娇嫩的女儿，各种荣誉纷至沓来，蜕变得少有人看得出他的过往。他在当地最高档的酒店遍请当年资助过他的亲戚朋友，当场还清了欠下的所有债务，以三倍的方式。他翻修了奶奶的墓地，水泥砌墓圹，大理石立碑，墓前蹲守两只石雕的小狗。奶奶喜欢狗，最窘迫的日子，遇上路边的野狗也会给它匀些吃食。他也翻修了父亲的墓地，让他紧挨着奶奶的，那是奶奶的心愿……

而今回过头去，他才看清命途上的幸或不幸是互为伏笔的，其中玄机无法预知，无法勘破。他一度鬼迷心窍，迷上了一个生意场上淬炼得百毒不侵堪称完美的女人。激情是一种毒,解药唯有苦难。这解药来得非常迅速,也彻底。

妻子远比他想象的坚韧也决绝,在洞察之后提出了离婚,这让他始料未及,他原以为温厚的她可以容忍一切,只要他给她安逸无忧的生活。可是她提出离婚,而且申明只要女儿。这让还处在恋爱眩晕中的他,遭受了强度更烈的又一场眩晕,他一时间不知该喜还是该悲,只是不能相信。在极度的眩晕中,他来不及看清自己的内心,就与妻子办结了离婚手续。她果如自己的承诺,只带了女儿和自己衣物回去了娘家。

在流浪的路途上,他一次次回看自己的前半生,带着局外人的一份客观与冷漠。那些隐伏的已经被命运揭示,却无法逆转。他深爱她们母女,在奶奶走后她们就是他生活的重心、生命的全部,他却轻易地伤害了她们、错失了她们。可越过此后的一系列震荡,离婚对于她们何尝不是一种解救。那是命运对她们的怜悯吧。

几台伽马刀、磁共振、CT设备的国外供货商是那个女人帮着联系的,价格确实比市面上优惠。而他,熟稔国内市场,与几家大型医院建立了稳定的合作关系,这笔业务做得一点儿不艰难,甚至太顺利了,顺利得让他一度觉得如有天助。没想到一场突发的医疗事故,引发了一系列震荡,一家惯于秉持独立立场的新媒体执着地不断深挖,最后挖到了他这里,挖出了由他提供的伽马刀原来是国外医院淘汰的二手医疗设备……他感觉自己只是整个事故链上被抛出的"替罪羊",却无法自证清白。

等到事情曝光,那个让他眩晕的女人才坦诚了真相,媒体所报道的一切都是真的。他这才明白,自己只是她生意场上排兵布阵的一粒卒子,可以冲过楚河去冲锋陷阵,也可以随时舍弃以保城池稳固。可叹他自以为商场历练多年,最终却毁在一个女人手里。

公司陷入全面瘫痪,账户被冻结。他将自己反锁在家里一整夜后,仓皇出逃。他不愿意被推上警车,被押上法庭,在监狱里残喘数年,也许隐姓埋名舍弃一切,他还能保住自由和最后一点儿尊严。

七

于雷躲在路边一块广告牌的夹缝中,眼眶含着泪水,双拳攥紧,紧得身子一个劲儿地打抖。

他想过跳下水,可他是个旱鸭子,在水里无法自保,更别提救人。他看见小倩在湖面沉浮了几下,涟漪缭乱不堪地扩散开来,一个入侵另一个,可是很快,平静了,湖面平静得仿佛刚才只是他的错觉。可他知道不是错觉,他犯下了大错,他不该在这个中午去找她,他不该拽她来这湖边,他不该强行去抱她。她滑下湖的那一刻,他被一团火烧灼着,那团火在无力地望着她沉没的过程中慢慢熄灭。现在,他浑身冷得发抖,将身体蛰伏在广告牌那狭窄而阴暗的空间里,不知该怎么办才好。

不知过了多久,他才醒过来。他竟然睡着了,蜷曲着的身体一动,立刻感到一股强烈的酸麻。这时,他的身体和心已经平静下来。天黑透了,他探出头去,四野黑魆魆的。他呆呆望了一刻,又将头缩了回来。

忽然,他听见远处传来一粗一细的呼唤声:"小倩——""小倩——"每一下呼唤都像一柄锥子,戳着他的心。他抬起头,瞧见了两点光亮,在黑暗中缓慢地移动。他绕开那两点亮,勾着腰向前。他跌跌撞撞地走着,直到看见一点儿稳定的灯光,那是"寄物居"。

在黑暗中犹豫一下,他绕到"寄物居"的后窗,站在几个垫起的砖块上,摸到一个松动的窗户翻了进去。灰尘味扑鼻而来,他险些打出个喷嚏,赶紧用手捂住嘴鼻,将它生生地憋了回去。他摸到一个大木柜那儿,门打开时发出"吱"一声,在静夜里听来相当惊心,他的心脏差点儿停跳,屏息了一刻,一动不敢动。良久不见有人走过来,他才慢慢折着身子躺进柜子。柜子里比想象的更宽大,他居然可以蜷腿躺下来。

雨开始敲打窗玻璃,慢条斯理地。他听着这雨声,睁大眼睛,白天的一幕又来到了眼前,一点儿一点儿放映……小倩滑下湖的那一刻,雨声变得无比稠密,狠狠地砸在四野的万物之上,像千万马蹄奔腾着,而他躺在马蹄之下,心被踩瘪了踩空了,只剩下一具空壳子。马蹄不停地踩踏踩踏踩踏,渐渐将这空壳子送入了一片虚无……

那几天他都蹲坐在木柜子里,半梦半醒地,什么都懒得去想,什么前路,什么学习,什么小倩,什么爷爷,什么爸妈,什么猫狗,他都懒得去想。他能听见"寄物居"里外的动静,辨别得出声音的不同,却听不清楚他们说的什么。似乎有人走近过,他听见有脚步声在不远处转悠,身子使劲儿地往柜壁上贴,生怕下一刻柜门洞开,一只手从灼目的光亮中伸向他……可是没有,四周又恢复了安静。

夜里他听见细微的声响,是周围那些物件发出来的,一把椅子的榫头松动了,一个木箱的搭扣落下一半,缝纫机的踏板兀自动了一动,老式的摇柄电话机听筒失了平衡,一颗螺帽没承住最后一丝压力……那些细小的部件是怎样隐秘地蜕变,是个谜。他在夜里仔细打量过它们。等"寄物居"里再没有了人走动的声音,他从柜子深处出来,在窗口透下的月光里活动活动手脚,晒晒月亮。他将手浮在这些老旧的物件身上,轻轻地抚过,他不敢将手落在上面,怕拂掉灰尘暴露了自己的存在。这些东西很多他没有见过,有的知道用途,叫得出名字,却是与他生活中使用的模样大不一样了。这里真像是时光博物馆,让他看到岁月的流逝。

他们家送来过几样东西,去世的奶奶的嫁妆箱和半箱奶奶的衣裳,爷爷一直不舍得丢。还有爷爷使过的一把锄头、两把镰刀、一把铁锹,它们对于新崭崭的家来说是空洞多余的摆设,爷爷没了土地,而且每月有父母寄回的钱,爷爷的双手不用再在土里刨食,每天只负责在牌九桌上耕耘,完全使不上它们了。

送它们来的那天，爷爷将它们一个个擦得锃亮。他找到了它们，交错躺在角落里，腰身上贴着"于海波家"的标签，上面的字是他写的。现在，它们浑身披挂着灰尘。

他饿了两天，眼前似有金星在旋转。第三天，他发现了粘鼠贴，他小心地掂起贴上的肉粒、米饭，怕有毒，放在鼻子下闻了闻，又在舌尖上舔了舔，终于控制不住大快朵颐起来。所有粘鼠贴上的吃食都被他搜罗干净，不舍得一口气吃完，在口袋里存留了一些。

还算幸运，虽然一只老鼠也没被粘住，粘鼠贴却依然盛满食物出现在仓房的角角落落，不只数量增加了，食物的数量也大增。这简直是对他的成全。不过吃得多拉得就多，他只能翻窗出去解决，让排泄物消隐在四野的草木中。怕进出时落下脚印，他找出奶奶的几件旧衣物，嘴里念一句"奶奶对不起"，将它们垫在桌上和窗台上，每次回时再收好。水不能不喝，也不敢多喝，他只趁每次出去方便时找点儿水喝。

如果不是那件事镌刻在记忆里，这可以说是一段不错的时光。

他梦见了小倩，她目光幽幽地望着他，他也回望着她，眼里满是悔恨疼惜和爱意。

他们好过。初一那年学校组织春游爬山，几个班的学生都走散了，他在一个山坡上摔了一跤，手掌蹭掉了一大块皮，忽然身后伸过来一块手帕，从那以后他认准了这个爱脸红的女孩儿，知道她叫小倩。他数学好，她英语好，他们约了周末到山上补课。后来发展到每天见面,不见就仿佛心里缺了个洞,漏风。

每天,他们提前一个小时到校,在校园一角隐蔽的树林里碰面。等其他同学来到学校时,他们已经完成了每天的晨间一会。两边家里都只有一个孤老照护,老人们各有自己上心的事情,记忆和精力也差,没人觉察他们之间的秘密交往。那年她生日,他半夜爬起来,去山上采了一大束带露水的野花,放在她上学的路中间。她看见那束野花的惊喜,他至今不能忘。那天,他们第一次接吻,在大湖边,露水打湿的草丛上。

今年过完寒假回到学校,他兴冲冲地给她带了礼物,他爸妈从南方给他带回的平板电脑,送给她学英语听音乐,他的不就是她的?她却向他提出分手,说她爸准备将她转入一所省城重点中学,她得抓紧时间学习,否则到了那里会跟不上。而且,他们这样偷偷摸摸地,要瞒着所有人,让她觉得很辛苦……他从山巅直坠到谷底,呼啸的风声在耳边日夜停不下来。

从那天后,她再没提前到校了。他等了她一个又一个早晨,连绵的失望堆积成绝望。他感到这么些年自己觉得最为珍贵的东西就要失去了。他不甘心,一次次在人群中大着胆子望向她,她总是迅速地躲开视线。她的躲避简直让他抓狂,看来她是铁了心。她身边忽然多出一个女孩儿,每天上学放学她俩都结伴而行,这让他失去了接近她向她乞求和解释的机会。

他跟踪她一段时间了。他早出晚归,没有人注意他。终于让他找到了缝隙,这天中午陪伴她的女孩儿没有出现。他埋伏在她回校的路边，等她走过时冲上去一把拽住她，拉她走向通往大湖边的路。他只是想好好和她谈一谈，他可以一如既往地帮她学英语，而且他打算说服父母将他转学到省城中学，哪怕只进一所普通中学也行，这样他还能时时见到她。也许需要不少的费用，但这是他们欠他的，他有把握他们会答应……

小倩慌乱了一刻，就镇定了。她赌气似的一言不发，由着他拉她走。到了湖边，她也不言不语，任他怎么说，都沉埋着头，不给他一点儿回应。一团火烧灼着他，快将他烧焦了，来前他想了很多种方案，还有最最绝望的一招，他冲过去抱住她，吻她。她这才活过来一般，剧烈地反抗起来。两人揪扯着，忽然他感觉她身子一歪，往后跌去，他想抓住她，却抓了个空。

小倩坠向湖面的那一刻，他看清了她的表情。那注定让他余生无比疼痛的表情。

八

韩一含接到了老于的电话，这老汉还真行，流浪者十三号让他找到了。

老于说流浪者十三号叫赵诚，是一家医药器械公司的老总，遇到大麻烦了走上弃路子。他是被一家银行的摄像头拍到，才被警察找到的。

"不过，他不是犯罪嫌疑人，小倩的死和他没关系。现在，最大的嫌疑人是那个男孩儿，叫于雷的男孩儿……"在他的追问下，老于略透露了一点儿法医鉴定结果，但不肯再往深里说。"你和老韩再细想想那几天，'寄物居'有没什么可疑的人出现，仔细想想……"

放下电话，韩一含心里的猜测更清晰了一分。那夜他独自布粘鼠贴，只留下一个，其余的都撤掉了。

蛛丝马迹是有的。比如，他在仓房一处窗户下发现了叠放起来的砖块。草丛里有新鲜的粪便。再是每次被拾掇得干干净净的粘鼠贴，老鼠就是成了精，也做不到那么完美。这几日他没刻意去找，心里想留点儿余地，也许有一天，他会自己走出来。

那个他，韩一含一度怀疑是流浪者十三号。他怀疑他根本没有离开，只是隐匿到了仓房深处。现在，韩一含意识到自己判断失误。那会是谁？为什么躲起来？是不是那个失踪男孩儿？或者，真的只是老鼠作怪？他并没十足的把握。

人生若有余地，人就多一些选择，就不会走向极端。这是韩老师灌输给他的，当了那么多年老师，他从不将学生逼到墙角，让他们退无可退，他留的那点儿余地，不知挽救了多少学生，让他们从弃路子边上走回来。

每年教师节的时候，韩老师都会被成堆的祝福包围，以前是学生来拜访，打电话，寄贺卡，后来是邮件、短信、微信消息。这一天，韩老师一准会多喝两口小酒，会回顾自己的教坛生涯，会少有地嘚瑟一番。韩一含曾经对此不屑一顾，不以为然,这两年却暗暗被感动了。"寄物居"没有电脑,他画室里有一台,每年教师节,韩老师会戴上老花眼镜,凑近电脑屏幕,一个字一个字读成堆的信件和消息,还有手机短信。

韩一含在一旁画画,不时地瞥一眼韩老师。他从镜片后面费力地瞅那些大同小异的字眼儿,嘴里呢喃有声。有那么一刻,韩一含会停下手中的画笔,呆呆地望着,直望得眼眶发热胀痛。

这一天,维系了韩老师全部的骄傲。除此之外的三百六十四天,他只是一个平凡得不能再平凡的安度晚年等待既定结局的老头儿。经历了一些世事后,韩一含才觉出了韩老师作为一个老师的伟大:可以选择,代表了一个人还具有主动性,还握有主动权,那是人之为人必要的尊严。

当他看到于家村的老人失去了自己熟稔的土地、房屋,失去习惯了大半辈子的生活方式,正为即将失去相伴多年、积淀了太多念想的物件发愁时,他毫不犹豫地做出了一个选择——放弃展厅,办"寄物居"。

在收容那些老物件的过程中,他渐渐想通了"寄物居"的真正意义。这些老物件对于那些老人,就相当于教师节那一天对于韩老师所具有的意义,之中可能维系了他们全部的骄傲。它们以实物的存在形式讲述着他们的来处,他们的情感牵绊,他们的精神皈依。如果尽数剥夺,他们将何以寄放已经承受了连根拔起之痛的身心?

夜晚如期降临"寄物居"。今天这里只有韩一含和韩老师。他炒了两个韩老师喜欢吃的菜，陪他多喝了两杯酒。末一杯时韩老师拿手盖住杯子："今天没人，我要守屋。"

"没人还守什么，这满屋子的老东西还能乱跑不成？而且，有我呢。"韩一含拨开他的手，倒上盈盈满满的一杯。韩老师面颊微红，洋溢着一脸的满足表情，将第四杯酒慢慢地喝了下去。

韩老师喝多酒就嗜睡，没多久扯起连绵的鼾声。韩一含锁好画室和仓房的门，坐在办公室里看了会儿书，就收敛了步子慢慢走到放粘鼠贴的地方，上面的吃食还在，他往月亮地里挪了挪，再找个隐蔽的角落坐下来。从他坐的地方可以清楚地看见粘鼠贴，却不会被人发现。

整座仓房显得安静，只有不远处韩老师的鼾声在起伏。他不敢瞌睡，耳朵竭力舒张开来。

先是一抹影子探伸过来。韩一含不由得攥紧了拳头。影子移动得很慢，像是一个人的头，支棱着两只耳朵，韩一含终于看清，是一个十多岁的男孩儿，他蹲在粘鼠贴旁，小心翼翼地挑拣上面的吃食。韩一含一动不敢动，怕惊到他。他叫什么来着，姓于……于雷？

等影子消失不见，韩一含又多坐了半个小时，听见不远处"吱"的一声响，似是柜门的开合声。他这才起身，悄没声儿地走回大门口，就在客房床上睡了。

韩一含仔细考虑了一夜，决定在第二个夜晚到来之前，为一个生命留出点儿余地。

他掏出电话,走进仓房那一排排驳杂而有序的器物中间,缓慢地转悠。

"哦,于警官,案件有进展吗,还在调查是吗?又排除了一个犯罪嫌疑人?那个失踪的男孩儿还没找到?法医报告结果出来了,那个女孩儿不是死后被丢进湖里的?身体上也没有钝器伤害?那有没可能是失足落水?……"同样的意思,他啰里啰唆重复了几次。手机被他握得微微发热。

第二天夜里,他打算如法炮制,将韩老师灌倒,让他早早地躺上床。韩老师紧紧捂住了酒杯:"你,是不是有什么事瞒着我?"

"没有,哪有什么事敢瞒着韩老师?"韩一含给自己斟上一杯。

"知子莫如父……"韩老师幽幽地说,拿仿佛洞穿一切的眼神望定韩一含。

韩一含内心挣扎一刻,索性说了。他压低声音。韩老师大惊,也压低了声音,拿手往仓房深处一指:"就在那儿?好些天了?你确定是那个中学生?"

韩一含点点头:"虽然没十足把握,九成是有的……"

父子俩凑近商量一番,韩一含决定将此事移交给有多年育人经验的韩老师主持。

父子俩早早地就位,韩一含还坐在昨天隐身的地方,韩老师则坐在另一处。如何不惊吓住这孩子,两人想了多种方案,反复斟酌后定下一种。

于雷出现的时间比昨天晚，父子俩不时地交换一下眼神，两人相伴，倒不觉得时间难熬。影子出现时，韩一含先看到，忙冲韩老师打个手势，两人都屏息凝神。待那孩子吃饱，仓房深处传来"吱——"的一声，两人才站起身，回办公室拿了手电筒，大声说着话往仓房深处走。

"你记得放哪儿了？"

"瞧我这记性，还真不记得了。应该是在哪个柜子里。"

两人一个柜子一个柜子往深处游溯，每次打开柜门前，彼此交换一下眼神，交言两句。那个宽展展的衣柜出现在面前时，韩一含忽然有了预感，他向韩老师点一下头，示意他略往后站，由他伸手去开柜门。两人不约而同将手电筒往下压了压。

"咦，这柜子有点儿像。"

"我来看看。"

等了几秒，韩一含才伸出手去，"吱——"一声拉开柜门。一个脸色刷白的男孩儿靠坐在柜子里，紧紧贴住柜壁的身子在抖个不停。

"于——雷？"韩一含尽量柔和语调。

他看见男孩儿点了点头，睁大的眼眶里瞬间蓄满了泪水。

韩一含将于雷搀扶着走向办公室的过程中，于雷一直在哭。他能感觉这个男孩儿此时脆弱得像个婴儿，他几乎是抱着他往前走。他将男孩儿安放在椅子上，给他倒来一杯温度适中的茶水，水里放了一朵菊花。这些都是他和韩老师设计好的。

菊花会让孩子摆脱被审问的感受，获得心理上的慰藉。

父子俩一言不发，静静地等待男孩儿体内的潮汐退下去。

良久，男孩儿抬起布满泪渍的脸："她，死了？"伴随着这句话，泪水再一次将他的脸淹没了，他埋下头去，肩膀颤抖个不停，"我不想害她，我真的没想害她，我、我、我……"泣不成声。

韩老师拿过他手中的茶杯，递给他一条毛巾。"孩子，知道你不是故意的，现在你要老老实实说出当天的情况，才对得起她，也才能救你自己。"

于雷的讲述被泪水泡成了隔夜的汤面，韩老师以一个资深老师的耐心一点儿一点儿地询问，拼接出了事情的原委。韩一含拿纸记录下来。

说出了一切的男孩儿，还在不断地流泪，但停止了颤抖。

"明天我们陪你去派出所自首，你只要如实地说出前因后果，你属于过失方，而且不足十四岁，又是自首，警方会酌情从轻考量……"

这一夜，于雷和韩一含就睡在客房的两张床上。韩一含听见另一张床板"吱呀"响了多时，终于静了，男孩儿发出了绵细的鼾声。而办公室里的韩老师，却安静了一夜。

次日一早，韩一含看到了韩老师连夜写出的三封信，分别写给小倩的父母、于雷的父母和警察老于。"唉，很多悲剧其实是可以避免的，责任不只在孩子身上。我也不知道能不能帮到这男孩儿，他会不会被这件事彻底毁掉……"

一夜之间,韩老师似憔悴了许多。

"爸,我们只能尽心而已。"韩一含也不知怎么安慰他。

九

蝉声在野地里织成一张密密匝匝的网。老韩穿一件白汗衫,和光着膀子的老迁头坐在门前的树荫下纳凉。他们在说海昏侯墓。听说墓主的身份已确认,在主棺遗骸的腰部位置发现的一块玉印上,刻着"刘贺"两字。

老韩絮絮地和老迁头讲述刘贺悲催的一生,十八岁的他仅当了二十七天皇帝,就被权臣以"荒淫无度"之名贬为平民,二十九岁那年被封为西汉第一代海昏侯,仅四年暴亡,他的两个儿子继位也都相继暴亡,豫章太守上奏朝廷"宜以礼绝贺,以奉天意",认为是天意断绝海昏侯,汉宣帝以为然,下诏废除了海昏国……这刘贺虽生在帝王家,却是大悲无福之人,一生无法安妥。老迁头听了"啧啧"感叹。

一男一女走来时,他们以为是路过"寄物居"去幸福新村的。两人却在"寄物居"门前停了下来。

"您是韩老师?"女人客气地问。韩老师礼貌地站起来:"您,认识我?"

"我们是海昏影视城的,来找您和韩老板,我在报纸上看过您的照片。"老韩和老迁头对视一下,刚还在聊海昏,马上有人应声来了。

海昏影视城建在南郊,即将在十一正式开业。女人说他们的老总从一则新闻报道上得知"寄物居",那个杀害女同学的男生在"寄物居"的一个大柜子里藏匿了半个月,后来主动自首……老韩不愿提及旧事,拦住话头:"你们找来'寄物居'是?"

"我们想收购一些旧物品。"

"您弄错了,这些东西我们不对外出售的,只是别人寄放在我们这儿的……"

"我们听说了,所以想和韩老板细谈此事。"

"他在城里忙画展,半个月后你再联系他吧。"

韩一含画展开幕那天,老韩锁了"寄物居",带上老迁头去了城里。大热天的,老迁头在白汗衫外面还套了一件西装,松阔阔的,说是借儿子的。老韩一件短袖T恤,看老迁头热得满头是汗,劝他脱了。开幕式挺热闹,空间不大,多是年轻人,穿着各式不羁的服装,两个老头子扎在人堆里显得挺各色。老韩只待了一刻就出来了,他答应带老迁头去省博物馆,报上说海昏侯墓里挖出来的铜器、马蹄金、玉器,搁在省博展出。

到了省博,两人进去却遍寻不获,一问工作人员,展览早就撤了,海昏侯墓里的东西全部运去了北京,不过明年估计还会回来办展,墓址所在地还要建一个博物馆……老迁头笑呵呵地一拍胸脯:"好歹念了一辈子海昏国,我一定要挺到那时候,去看看这可怜的海昏侯主死后住在哪儿。"

老迁头赶下午的班车回去,老韩独自折回画展。韩一含不在,他的两个学生在照护。下午参观的人不多,上午被人影遮住的画作安静地悬挂在墙上,老韩一幅一幅作品看过去。这些画他有的看过局部,但不清楚画的啥,这时候才瞧了个仔细,瞧了个明白。画展的名字叫"寄物居",分三个版块:居、物、寄。

"居"一组画了很多老宅,它们或肃穆或静谧或萧瑟或颓萎地立于画面中,有的仅仅是屋宅的局部,一截雕满花饰的房梁,沉穆透光的窗棂,被铲去人物面部的门楣,结挂蛛丝的雀替,烟熏火燎烟雾袅袅的厨房,挂在门外土墙上的黄灿灿的玉米和火红的辣椒,狭窄的街巷露出一抹湛蓝的天光……不知韩一含何时将它们移植到了画布上,而今它们已消失不见,随着厂房建起来、道路铺过来,它们都成了某些人的记忆碎片,并将随着那些人消散无影。老韩久久地伫立在每一幅画面前,将它们摁进自己的记忆。他有些后悔,真该带老迁头来看看的,这个念旧的老头一定会喜欢它们。

"物"是"寄物居"里的各式静物。每一样老韩都熟悉,他经常在它们中间走动,闻一闻它们散发出的混沌复杂又让人安定的气息,看一看它们烦琐朴拙又不失精美的细部,想象多年前一双手曾细细致致地盘弄它们、雕琢它们、磨制它们,那时的匠人将手中的器物当作有生命的东西来对待,每一件器物都渗透了制作者的体温和气息,不论被岁月磨损多少年,那体温和气息还在器物的骨子里。不像而今机器批量制作的东西,只有冷冰冰的手感和温度。

"寄"一组画面比较抽象,没有熟悉的物的影子,也没有稳定的屋的结构,画面中的一切似乎被一股力拉扯变形,混杂在一处,它们在旋转,在飞驰,在沉坠,在飞升,在消逝,在重建……老韩觉得自己看懂了,一幅一幅他都看懂了,甚至从一些画面他仿佛听见了韩一含的啸叫。

经常,坐在阳光下和烛光中的他,听见隔壁画室传出的啸叫声,一声叠加一声,尖锐而连绵,大有冲决屋顶之势。现在他明白了,那些啸叫隐匿在笔触里,尖锐于色彩中。他也明白了韩一含取名"寄物居"的含义——人之一生,不过寄居一世,物亦人,人亦物,安居为要,安心是福。一时间,似有绵绵无尽的感喟在心里起伏。

走出来,门口的学生将留言簿递给他。他沉吟一下,用端正的板书体写下——

夏之日,冬之夜。百岁之后,归于其居;
冬之夜,夏之日。百岁之后,归于其室!
盛夏韩老师录《诗经·国风·葛生》句

赠韩一含画家

没等韩一含忙完画展返回"寄物居",动荡先至。陆续有人来"寄物居",要求将寄放的东西搬走。起初一两家,老韩没在意,秉持原先定下的"寄物居"规矩,所有物件按主人意愿来去自由，他取出寄放时签的一纸约定，当面撕碎，允那人将东西搬走了。

来的人渐渐多起来，老韩心中起了疑惑，又不便在此时打扰韩一含，一个人将这疑惑闷在心里。

老迁头帮他打听到消息，原来是海昏影视城的人给幸福新村的住户群发了短信，也在住户组成的微信群里发了消息，他们愿意以适宜的价格收购这些老物件。尽管老人们一致反对，对网上的事却一窍不通，没法儿干预，但年轻人觉得这是天上掉馅儿饼的好事，远在外地的他们通过网络就谈定了交易，收取了预付款。等老人们知道再想反对时，已经板上钉钉，如果违约需要支付几倍于定金的违约金。于是，一户户相继瓦解。

等老韩弄清楚这事，"寄物居"里已搬空了大半，剩下的一些物件多是影视城无意收购的。一度被塞得满满当当的"寄物居"重新露出了厂房的面目，显出萧瑟荒芜之气。

老韩每看一眼仓房，苍凉之感就在心头叠加一层。

他等着韩一含回来"寄物居"，他知道韩一含不会怪他。从创办"寄物居"，韩一含就没想过扭曲人与物的意志，否则不会拟那样一纸约定。随缘而来随缘而去，都是自然。

流浪者七号在这里住了三天，临走前向他郑重告别。"你打算去哪儿？"流浪者七号笑了笑，抬手指一指南方。老韩发现，流浪者七号嘴角的胡楂儿里竟然隐伏着两个酒窝。这笑容和这酒窝莫名地让他有些心疼。他伸出手去，握一握流浪者七号的手："小伙子，一路走好！"

半年后,在城市的另一端又冒出了一个"寄物居"。樟木板上刻写的三个字,和曾经挂在于家村的一模一样。被废弃的厂房从空旷到被一点儿一点儿填满,花费了不长不短的时日。老韩坐在里面,一部老旧的收音机镇日播放着拖腔缓板的戏曲,夜里一点灯火亮起来,随风摇曳,将浓重驳杂的影子刻印在屋顶、地面上。

　　在"寄物居"木牌下面的墙壁上,墨书了两行字,是极其端正的板书体。

　　夏之日,冬之夜。百岁之后,归于其居;
　　冬之夜,夏之日。百岁之后,归于其室!

——《诗经·国风·葛生》

请叫她天鹅

"去看天鹅了吗"

"克鲁——克鲁——""欧——欧——欧——"探进垃圾箱的竹棍顿住了,孟小凡抬起头向叫声的方向望去。是白天鹅!不觉到了珍鸟园附近。今年入冬后,孟小凡还没来看过天鹅,谁让他遇到了尾巴,这麻烦又迷人的小东西呢。

回过神,孟小凡直着脖子唤"尾巴——尾巴——"。尾巴鼻子摩挲着草叶,从一片竹林里钻出来,跑到他脚边嗅一嗅他的鞋子,又掉头跑进了草丛。孟小凡抽出竹棍,敲击着塑胶路面,"尾巴,尾巴,走,我带你去看天鹅,白天鹅!"

从那年冬天林芝带孟小凡来湿地公园看天鹅,年年入冬后他都会多次跑来这里。电话从南方某个孟小凡并不清楚具体方位的地方打来,林芝在电话里说完长长短短的话,末了总会问一句:"去看天鹅了吗?"

白天鹅、黑天鹅、燕雀、白头鸭、苍鹭、白鸥、灰雁……湿地公园里有很多种鸟,但林芝独爱白天鹅。孟小凡还清楚记得林芝初见到白天鹅时发出的那声惊叫,短促的尖叫连缀着一长串"咯咯咯"的笑声,像铃铛被一只调皮的手持续拨弄。

离他们不远的那对白天鹅,仿佛听懂了林芝笑声里的赞美,竟然扭动着脖颈摆起了各种造型,一会儿两喙相触,柔软的脖颈合并成心形,一会儿一只白天鹅缓慢地扭过头去,两颈优雅地交合,两只白天鹅不紧不慢默契十足地变换着造型,连孟小凡都感觉到浓浓的爱意在它们之间流淌,像水面反射的太阳光直耀人眼睛。林芝叫着笑着眼泪都出来了。

孟小凡一次次往湿地公园跑,为了在下一个电话里向林芝报告白天鹅的情况。他绘声绘色地描绘四只天鹅缓缓浮水而行,渐渐排成一条笔直的射线,射线的原点正好是他孟小凡。但孟小凡没说那一刻,他觉得这四只白天鹅很像他们一家子,妈妈、爸爸、爷爷和他,中间那只白天鹅挺着笔直的脖颈,显得特别优雅,是林芝。紧挨着她的那只看起来身形娇小,是他。他在电话里学白天鹅的叫声,"克鲁——克鲁——",直叫得林芝在电话那头发出一串铃铛被调皮的手拨弄的声音。

林芝说她在网上看到消息,在南城为北来的候鸟留出了一条空中通道,这条通道经过天香园,终点是湿地公园。那段时间,放学上学路上,孟小凡会不自觉地停下脚步,抬头望向天空,他巴望正好有一群候鸟飞过来,铺天盖地的一大群,它们扑腾着翅膀遮蔽了天光,鸟屎雨滴一样扑簌簌落在他的身上、书包上。这样他就可以在电话里略带夸张地向林芝描绘这一幕了。自然,奇遇一次也没出现。今年入冬后孟小凡一直没接到林芝的电话,在放学路上晃晃荡荡的孟小凡遇见了尾巴。

尾巴是一条灰不灰黑不黑的小狗,脏兮兮的毛发打结成团,让它显得面目模糊。它突然从灌木丛里滚出来,停在离孟小凡五步远的地方,定住后就一动不动地看着他。黑乎乎脏兮兮的一小团,唯一双眼睛晶亮。孟小凡吓了一跳,这是哪里窜出来的小家伙,真是脏得可以。一转念,他意识到这可能是一只无主狗,前后左右望一望,路人都行色匆匆,没有一个人看起来像是与这只狗有关。他蹲下身,眼睛一眨不眨地看着小狗,伸出一根指头朝着小狗无声地勾动。仿佛有电波在两双眼睛间穿流、交汇。孟小凡故意虚抬一下手臂,小狗惊得转身就跑,跑了没几步又停下来,定住身子望着孟小凡。看起来,小狗出生没几个月的样子。

  孟小凡没敢将尾巴带回家,爷爷不许他养宠物,有等于无的乌龟不行,微型而活泼的仓鼠不行,叽叽喳喳叫的鸟不行,更别说活蹦乱跳的小猫小狗,爷爷说他本来就不刻苦学习成绩在班上甩尾巴,有了这些东西会越发没了学习的心思。孟小凡将"尾巴"这个他总也摆脱不掉的词颁给了小狗,将它安置在自己的"秘密城堡"里。

  秘密城堡在小区斜对面一个闲置了一年多的空地上。前年的时候,那片空地突然被一圈围墙围了起来,隔着铁门看见里面的荒草都给除掉了,有大吊车开进去,轰轰隆隆一阵子,突然又沉寂下来。荒草重新从泥土里钻出来,主宰了这片土地。从铁门侧身钻进去,靠左的墙根下有一排简易砖房,孟小凡放学后常去那里待上一阵子,那里是他的秘密城堡,屋外空地是他的秘密农庄,他在密生的草丛里发现了不少乐趣。

孟小凡捡来一个硬纸盒，测试了中间那个屋子的各个方位，选定了一处风最小的地方。从家里拿来一条旧毛毯，还有自己的一件旧卫衣、两个塑料碗、两盒牛奶、一个鸡蛋，又掏钱给尾巴买了一个面包。鸡蛋抹在面包上，再掰成一小块一小块。尾巴嗅了嗅，不吃，抬头看看他，晶亮的眼睛像两颗星。"吃吧吃吧……"他大声鼓励它。尾巴好像听懂了，拿舌头舔一舔面包，再舔一舔，埋头吃起来。

尾巴舌头搅动牛奶的声音，在孟小凡听来简直像音乐一样美妙。

盼着他长个子的林芝一再嘱咐爷爷给孟小凡备足牛奶，面包可以从他的零花钱里省出来，可他还是得想办法给尾巴买狗粮。他不想委屈尾巴。同学刘辛玲子家的狗就是吃狗粮的，孟小凡打听过了，一小袋狗粮就得二十多元。他给玲子说了不少好话，她才带来了一小袋狗粮，尾巴吃得特别欢。

这几天一得空，孟小凡就带着尾巴在垃圾箱里翻找空塑料瓶。尾巴食量很大。这家伙看着个子小小的，活泼得很，跑起来的时候像一支离弦的箭。

现在它就在塑胶跑道上箭一般射了出去，孟小凡不得不提起竹棍跟在后面追赶。他看见了天鹅，两只白天鹅舒张开翅膀，双足交替击打水面，在湖面溅起一长串水花。"欧——欧——欧——"的叫声涟漪一样在空中荡开。两只白天鹅飞到湖的另一端栖落下来。湖面上还有许多白天鹅、黑天鹅、灰雁们成群结队地游来游去……湿地公园到了一年中最热闹的时候。

尾巴吠叫起来。"谁家的狗，也不拴绳！大门口不是挂了牌子，宠物狗必须拴绳……"管理员老邓大声嚷嚷着，拿一根棍子驱赶尾巴。孟小凡赶紧扑过去，将尾巴逮到了怀里。

"是你家的？"老邓认识孟小凡，一个年年冬天来看白天鹅的男孩儿。孟小凡不敢应声，抱起尾巴转身跑出了珍鸟园。老邓住在他家附近，他可不想老邓将尾巴的事儿告诉爷爷。老邓还在背后唠唠叨叨，"拴绳拴绳！狗最喜欢追活物了，万一哪只鸟受伤……"

将尾巴送回秘密农庄，孟小凡还舍不得离开。一人一狗在草丛里嬉戏。

出太阳的时候，孟小凡常常和尾巴坐在秘密农庄的土坡顶上晒太阳。他面朝南方，一动不动地看着白云在蓝天上飘移，白云显得那么安逸，雍容地蓬松着缓缓移动。这时尾巴变得非常安静，蹲坐在他身边，白云的影子镶嵌在它亮晶晶的眼睛里。孟小凡入定一般，脑子里想象着一群候鸟正从天空飞过，扑扇着翅膀，飞过他和尾巴的头顶，鸟屎雨滴一样落下来……

"我得赶回烟村"

"噢汪——噢噢噢——"陈金妹浑身一颤。她半跪在地板上擦拭床头柜上的花瓶台灯，密集的镂空花纹盯得久了，和午后的阳光一样有催眠的效力。这家女主人洁癖重，钱虽然给得多，却也要求高，眼睛尖，容不得一点儿灰影子。只这个花瓶灯罩,就费掉了陈金妹一刻钟,它可是天天在女主人眼皮下过的东西,不能不小心。她先用小鸡毛掸扫了一圈,再用湿抹布沿着纹路一点点抹,嵌在沟回里的灰尘用一柄小毛刷清除,最后用干净的干布巾再抹一遍。每周一小洁,每月一大扫,这闩门闭户的也不知哪来这么多灰尘。也不奇怪,这座城市现在到处是工地,风也起得勤,空气里的灰尘味儿都闻得见。

"噢汪——噢噢噢——"黑宝又一阵叫唤,透着激烈劲儿。陈金妹挺起身子,从卧室的飘窗望出去,黑宝绷直身子攀在栅栏的石础上,卷毛一抖一抖的。再一看,外面有一条金毛路过,阳光下毛色金灿灿的,体形比黑宝大了不止三五倍。金毛驻足低吼了两声,主人拽一拽绳子,它就跟着主人走了,似乎没把黑宝的挑衅放在眼里。黑宝即便绷直身子,从外面也只看得见它的头顶和眼睛,眼睛还埋在卷毛丛里。

黑宝不肯罢休,视线跟着金毛转,吠个不停,终于发出低弱的"呜呜"声,金毛大概走出了它的视线。

黑宝看着个子小,姿态却激烈。陈金妹第一次进门时,它叫得沸沸腾腾,见过四五次后才收了架势,可还是凶,一次陈金妹不小心摔碎了它的饭盆,它冲过来照着她的手就是一口,真咬,见了血痕。女主人拿给陈金妹五百元钱,让她赶紧去打狂犬疫苗。平白无故挨了五针,陈金妹打心眼儿里对这黑宝失去了好感。

人命不同,狗命也大不同。陈金妹家养过狗,乡下的土狗,天天在外面自个儿觅食,回来了主人家吃什么,省一口给它，不外是米饭面条肉皮嚼剩的骨头之类。这黑宝倒好，吃得比人还精细。女主人为它制定了严格的食谱，用电脑打印出来贴在餐厅的墙上。家里的狗粮有几种，有的开袋吃了一两次就没再动过，女主人说黑宝挑食，这些口味的它都不喜欢，最后认定了一种，陈金妹瞧见袋子上写着贵宾成犬粮。也是从黑宝这儿，陈金妹才知道狗粮分商品粮、自然粮，前者添加了诱食剂，香、味重，但不健康。黑宝还有零食，骨头也分几种，有牛肉味的、鸡肉味的、鲜肉味的，换着样儿吃。黑宝还天天喝羊奶，不是羊奶粉冲水那种，每天两份鲜羊奶，女主人一份黑宝一份。陈金妹给黑宝准备食物时，嘴上不说什么，心里可是叨咕个不停。她不叨咕叨咕，心里的一股气没法儿顺溜。

不能不承认，这黑宝比她家吃得还好。她崽女小的时候也没吃过几天鲜牛奶，现在崽女大了出去了，她和老邓越发吃得马虎粗糙，什么营养搭配、膳食多样、冷热适度在他们都是奢谈，每餐能按时按点有碗饭菜填饱肚子就不错了。她有时接下给新房"开荒"的活儿，赶在一天之内做完百平方米的屋子，那些铲不动的水泥疤儿，那些干在窗户上的涂料印儿，怕花了柜子漆面的脏渍儿，都得百分百集中精力对付，常常饿过了饭点都不知道，中间抽空吃个面包灌两口热水就相当不错了。哪比得上这黑宝。

"叫什么叫呢，等下嗓子又该疼了。"睡在沙发上的女主人醒了，没怪黑宝乱叫，倒在担心黑宝嗓子费了太大力。

"咋不喂它一片金嗓子喉宝呢？"陈金妹在心里嘀咕一句。

转瞬,自己被这念头逗乐了。真喂的话,金嗓子喉宝会不会卡在黑宝喉管里?

口袋振动,是老邓的电话。"那,啥,我得赶回烟村。"

"为啥?"她和老邓早省略了称呼。

"明天迁坟!"

不等她回话,对方挂断了电话。陈金妹的心乱了。县里下文说迁坟有两三个月了,主动迁的发安抚金,每个坟一千元,多一棺增加五百元。可村里没谁行动,连村干部也不动。大家都观望着,等着靴子落地,又盼着靴子一直不落地。

老邓家涉及爷爷奶奶的双坟和他爸的单坟。爷爷奶奶的坟在山上,村里邓氏的祖坟地,爷爷走得早,奶奶两年前才去世。他爸单葬在他家地里,那时祖坟岗已经没地儿了。

老家就剩老邓他妈,六十五了,什么事都做不了主。三个儿子都出去了,一个在东北大庆,一个在广东揭阳,就老邓离家最近,坐车两个半小时。他妈只能指靠他。

心里恍惚着,手上的动作就缓滞了。往常五个小时做完的大扫除,陈金妹做到下午四点还没结束。终于到客厅了,她拿出鲜花捧着花瓶去换水,刚走到厨房门口,冷不防黑宝冲到她脚边,"汪——"的一声,惊得她原地一蹦跶,花瓶滑脱了手,变成一地白花瓣。

黑宝吓得"噢噢"叫起来,女主人冲过来一把将它揽到怀里。躺到女主人怀里的黑宝立马换成了"呜呜"的撒娇声。陈金妹脸涨得通红,慌手慌脚拿了扫帚来扫,刚落地女主人炸了,"这是扫厨房的,油乎乎的怎么扫客厅?你今天魂不守舍啊,看把宝贝吓得……"

黑宝的"呜呜"声更加娇弱,仿佛眼前的一幕仍让它心有余悸。"宝贝,宝贝,没事了没事了……"女主人逃离车祸现场般抱着黑宝去了院子。

陈金妹四处找扫客厅的扫帚,却怎么也找不见,只好用手收拾碎瓷片……手划破了,陈金妹收拾完才发现。她没找女主人要创可贴,拿了张餐巾纸折巴折巴裹住了伤口。血水慢慢洇出来。陈金妹由着它,急慌慌将客厅打扫完。女主人将两百元放在茶几上,陈金妹只拿了一百元,不声不响地出来了。

走出院子,迎面看见一只金毛跟着一个老头走过来。金毛走得气定神闲,老头半沉埋着头,三七开偏分的花白头发梳得齐整。陈金妹觉得这老头有点儿面熟,一时又想不起来是谁,在哪见过。她做过的人家太多了。

不一会儿,身后传来"噢汪——噢噢噢——噢——"的叫声,似乎还带了点儿撒娇的尾音。陈金妹从鼻子里哼出一声。

"你捡空瓶子干吗"

威仔这两天有点儿心不在焉。老顾暗自分析了一番,觉得和怪老头的那群狗有关系。

那群狗里有一只小金毛。威仔平时是比较淡定的主儿,老顾还没看它为啥激动或狂怒过。可遇上那群狗后，威仔不淡定了，它弓背竖耳低吼了半天，老顾怎么拽扯也不能让它调头。

那群狗也炸了窝，在一条眼睛上飞两朵黄的黑狗带领下，齐齐朝着威仔吼叫。几只狗大大小小，高高矮矮，颜色不一，品种不一，有的还少一条腿，有的眯缝着一只眼睛，有的头顶上的毛稀稀拉拉，说是流浪狗也差不多。老顾心里有点儿急，毕竟对方那么多条狗，虽然有几条挂了名牌，套了颈圈，但都没拴绳，看起来一副没人打理的样子，不知道是不是野狗，有没带啥毛病，他可不希望威仔与它们正面交锋硬干一架。他瞟眼看见垃圾桶旁有一根拖把棍儿，暗暗在心里估算了一下自己在群狗冲过来前将它攥到手上的可能性。

剑拔弩张的时刻，那群狗的主人出现了，戴一顶灰绒线帽的老头，军绿色棉衫外面罩一件与帽子同样质地的绒线背心。老顾裹着鹅毛羽绒服，站在淡金的阳光中还觉着风厉呢。

老头远远地吹一声口哨，领头的黑狗得令一般掉转头，老头一挥手，黑狗唰一下就窜了出去，一群狗呼啦啦都跟在黑狗后面跑了。老顾瞅见狗群里有一只金毛，身形比威仔小了不止一圈，毛色倒柔顺灿亮，算是那群狗里最出色的一只。他掉头看威仔，威仔眼睛一眨不眨地盯着那群狗，任老顾怎么拽扯也不肯离开。

怪老头领兵将军一般带着一群狗，招招摇摇地往远处走了。

从那天开始，威仔显出了异样。这以后双方就经常碰面了。老顾不知道是否威仔有意为之，每次出了小区四处捡塑料瓶的时候，他会松开绳子，威仔的嗅觉比他灵，耳朵比他灵。衰老意味着身体的零件一个个老化失灵，很多时候其实是他跟着威仔走。威仔既是他的孩子，也是他的陪伴，还是他的眼睛、他的耳朵、他的保镖。

第二次遇见，情形和第一次差不多，还是那个怪老头给解的围。这之后老顾就留意了，每天出来都警惕地注意四周的动静，远远地看见那群狗，就赶紧拽绳子让威仔转去别的地方。可一向顺从的威仔不听话了，脖颈梗着，执拗地朝向那群狗的方向，眼睛一眨不眨。

世界终归是年轻人的，人狗之间也是如此。威仔和那群狗迅速地由敌对到融合，混成了那群狗的铁杆盟友。老顾不知道狗与狗之间怎么交流、谈判、沟通，总之威仔与小金毛的恋情正式开启了。原本和怪老头八竿子打不着的老顾，不得已和怪老头成了经常碰面的熟人。再后来，两个老头就常对坐喝一瓶酒，任由威仔和金子（小金毛）、双黄（那条黑狗）们在一旁嬉戏打闹。

老顾住进龙鑫花园小区三年有余，天天带着威仔在附近转悠，威仔已经被训练成了捡塑料瓶的高手，最多的一天它捡了三百五十一个塑料瓶，那是十一长假，湿地公园刚刚对市民开放，人们爱追着新鲜事儿跑，老顾和威仔就追着人多的地方跑。威仔体量大，不少女人孩子看见它就躲，起初老顾不好意思带它往人多的地方钻，可不去人多的地方哪捡得到塑料瓶，惦记空瓶子的人还真不少。

"你有退休金,捡空瓶子干吗?"

老顾抿一口酒,咂摸一下送下喉,嘴巴舒张开,眉毛攒上去,额头的爱心纹堆叠出几层,一副难以言喻的表情,"有用。"夹一粒花生米,不紧不慢送进嘴里,"你呢?"

怪老头姓刘,龙鑫花园矗立起来的地方原本是刘家村一角。老刘老去的过程,约等于刘家村一点点被蚕食地界不断缩小的过程。

老刘现在住的地方,是一座简易砖房,准确说不是一座,只是搭着围墙又另起了三面墙葺了一个顶的简易长方形盒子。他家原本有两层楼和一个敞院子,院子西南有一片地,现在变成了被一圈围墙围起来的荒草丛生的空地。

老刘从铁门翻进去过,努力辨别原来自个家的方位,倒也清晰,甚至他站在荒草丛中,闭上眼睛,还能感觉到被抹去的屋基在噌噌地向上生长,长成了他熟悉的模样。

他抗争过,村里的很多人都抗争过,可还是拆了,全都拆了。有传言说刘家村人是钢筋骨头水泥脑筋,死犟死犟的,倒是比别村人多赚了些搬迁费。可再多的搬迁费都填不平老刘心里那个大窟窿。他最后妥协不过是为了儿子,儿子就差拿刀架在脖子上了,不是老刘的脖子是他自个儿的。他老刘可以扛住百斤的重担,扛不住儿子叫一声"二爷唉——"。

儿子自小叫他二爷,算命的说必须这么叫,他俩父子的情分才能长久。仿佛这一改口就可以骗过老天爷,就能让儿子有好命，让他享好福。他不知道自己算不算享好福，三十五岁时儿子他妈走了，他一个人带大儿子，生怕有一点点闪失，下狠力气让儿子读书，读高中读大学读研究生。六十岁上他失去了生活大半辈子的宅屋，被他拼命送进城里的儿子找了个在省城土生土长的媳妇，婚礼倒是体面隆重，可这场婚事彻底斩断了儿子对刘家村的念想，斩得一干二净。儿子将还迁的几套房卖了，在城里买了一套二百平方米三层楼的叠墅，说有一个房间专门给他，门前的院子也任由他莳弄。他去住了小半年，说不出哪里别扭，就是别扭，而且奇怪地，他招狗，在马路上遛一圈，就有一只不明来处的狗跟上他，一直跟到院门口，巴巴地跟着。他心一软，搁一点儿食，这狗就留了下来。

  媳妇是有文化的人，儿子的大学同学，对他很有礼貌，可他知道儿媳不喜欢狗，心里一百二十个不乐意。不是儿子顾惜着他这点点想头，那些狗一只也存不下来。狗从一只变成三只，虽然都被儿子牵到宠物医院做了体检，打了防疫针，可小区里还是有人不安心，在他家院门上贴纸条儿，到物业去告状。再然后，儿媳怀了孕，恰好城里掀起一股打狗风潮，只要是没挂名牌的狗一律视为流浪狗，就地处理。那处理的法儿，就是拿一网兜套住，几根棍子往死里打。残忍得很！

  儿子还没开口他就明白了，他抢在儿子说话前把儿子想说的话一股脑儿地倒了出来，他没有一点儿不乐意，和他的狗住回了刘家村。

  老房子不可能回了，好在这片空地不知为何闲置起来，围墙和墙外的简易房子仿佛就是为他打造的。没有电不要紧,他点蜡烛,每天早早地就躺下了,一梦到天亮。没有水也不是多大的事儿,他很快和龙鑫花园的门卫混熟了,交点儿水费每天去保安室提水。不是为了这群狗,他连三平方米的地儿都不需要。奇怪的是,他和他的狗仿佛一个吸盘,不断地吸引来流浪狗。他想自己上辈子怕是一条狗吧。老刘的狗队伍不断壮大,他越来越像个将军,狗将军。

儿子来一次塞一次钱给他,仿佛钱可以代替他连声说对不起。儿子不知道老刘一点儿不憋屈,他过得很舒心,比在那豪华叠墅里还舒心。老刘没动用儿子一分钱,都给孙子存着,他每天带着这群狗出去捡空瓶子,顺带也捡点儿需要的东西,他屋子里的柜子、沙发、木凳都是捡来的,他收拾收拾都能派上用场。

老顾这才弄明白,为什么最近一个月他和威仔捡到的塑料瓶数量锐减。老刘和他的狗来了!

走得近了,老顾可以让老刘去他家里洗澡、提水,帮他照看这群狗,却始终不肯向老刘透露他为什么一个人住在这里,还有他捡那些空瓶子做什么用。老刘也就收敛了好奇,不再打听。两个老头和一大群狗相安无事。

老顾提一袋狗粮给老刘,老刘一抬手拒绝了,"别,别把我家的狗惯娇气了!"说完,老刘咧嘴一笑,笑出了满脸的褶子。老顾也攒眉一乐,乐出了满额头的爱心纹。

两个老头给威仔和金子举办了一场婚礼,由老顾准备了一顿丰盛的狗粮，和一顿丰盛的酒食，这一次老刘没有拒绝，让他的狗们享受了一顿盛宴。

老刘没和老顾说，前一天他特地抱金子去"宠物安乐苑"做了一次护理，从"宠物安乐苑"出来的金子浑身香喷喷的，毛发柔顺得像金色锦缎，脑门儿上还系了一个粉色的蝴蝶结。

婚礼在老刘的蜗居举行，因为这里更适合人与狗的狂欢。婚宴结束后，威仔和金子就被老顾领回了家，他为它们专门布置了婚房。三室两厅的房子，原本他一个人住，大半空间闲置着，后来儿子买了威仔送给他，屋子才不显得那么空旷了，威仔也逐渐充填了他虚空的生活。现在威仔又添了新媳妇，在老顾看来这甚至比他听到儿子的婚讯更让他兴奋。

老顾将威仔和金子的婚房设在客房里，怕威仔不习惯关门，他在门上挂了一块布帘，下面半米悬空，既保证了狗狗们的私密，又方便它们自由出入。怕金子第一次进门不习惯，老顾还专门买了个插座夜灯，不过他相信有威仔的陪伴，他的担心是多余的。

刚刚将威仔和金子安顿好，老顾接到了老刘的电话。老刘的声音里带了醺醺然的醉意，又带了老人对孙辈的一股子娇宠劲儿，"亲家，我家金子入洞房了吗？她还习惯吧？"

"好得很呢！亲家，你就安心睡吧。"

"你家老邓出事了"

老邓的电话一直没人接，陈金妹从中午拨到傍晚，打了有十来通。最末一次，对方手机竟然关了机。

昨天晚上九点两人通过电话，老邓说村里表面上看着平静，但村人都攒着一股情绪，等明天现场看情况呢，明天是烟村集中迁坟第一天。陈金妹没当回事，她不是烟村人，甚至不是本省人，她老家没听说有迁坟的事儿。她照常去龙鑫花园一户人家做清洁。九点来钟，突然接到电话，她以为是老邓，没想到是湿地公园打来的，说老邓的电话打不通，问她有没看见一只叫丫丫的灰雁飞到他们家？

丫丫？灰雁？他们家？灰雁来他们家干吗？陈金妹握着抹布愣在落地窗前，不知怎么回答。听了半天才闹明白，一只叫丫丫的灰雁从珍鸟园飞走了，不知是昨天还是今天，也不知是夜里还是早上飞走的。替老邓班的管理员喂食的时候，一清点发现丫丫不见了。而这只灰雁简直可以说是老邓的小跟班……对方说到这儿，陈金妹想起来了，老邓确实和她说过这只灰雁，说它不知为何总喜欢跟着他，他喂食的时候跟着他正常，可他打扫园子，在芦苇丛里寻蛋，配食，倒垃圾，甚至上厕所的时候，它都一摇一摆地跟着他。时间长了，老邓也将它当成了一个伴，没事的时候喜欢抱着它，嚼碎了瓜子仁喂它，边喂边和它说话。陈金妹还记得老邓说起这只灰雁时，脸上抑制不住的那股子柔情，她忍不住打趣他："这要是个女人就美了，你老邓不就有了贴心贴肺的情人！"老邓傻笑，不接话。

原来老邓叫它丫丫，女儿的小名。管理员说丫丫怕是没看见老邓，飞出去找老邓了。这话陈金妹哪里能信，一只灰雁动了感情？可她还是满口答应，一旦看到丫丫就给公园打电话。

挂了电话，她给老邓拨过去，没人接。再打，还是没人接。陈金妹不知老邓遇到了啥状况，没带手机？手机没电？不方便接电话？越打越心慌。

婆婆的电话也没人接，她用的老人机，只会接听不会拨打，手机常常落在她自己也想不起来的地方，或是忘了充电。陈金妹没法儿，打给村支书刘金贵，刘金贵一听是她，就在电话那头炸了："你家老邓出事了！"

陈金妹惊得握电话的手开始打抖，出事了，出什么事了，出多大的事了？陈金妹嘴唇哆嗦了半天，没能吐出一个字来。电话那头一片乱糟糟的人声，陈金妹听了一刻，终于吐出几个字："老邓呢，他人呢？"

电话里满是杂音，没一刻断了。

陈金妹木呆呆地站在那儿，抹布机械地在玻璃上擦来擦去，心里一柄小锤子敲个不停，要不要告诉他二弟、三弟？要不要告诉在外地读书的崽女？……她哆嗦着手拨了两个电话，女儿没敢告诉，即便告诉了她一个读大二的崽女也不顶事。二弟的电话很快回过来，说刚从小学同学那儿问到点儿情况，老邓打了人，被抓起来了，现在还不清楚人在哪儿……

陈金妹不知怎么做完的清洁，从楼道里出来先往东走了一段，想起来方向反了，又折回来。路过八栋时，迎面撞上那个老头和他的金毛，金毛变成了两条。陈金妹没心思细看，匆匆往家赶，她想连夜赶回烟村，可她不是烟村人，赶回去也不知道该怎么办啊!

老邓性子烈,经历那事后磨去了一些,进城十来年又磨去了一些,棱棱角角都快磨圆乎了。陈金妹开始后悔,自己咋没陪他一起回呢,就念着不能请假,得多赚点儿钱,如果她在老邓身边,可能就不会闹出事来。后脑勺上的一根筋一扯一扯地痛,陈金妹饭也没吃就躺下了……她来到了一片白茫茫的世界,四周的东西都朦朦胧胧的,看着那么宁静安详。突然"汪——"一声,陈金妹身子猛地一抖,醒了。

那个老头她见过!在医院里!一个念头平白无故地刺进来,像一柄剑刺穿了白色的锦缎,撕裂的丝线在空中飘飞。

陈金妹做过医院陪护。那几年她看过太多生老病死,多到伤了心。而且陪护常常是全天二十四小时,基本没有自由的时间,赶上家庭保洁的市场越来越俏,她就离开了那个充满呻吟的白色世界。

她仔细地回想,照护过的病人实在太多太多,肺癌晚期的,肝硬化的,脑出血的,心脏搭桥的,肠梗阻的……那个女人得的是……淋巴癌。

她见到女人时,她已经化疗一周了,头发开始大把大把脱落,后来戴在她头上的绒帽还是陈金妹织的,女人挑的粉色。那个女人生得好看,六十出头了还看得出是个美人坯子。陈金妹没见过那个老头,见到的是他的照片。三张照片,一张是他和女人的合影,两个端庄的人儿那么养眼地嵌在镜框里,他的头发三七偏分,梳得一丝不苟。一张是他的单独照片,站在黄河壶口瀑布前，这是女人告诉陈金妹的，黄浊的河水仿佛在咆哮，而他站在阳光下，一脸和煦的笑容。

还有一张是一家四口，他和女人还有两个孩子，一儿一女。女人说女儿在国外，儿子刚刚参加工作了，在南方。女人住的高级病房，陈金妹知道这病房房费很贵，她看得出女人过得养尊处优，可没有人来看她，儿子没来过，女儿没来过，他也没来过。陪护这些年，陈金妹养成了习惯，雇主不说的她便不问。一天夜里，她半夜醒来，那是个雷雨天，闪电像蛇在天空游走，蛇的尾巴甩动着一次次穿透屋内的黑暗，炸雷一个接一个……在白炽的闪电和炸雷的轰鸣里，她捕捉到了一丝似有若无的声音。女人背朝着她，在被子里裹紧成一团。

起初陈金妹以为女人是痛得受不住，可很快发现，不是呻吟，是哭泣。这个女人在哭。陈金妹一动不动地躺着，生怕惊动了这个不知为何悲伤的女人。

她送走了这个女人，被化疗和药物折磨得变了形的女人。女人的儿子在她最后的时刻出现了，陈金妹才知道女人竟然一直没告诉儿子自己的病情。儿子在女人的病床前痛哭，长跪不起。看起来那么柔弱的一个女人，却是陈金妹护理过的人中最坚强的一个。她那么平静而坦然地迎受着自己的死亡……

在通知儿子回来前，女人将床头的三张照片从相框里取出来，装进一个信封，请陈金妹从邮局寄出去，嘱咐她寄挂号。信封上的收件人，写着顾健明。地址是某某监狱。

陈金妹忍不住将这事和老邓说了，老邓一惊，顾健明？这不是几年前报上报道过的，因为小偷偷盗被牵扯出来的那个大贪官吗？老邓那时在一家工厂值夜班，一张张报纸帮他打发了无数个长夜。

"给孙子送辆奔驰车"

"爸，恭喜你当爷爷了！季季生了，是个带把的！"儿子的声音像氢气球直往上飘。

"那好那好，在哪个医院，我明天来看他！"老刘给孙子的礼物早备下了，老顾给参谋的。老顾会上网，帮他订了个奔驰牌儿童电动小汽车，宝宝坐在里面可以听音乐，摇摇摆摆，这车可以驾驶也可以遥控。老刘起初有些犹豫，"宝宝刚出生，这车……""放心，他爸可以带他开啊，你也可以带他开啊！"老刘想想儿子家的大院子，想想阔大的小区，四通八达的步行道，这车还真用得上。

"给孙子送辆奔驰车！"这话听起来挺高级，比送宝宝衣高级，比送毛毯高级，比送奶粉高级，这么高级的礼物才配得上老刘激动的心情。老刘最后选定了一辆红色的。

老刘去看了老伴，她被供奉在刘家村"安息堂"。城市不断蔓延开来，刘家村被陆续切块分割出去，活人没了地儿，祖坟也没了地儿，村人集体商议建了个祖堂供奉亡者的牌位骨灰，称为"安息堂"。老刘的老伴变成了清一色白陶罐里的一只，罐身上刻着她的名字。

简陋是简陋了点儿，可老刘想想，至少她还和左邻右舍住在一起，平时也有人说说话。等他到了那一天，也会住回这里。城里的公墓价格贵得吓人，而且左邻右舍的连语言都不通，说的话都听不明白，那岂不是寂寞得冒烟。还是刘家村的"安息堂"好，乡里乡亲的，彼此熟络，即便吵架也吵得带劲、亲切。

老刘请老顾帮忙照看他的狗一天。老顾虽然指挥不了它们，可威仔在它们中间已经确立了威望。

奔驰车存放在老顾家里。老顾帮他电话叫了快递员，将家里的钥匙交给他，嘱咐他别自个儿动手，让快递员给他搬下楼。

老刘进了老顾的家，这还是他第一次仔仔细细地察看这个三室两厅的房子。房子没儿子的叠墅面积大，也没儿子家的物品多，威仔和金子占了一间房，另外两间房各安一张床、两个床头柜，老顾的房间多摆了一张桌子，其他就没啥了。老顾的衣裳干净体面，可也只有那么几件，常年倒换着穿，也不见他添置什么新衣。这老顾过得太素淡了啊！老刘暗暗叹一口气。

在老顾房间桌子的玻璃板下，压着几张照片。一张是年轻的老顾和一个挺漂亮的女人，这怕是老顾的爱人，听老顾说七年前得病走了。还有一张是中年的老顾站在壶口瀑布前面，笑得意气风发。再一张是老顾、漂亮女人和两个孩子，孩子十来岁模样，一家人像一幅赏心悦目的画。这俩孩子不知现在在哪里，老刘没见他们来看过老顾。

玻璃板下还压着一沓汇款单，老刘的眼睛一瞟而过，心里撑持着不去看。可还是克制不住心里那份好奇，转了一圈回来，将玻璃板掀开，竟是厚厚的一沓。

汇款单寄往同一个地方：贵州毕节石门乡中心小学负责人。最早的时间是 2008 年。汇款单十分规律，一年两次，分别在一月底和八月底，每次五千元。汇款人一栏，都是顾念。

老刘盯着这沓汇款单看了很久，直到有人敲门。是快递员。奔驰车由快递员送到儿子家，老刘坐公交车去医院。儿子等在医院门口，笑得不像想象的那么舒畅，老刘以为孩子有什么毛病，儿子嗫嚅半天，终于还是说了，"爸，宝宝体质弱，您看看就好。季季说您那些狗，她怕……"

老刘的笑容凝住了，儿子紧张得直搓手，小心翼翼俯视他的表情。老刘眯一眯眼睛，很快松开来，"我懂，看看，就看看。"

儿子如释重负地松开手，一把挽住老刘的胳臂。老刘也不推拒，由着儿子架住他在人群里穿来穿去。这医院里的人可真多。大厅、电梯、走廊到处都是满面忧戚、隐含痛苦的人。老刘脸上凝定着僵硬的笑容，心想我可是比这许多人幸福，我出现在这里是为了看我的孙子啊。

孙子长得挺可爱，红皮肤，浓黑头发，眼睛闭着，可看得出来长长的，双眼皮，鼻子也挺，嘴巴像儿子，下嘴唇厚实，老刘心里知足了。他站在婴儿推车旁，双手插在裤兜里，看了又看，他得替宝宝的奶奶多看上几眼，那一刻他脸上的笑容是发自内心的。

老刘坐公交车回去,儿子送到车站,父子俩都没多话。车里暖气足,老刘觉得憋闷得慌,走到汽车最尾,打开车窗。凛冽的风顿时铺了满脸,又竭力从衣领往胸口钻。老刘将一张老脸交由寒风吹刮。下车起身的时候,老刘发现裤子上添了两滴三滴湿印子,他才知道自己掉泪了。他不知道这是喜悦的泪还是悲伤的泪。泪,自己掉了下来……

老刘向老顾详细描绘了孙子的样子,但没提儿子不让他抱孙子的事。他一回家,狗狗们立刻奔了过来,有的直起身子将前爪搭在他胸前,有的绕着他的脚转圈,有的摇着尾巴直往他身上蹭。威仔和金子站在屋子一角摇着尾巴,金子的肚子已经明显凸了出来。老刘挨个儿叫狗狗们的名字,每只狗都热烈地摇着尾巴回应……叫着叫着,老刘内心淤积的一块松解开来,一切都是值得的。这些狗狗和他的命运交错,彼此无条件地信任和依赖,即使要他舍弃更多,他也是愿意的。

老刘虽然孤身一人,可他有一大群狗陪伴,还有了自己的孙子,那是一份虽不能靠近却真实无比的存在,是生命链条的延续。老刘不知道老顾的生命中有过什么样的经历,他只是莫名地信任老顾,觉着他是个好人。好人应该得到幸福,这是老刘朴素的人生哲学。

在一张汇款单的背面,用铅笔写着一个座机号码。老刘记了下来,他查过区号是贵州毕节。琢磨了几天,他拨通了那个电话,前两次没有人接听,第三次铃声响了很久,电话通了，一个粗拙的男人声音传过来。

老刘定一定神，"喂，请问您是哪里？"

对方说了一串老刘听不懂的话，老刘将手机紧紧贴在耳朵边还是听不懂，他不由得放大了嗓门儿，"喂，你说的什么，我听不明白！"

对方改成了口音浓重的普通话，"电话不是您打过来的，您有什么事？"

这次老刘听懂了，"对对对，是我打的电话，请问您是贵州毕节石门乡中心小学吗？"得到肯定的回答后，老刘更激动了，"那您是负责人吗？我想问一下，您收到了顾念的汇款吗？"

对方的声音突然提高了八度，"不是，哦，是是是，您是顾念吗？我们都知道您，您等一下，我叫校长来接电话……"

老顾资助了石门乡中心小学的五位贫困学生，每学期每人一千元。学校用这笔钱给孩子购买文具、课外书籍，保证孩子的早餐和中餐。学校的老师都不知道顾念是谁，可谁都知道他。第一次汇来时，校长拿着学校开具的证明去取钱，颇费了一番周折，后来邮局的人都知道了顾念，每到一月或八月就会惦记着这笔从远方飞来的汇款。顾念从没让他们失望。

校长通过邮局查找到这边的汇款邮政点，发现是同一个点，就写了一封信，信里附有学校的电话，请这边邮局的同志转交顾念同志。可一直不见回音。他又托石门乡邮局的人查问信的下落，得到的回复是信不知往哪投递，就插在邮政点的疑难信件栏里，现在这封信找不到了，不知去了哪里。

五个孩子有的毕业离开了，可汇款还是雷打不动地寄来，于是又接力传给一年级的困难学生。老刘被校长认定为就是顾念，一次又一次打电话来，请他去学校看看，老刘只好一次又一次申明自己不是顾念，只是无意中看到了顾念在邮局汇款。校长还不肯罢休，央着他描述顾念的样子，好给孩子们转述。在这所小学里，顾念就是一个神话。

这通电话逼出了老刘一身的汗。他怕老顾知道，虽然老顾做的是好事，可自己是未经他同意的情况下多此一举，老顾既然刻意隐瞒，他老刘也就无权揭破这秘密。老刘只好竭尽全力安抚激动不已的校长，他照着老顾的样子认认真真地描述了一番，感觉像读小学时费尽脑汁地写作文《我的朋友》。末了补充一句，"顾念啊，一看就是个好人。你告诉孩子们，顾念爷爷盼着他们读书成才有出息！"

老刘从心里对老顾抱了一分歉意，却又多了一分敬意。现在他知道衣食无忧的老顾，为什么要带着威仔四处捡空瓶子了。老刘的狗多力量大，他每天留下一部分空瓶子，其余的都塞进威仔的胜利品里，让它和金子背回家。

这样一来，老刘感觉自己真的成了顾念，或者说成了顾念的一部分。

"不怪你，不怪你……"

村人拍下了老邓被抓的视频，老邓的二弟将视频发布到网上。一夜之间，视频的转发量就达到了三千次，点击量超过了十万次。

视频里的老邓被几个人按在地上，他的脸朝着镜头的方向，似乎在张嘴呼喊。这段视频陈金妹回放了无数次，四周嘈杂，她听不清老邓在喊什么。

有媒体报道了此事，短短的两百来字，大意是说烟村一村民抗拒执法被刑拘。视频下的评论以秒速递增，有声援老邓的，也有谴责老邓的。对于迁坟这件事，大家攒着一股情绪。

一天之间，陈金妹的鬓角白了一片。她告诉自己，这时候千万不能垮，老邓出了事，她就得撑住这个家，崽女每月的生活费是一点儿不能耽误的。

黑宝的女主人帮了她。

那天陈金妹红肿着一双眼睛去她家，遇上这么大的事，忧愁是瞒不住人的。"家里不脏，你可以休息一天。"女主人第一次让陈金妹觉得亲切，她摇摇头，像她这样的人是不可以娇气的。她没想到女主人竟然端了一碗莲米红枣粥给她，让她坐下来喝了再做事。那一刻，她沉埋着头眼泪差点儿掉进碗里。

陈金妹从来不与雇主多交谈的，那天却忍不住将老邓被抓的事和女主人说了。女主人沉吟一刻，说："我和我家那位说说，看能不能帮上忙。"

这家男主人陈金妹只见过一面，她来家做清洁都在周三白天。一次她到得早，男主人坐在客厅看报纸，行李箱摆在旁边。双方客客气气地打了个照面，女主人送男主人到门口，陈金妹看见两人还吻了一下,不好意思地别开了头。陈金妹看过男主人的照片,两人的结婚照挂在主卧室的墙上,床头柜上还有一帧。

男主人是体面人,这从他家的摆设,女主人不用工作却过着优裕的生活就能看出来。似乎男主人的能量很大,第二天中午老邓就被放出来了。说是让他写了一份悔过书,按了个手印,就可以回家了。

陈金妹觉得是女主人帮了大忙,老邓却不这么看,他拿着手机一条条读那些评论,还给陈金妹看一位知名专家的发言,"如果执政缺乏对公序良俗的尊重和对法律的遵循,就有可能误伤'人心'"。老邓似乎攒的一股劲头还没蔫,像一把上了膛的枪。

陈金妹不懂那些大道理,她只知道受了人家的恩情就得感恩,这才叫个人咧。她瞒着老邓买了两盒阿胶给女主人送去,虽然也知道这礼物可能不入人家的眼,但是自己的一份心意。女主人倒没推辞,只在她下次去打扫清洁时拿了一瓶法国香水给她,她涨红了脸想推辞,一转念这样怕是两人都尴尬,只好收了。香水放在抽屉里,她没去动也不会去动,留给女儿吧。

毕竟是女人,陈金妹再看女主人竟有了点儿惺惺相惜的感觉,连娇滴滴的黑宝看在眼里也顺眼多了。男主人似乎很忙,长时间不在家,女主人若不是有黑宝陪伴,想来也是孤单寂寞的。

关于出事那天的情形,老邓一直不肯细说,直到一个多月后才对陈金妹说起。那时强制迁坟已全面叫停了。

那天是老邓奶奶的忌日，老邓没回烟村，而是在路边朝着烟村的方向烧了点儿纸钱。他的情绪显得很低落。陈金妹特地炒了他爱吃的脆猪耳，备了一瓶酒。

半瓶酒下肚，老邓哭得稀里哗啦，"我觉得自己太无能了，真的，太无能了……"最后，他像一个孩子倒在陈金妹的怀里。这个大男人，在陈金妹眼里曾刚烈威猛无所不能的男人，忽然哭成了一个孩子。她心疼地拍抚着他颤抖的厚实的肩背，"不怪你，不怪你……"

"小凡同学，你捡到宝了"

远远地看见路边一群狗，孟小凡赶紧将尾巴抱在了怀里。

这群狗真是一支壮观的杂牌军，而且有不少像残兵败将。孟小凡认得其中的金毛、泰迪、巴哥犬，这是他进了两次"宠物安乐苑"才弄明白的。这群狗里没有一只和他的尾巴相似，这让孟小凡感到骄傲。他更紧地抱住了尾巴，尾巴却竭力从他胳臂里探出头来，冲着那群狗"汪汪"叫了两声，有两三只狗转过头回应它，但是很快它们又被一只脏兮兮的网球吸引过去了。

尾巴打了狂犬疫苗，"宠物安乐苑"的强哥哥说尾巴太小，还得打六联疫苗，要不容易生病。这下孟小凡发了愁，狂犬疫苗的二十元钱是他好不容易积攒下来的，捡了一个多月空塑料瓶，小区附近的空瓶子少得可怜，他只好走到湿地公园的最北端去捡。他骗爷爷家里的早餐吃腻了，赖着爷爷给零花钱。还卖了一个很喜欢的玩具给同学。六联疫苗得打三针，钱从哪里来？

没事了孟小凡就带尾巴上"宠物安乐苑"，和强哥哥多套套近乎，没准儿他就愿意免费给尾巴打疫苗了，即使打不成疫苗，也可以蹭着给尾巴洗个澡、剪个指甲、美美容。上次孟小凡撞见一个老头带了一只金毛来美容，说它要和另一只金毛结婚了。强哥哥的女朋友给它做了个美容套餐，洗澡、修毛、剪指甲，把她弄得浑身香喷喷的，熏得孟小凡连打几个喷嚏。最后强哥哥的女朋友还给金毛的头顶上扎了个蝴蝶结，说是赠送的新娘妆。孟小凡一旁看着那个乐啊，心想这新娘不会把那新郎熏得直打喷嚏吧。

在"宠物安乐苑"孟小凡还可以长知识，有了尾巴后他才知道自己近乎"狗盲"。他也才知道这一带的宠物犬至少有两百条。强哥哥说这里是城市新兴发展区，新添了不少楼盘，虽然入住率不到一半，可宠物数量不少，有的一家养猫又养狗，养猫狗的很多是老人，还有的养鸟，鸽子、八哥、画眉、蜂鸟，"白天鹅！"孟小凡冲口而出，养一对白天鹅是他的理想。强哥哥笑着说年轻人想法就是新异，还有人养土拨鼠、蛇、蜥蜴……听得孟小凡瞪大了眼睛，他跑"宠物安乐苑"跑得更勤了，巴不得哪天遇到传说中的蜥蜴，最好能让他拿手去摸一摸。

孟小凡不笨，上次强哥哥说出八千元钱买尾巴，有人独独看上了尾巴。孟小凡赶紧将尾巴抱在了怀里，风一般跑出了"宠物安乐苑"。他不知道八千元钱是多少，但应该是很多很多，十元钱的八百倍啊，可以买多少狗粮，给尾巴打多少针疫苗。他捧着尾巴左看右看，它的毛发长长了，也理顺了，可灰黑灰黑的并不出众，一双眼睛倒是晶晶亮，盯着看一阵子能将他的心融化掉。有人像我一样喜欢尾巴？不行，尾巴是我的！

他问刘辜玲子她家的小狗多少钱买的，刘辜玲子说一千元，还是她和妈妈一起去宠物市场挑的。孟小凡再去"宠物安乐苑"就留意了，小狗的价格基本都是一两千元。疑问墨团一样洇开，撑满了孟小凡的小脑袋，尾巴为什么值那么多钱？

他缠着强哥哥问，强哥哥笑而不语，被缠磨不过说一句，"你卖给我了，就告诉你。"孟小凡趁强哥哥不在的时候去问他的女朋友，这位温柔的小美女拍拍他的头："小凡同学，你捡到宝了，这是一条虎斑犬，清朝乾隆御园里的十大名犬之一呢！"

刘辜玲子有手机，孟小凡借来在网上查找，他的尾巴和图片上的虎斑犬真的很像！原来他的尾巴是一只珍稀的虎斑犬！兴奋简直要将孟小凡的小心脏胀破了，他得用多大力气才不至于让自己在数学课上一直傻呵呵地笑。他很想赶紧将这好消息告诉林芝，可是他没有林芝的电话，总是林芝打给爷爷。孟小凡掐指一算，林芝有四个多月没来电话了。她很忙吗，还是她生病了？林芝生病的念头让孟小凡情绪低落了一阵子，可是一下课，刘辜玲子缠着他追问虎斑犬的事，孟小凡又手舞足蹈起来。

很快，全班同学都知道孟小凡捡到了一只珍稀的虎斑犬，清朝乾隆御园里的十大名犬之一。几个同学缠着他要去他家看虎斑犬，孟小凡突然意识到自己太过得意，太过高调了，他闭紧了嘴巴，任同学怎么逼问也不肯再透露一个字。

放学后，几个同学远远地跟在孟小凡身后，孟小凡装作若无其事的样子，直接跑回了家。原本每天中午他都会去看尾巴，给它带去自己早餐省下来的包子或面包，现在他的得意出卖了尾巴。他闷闷不乐地扒着饭，心里惦记着尾巴，感到了深深的懊悔。

"那个女人怀孕了"

陈金妹急匆匆走得心神不宁。她走到龙鑫花园的西门口徘徊了半天，今天是周一，不是她去黑宝家打扫的日子，可她很想见见女主人，将无意中发现的那个秘密告诉她。

女主人承受得住吗？那可是每个女人都不愿意面对的。如果不告诉她，她还能生活在优裕的假象中，假象比一切都坍塌要好吧？这么一想，陈金妹拔脚离开了小区。

她又看见了那个老头，他和另一个老头坐在路边下象棋，他的金毛和一大群狗在路边草地上嬉戏。陈金妹放缓脚步，虽然只是侧影，可她能确定他就是那个在照片上见过的顾健明。

他神情安逸地下着棋，一点儿看不出是蹲过监狱的人。一晃，他的女人走了有七个年头了。她记得女人的儿子将骨灰带走了，没有安放在殡仪馆里。他当年在监狱里收到相片，有没有痛哭一场？他永远不会知道那些照片是她寄给他的。人的缘分是这么奇妙。如今他依然安好地坐在阳光下，为一盘棋局微蹙眉头，他还记得他的女人吗？透明的悲伤忽然充溢了陈金妹的身体。

一个人的痛苦和死亡不能惊动这世界一分一毫，阳光、雨水、闪电、雷鸣、花草依然踩着自己的节奏，不会紊乱半分。而人，似乎也是一样，在痛别之后依然可以完好无损地生活下去。真的完好无损吗，谁又知道？就像老邓，那股子劲头已经消减殆尽，似乎他已忘记了当年的事儿，淡忘了迁坟惨烈的遭遇，可是陈金妹知道，伤痕还存在他的体内，他常常在午夜发出梦呓，呢呢喃喃"奶奶，奶奶"，这世界上只有她陈金妹听见了这呼唤。

现在她又知道了一桩当事人还不知道的秘密。今天她去新雇主家打扫，黑宝家男主人的照片端端正正地摆在客厅一角的方几上。她蹲在那儿来来回回地擦方几，就是为了将照片上的男人看清楚，她可以百分百确定照片上就是黑宝的男主人，除非他在这世上还有个双胞胎哥哥或弟弟。

她内心的震动可想而知，看起来黑宝的女主人对此毫不知情，眼前这个女人怕是也不知道另一个女人的存在。陈金妹在餐桌上看到叶酸、孕妇营养奶粉，在卫生间看到孕妇专用的洗发液、沐浴露和护肤品，还有女人小心翼翼的姿态，都在明确无误地告诉她：女人怀孕了！

陈金妹不知道黑宝的女主人为什么一直没怀上孩子，如果这个女人的孩子出生了……不用细想，这肯定是一场坍塌，对黑宝的女主人来说。陈金妹想到黑宝女主人的样子，心口就一片疼。

好不容易熬到星期三，陈金妹提前半小时去了黑宝家，她希望像上次那样意外撞见男主人，让她明白一切只是个误会。可是只有女主人和黑宝在家。

挣扎了半天，陈金妹还是开了口："您先生经常不在家啊？"

女主人抱着黑宝，给它喂羊奶，"是啊，他太忙了，他是飞机的人。"末一句女主人是笑着说的。

"他是独子吗，有没有兄弟啥的？"

"还有个姐姐。"女主人将黑宝举到肩头，拍抚它的后背，帮它将羊奶顺下去。

女主人要是有个孩子该多好。陈金妹心里惋惜着，嘴上不管不顾地问了出来，"您咋没要个孩子，有个孩子有好多乐子。"

女主人抱着黑宝走向院子，好像没听见陈金妹的问话。

大半天时间，陈金妹内里有两个人在打架，一个说讲，一个说不讲，最后说讲的那个占了上风。陈金妹将自己置换为当事人，如果她是黑宝的女主人，愿意早点儿知道真相还是宁愿被蒙骗……答案变得简单。

"我昨天在一个女人家看见了您先生的照片，那个女人怀孕了，看起来四个月的样子，刚出怀……"陈金妹站在女主人身后一步远的地方，声音不大不小，不疾不徐，确保女主人可以听得清清楚楚。

黑宝趴在女主人的肩头，不安分地晃动着一头卷毛，圆眼睛像两颗玻璃球。陈金妹似乎能在里面看到自己的影子。

良久，女主人说了句，"知道了。"女主人将黑宝放下来，转身进了卧室。

转天，陈金妹接到了女主人的电话，"昨天忘了拿钱给你。"陈金妹忙说，"没事没事。"电话那头沉默了，陈金妹静静地等着。

"能陪我去一个地方吗？"

"可以可以。"挂了电话，陈金妹长出一口气。

哪怕是丢了两份工作，我也愿意，这是我欠女主人的。走去龙鑫花园小区西门的路上，陈金妹暗暗拿定了主意。

她和女主人在西门外碰面，女主人穿得比平时朴素，但化了淡妆，显得十分端庄。她让陈金妹带她去那个女人家，就说陈金妹无法继续打扫，想让老乡来接手这个活儿，将老乡带来先看看。

女主人叫了一辆的士，两人坐在后排。陈金妹有些局促不安，她还没和女主人挨这么近过，心里的鼓槌一直敲，两个女人见面会是什么局面？她肯定是义不容辞地站在黑宝女主人一边，可是，对方是一个孕妇……

女主人似乎看出了她的担心："放心，她不会知道的。"

陈金妹细细咂摸这话的含义，女主人似乎不是去打闹上门，而只是去证实一下，可她的心还是半悬着，无法放松。

那家的女人有些意外，可还是按开了进楼道的铁门。两人的脚步声在空荡荡的楼梯上回荡，这是个新楼盘，绝大多数人家还没入住。

敲门的瞬间，陈金妹瞥了一眼女主人，女主人面色平静。女人打开门，陈金妹说明来意，女人才将门敞开来，让两人进去。

女人给两人倒来两杯水，各放了一朵菊花。菊花慢慢绽开，撑满了水面，黄澄澄的明丽。

女主人没说话，只一双眼睛无声地巡视。陈金妹不得不绞尽脑汁将谎话编圆，可是身边的女主人实在不像是做惯了粗活的人，她那么端庄又有些凛然地坐在那儿，陈金妹觉得自己的谎话编得实在有些拙劣。

女人的话也不多，偶尔点点头，目光多半时间停留在女主人身上，表情平静又有些微妙。末了，女人委婉地拒绝了陈金妹，说她刚搬进来，东西不多，也不需要经常打扫，等需要的时候再给她打电话。

陈金妹和女主人走出来，陈金妹才意识到自己后背上一层冷汗。女主人的表情一直平静，太平静了。陈金妹小心翼翼地问:"是他吗?"女主人点点头。

女主人没叫的士,两人并肩往回走。这里离龙鑫花园小区不远,三站路的距离。太阳倏一下缩到了云层后面,风立刻带上了寒意。陈金妹忍不住缩起脖子捂紧了衣领,女主人依然姿态端方地走着,风将她的齐肩卷发齐齐吹向后去,小小的黑色旗帜一般。

两人一路没有交谈,走到西门口分手。陈金妹如蒙大赦般拔腿急匆匆地走了。这个下午,她尽力了。

走出十来步远,陈金妹才放缓脚步,回过头去,女主人依然姿态端方地迎风走着,背脊挺得笔直笔直。

"宝贝过来,到妈妈这里来"

喝完一整瓶红酒,艾苏红的眼前变得美好起来,一切东西都朦朦胧胧的,仿佛带了一层光晕。她的手臂软得似乎要用很大的力气才能抬起来,可是身体轻飘飘的,拽扯不住地往上飘,往上飘。她不知道微醺的感觉这么好,知道的话,家里这一橱柜好酒就不会被辜负了。

辜负是个过去时态的词,是对过去的判断。比如,辜负了青春,辜负了真情,辜负了时光,辜负了就无法推倒重来。这些年她辜负了很多人,她的奶奶,她的中学老师,他,还有她自己。也有很多人辜负了她,她初中最好的同学,她的初恋,还有他,和她自己。

她的头很晕,这些辜负来辜负去的有些绕。黑宝在冲她"汪汪汪"地叫,它恐怕从没看过她这样子。她将黑宝抱在怀里又是亲又是揉,黑宝似乎并不情愿,逮着个空儿就从她怀里溜了出去,再不肯靠近。艾苏红努力抬起手臂,向黑宝招手,"宝贝过来,过来,到妈妈这里来……"

可是黑宝嘴里发出"呜呜呜呜"的撒娇声,就是不肯靠近。"你也要背叛妈妈吗?宝贝过来,过来!……"艾苏红的声音突然变得尖厉,吓了她一跳。愣了一瞬,艾苏红趴在沙发上没头没脑、无休无止地哭了起来。

她一定是哭着哭着睡着了。等她醒来时,窗外黑乎乎的,她翻找半天才找到手机,凌晨三点半,她努力计算时差,他说出差去美国了,这时是美国的几点?她算来算去算不清楚,干脆不算了,翻出他的号码,赌气般按下去。

滑翔般的长音,一直响一直响,没有人接。她歪倒在沙发上,闻到嘴里酒味发酵的酸腐气,自尊有什么要紧,她再打,再打……有一刻她瘫软在沙发上,觉得世界一片空白,这空白抱持也压迫着她,她不断地缩小再缩小,还是摆脱不掉。电话响了,她惊得直起身来,是他。

"喂,还没睡,怎么打这么多电话,家里出事了吗?刚在开会,手机调了静音。"他的声音一如往常的沉稳,以往这声音总能让她波动的心情平复。

她笑得有几分邪气,不过他看不见,"我忘了你那里的时间,我喝醉了,不过我现在十分清醒,我见到了那个女人,她怀了你的孩子？我只希望你诚实地回答我，不管你现在是在中国还是他妈的美国，你只要诚实地回答我！如果你对我还保有一点儿情意的话。"她的声音爬坡似的高上去，再蓦地跌落下来。她像个从悬崖坠落的人，支离破碎地躺在地上，等待他的回答。

可是，他挂断了电话，耳边是一连串"嘟嘟嘟"的忙音。

接下来的一天，她仿佛徘徊在生死边界线上的人，不吃不喝不动，只有大脑还在运转，她不停地在脑子里构想他和她的故事，回忆可疑的细节，他们认识多久了？他什么时候为她买的房？她肚子里的孩子有四个月了？四个月前她在做什么？他的哪一句是真话哪一句是谎言？他对自己还有没有真情？

她自问，却无法自答。

她可以回答的是：她在最好的年纪遇见大八岁的他，甘愿一路跟随他来到人地两生的南方，她为他不停地跑医院做检查吞下一罐又一罐难喝的药汁，一次次躺到手术台上，可是命运裁定她不能有自己的孩子，预先裁定，不容反驳……一次又一次的失望，让她坠入了泥泞的沼泽地带走不出来，因此她辞去了工作在家休养了很长一段时间。

结婚十周年纪念日那天，黑宝被他带到了她面前。那只娇弱的小奶狗，让她重新有了挣扎和自我解救的力气。慢慢从抑郁的情绪中走出来，她才看清他一直以来背负的压力，"不孝有三无后为大"是绵延千年的古训，至今也未过时。她做好了充分的准备，等待他随时对她说出那一番话。可是他一直没有说，她以为不说是情意，她感激他让婚姻维系着她作为一个妻子、一个女人的体面，可是，现在她从悬崖上跌落下来，一地的支离破碎。

天重新黑下来，灯光晃得她眼睛痛。她闭上眼睛。对于她，黑暗是一种抚慰剂，陪伴过她很长的时日。她终于恢复了一些力气，可以更诚实地面对自己了。

她曾希冀过不能有孩子的是他，可是女人微微隆起的腹部让她不能不直面自己的命运。这命运经由另一个女人提示，愈发显得残忍。其实，她哪里能怪他，他有权拥有自己的孩子，她又有什么权利去剥夺，以爱的名义？剥夺不正是爱的反面吗？

可她还是恼恨他，她恼恨的是什么？似乎她宁愿是他亲口告诉她，而不是一个清洁工来揭开谎言的幕布？那样，她更能保全一个女人的体面。他能给她的最后体面。

门外传来敲门声。艾苏红没有应声，敲门声执拗地每隔几秒响三下，似乎没完没了。艾苏红不得不撑起身子，电视机上依稀映出她的影子，头发炸开，她用手扒拉几下，让它们恢复了顺服的样子，又拿手抚一抚脸颊，上面大概还印着泪痕。

客厅一片狼藉，黑宝将东西拖咬得到处都是。她打算尽快将来人打发走。走进院子，门外站着个女人，走近一看，是陈师傅。

陈师傅从栅栏缝里递过来一个饭盒，"饿了吧，我熬了点儿莲子红枣粥，你爱吃的……"艾苏红迟疑一下，按开了门锁。

陈师傅手里拿了四瓶羊奶。陈师傅看她的样子，让她知道自己很狼狈。在这个女人眼里，现在的她一定很可怜。她埋头吃粥，一勺一勺，竭力不让眼泪掉下来。

陈师傅给黑宝重新加了水，放了狗粮，黑狗吧嗒吧嗒吃起来。安顿了黑宝，陈师傅开始打扫客厅，很快屋子里恢复了惯常的整洁有序。

粥很快喝光了。力气似乎重新充满了她的身体，"黑宝拜托你几天，我要出趟远门。"她将两千元钱放在桌上，"不好意思，害你丢了那份工作。"

"没事没事。你别怪我多嘴，这世上多大的坎儿，挺一挺都能过去。"陈师傅一下一下拖着地，"不瞒你说，我有过一个儿子，还没满月，死了，被我老公睡觉的时候不小心给压死了。"

艾苏红抬起头，看着陈师傅。陈师傅手里没停，拖把一顿一挫地进退，"他那时候在村里挺风光的，太风光了，每天忙得回来倒头就睡，也是该当出事，我心里埋怨他，将孩子丢给他自己回了娘家，结果就出事了。不瞒你说，我那时死的心都有。"

拖把杵在陈师傅的脚边，像新长出的第三条腿。停了一刻，拖把又一顿一挫地进退起来。

艾苏红听见陈师傅叹出一口长气，"不也活下来了，活得还挺好。我以为不会原谅他的，不还是生活在一起，我们结婚三十二年了。只不过我们离开了村子，宁可在城里千辛万苦挣口饭吃,也不愿意再回去了,也回不去了。"

送陈师傅到门口的时候,陈师傅回过身来,站在路灯光微弱的光影里对她说,"妹子,等你回来。"

有那么一刻艾苏红很想伸出手去抱一抱陈师傅,这个女人身体里原来扛着这么重的伤痛,可她面对她的时候总是一副笑模样。

终究没有伸出手去,身体是难以逾越的疆域。

"你的梦真灵"

孩子有了胎动。林芝去医院做第十八周的孕检,胎儿一切正常很健康。孕吐也停止了,林芝的精神状态顿时好了很多。从医院出来,她拐去了第三小学。

离放学还有二十来分钟,她站在学校的铁栅栏外面等。操场上有孩子在踢球,她眯着眼睛一个一个瞧,没有看到小凡。小凡的个头应该蹿高了不少,四年级了。

五个月时间她没有给小凡打电话,没有心情。为了怀上这个孩子,她吃了不少苦头。孕前做了一系列体检,男方出的价钱高,要求也特别严格。一定要是没有任何遗传性疾病和不良嗜好的母体。然后是促排卵,取卵,体外受精,胚胎移植宫内。五个卵子,成活了三个,最后放进她体内两个。然后是轰轰烈烈的孕吐。一系列过程折腾得她心焦气躁,从未有过的疲惫。

如果体外受精不成功，意味着一系列过程又得重新来一遍。她不能不小心再小心，仿佛每一步都踩在悬崖边上。

怀小凡时她二十岁，一切都自然而然，不用丝毫刻意。生命按照自然的规律生长。现在她整天提心吊胆地关注各种指数，生怕有所不测前功尽弃。如果孩子顺利生下来，她就彻底解脱了，而且能为小凡存上一大笔钱，一个孩子七十万，两个孩子一百五十万，有了这笔钱小凡可以过上好日子，两个孩子交给他们的爸爸，肯定也是衣食无忧的生活，三个孩子都会拥有锦绣前景，多好。

当时打动她的，正是这锦绣前景。她的小半辈子过得太辛苦了，生下小凡没多久她就随他爸南下打工，两人先在制衣厂两班倒，天天上十四个小时班，上厕所都受限制。后来他爸跟着一个老乡去创业，钱没赚到却被一个女人拐走了心，留不住心的人留在身边又何益，她与小凡爸爸拿了离婚证，没告诉小凡，只是她回去得更少了。

离婚那年，她揣着离婚证哭了半宿。小凡睡在他们中间，她听见小凡平缓的鼻息声，拿被子紧紧捂住自己的嘴。第二天她带小凡去湿地公园，意外地看见了白天鹅，那对天鹅真美啊，优雅地转动脖颈，摆出各种造型，仿佛在告诉她这世界上有真爱。她大声地笑啊尖叫啊，她知道天鹅是世界上感情最专一的动物，一对一的配偶相伴终生。她为它们流下了眼泪。

她和小凡的爸爸再度南下，两人在火车站分手。她一个人做过保险，卖过房子，推销过化妆品，扮过人偶，送过快递，站过柜台，要维持一个人的基本生活，要按月交房租，要给小凡寄回生活费……如果以十月怀胎的代价可以消除这一切，她为什么不答应。身体的受难只是有限的时段，而未来是可期待的锦绣，她甚至已经开始设想她和小凡的美好未来，她要将小凡接到广东，天天陪着他，送他出国留学，她好像已经拿到了一百五十万，好像这一百五十万是取之不尽的宝库。

有代孕的姐妹以过来人的身份告诫她，不要想得太美好，体外受精不同于自然怀孕分娩，你吃了那么些促排卵的药，也许以后就再难怀上孩子了。她不以为意，"我已经有小凡了。"姐妹说孩子生下来，你会舍不得离开他，你的乳房会胀得痛、会肿得像放了一冬的干馒头，你会吃不香睡不着，身体的种种表现都在提醒你，你是嗷嗷待哺的孩子的母亲，他们是你的骨血，是你身体的一部分，你以为可以轻轻松松忘掉他们？林芝不去想这些，现在她心里惦记的只有小凡，她的宝贝儿子。

校门口开始有孩子出来了。很快细小的水流就涌成了滔滔洪流，林芝不敢站在校门口，怕人太多挤伤自己。又怕错过小凡，移到拐向龙鑫花园的那条岔道口。终于，她看见小凡出现在了马路对面，他的个子真的长高了不少，林芝估摸着齐到自己的下巴了。她看见小凡将书包斜挎在肩上，一边的书包带子断了拖在地上，林芝差点儿叫出声来，一甩一荡的带子绊住了脚不得跌一跤。

小凡跑了起来，跑得兴兴头头，风风火火。林芝不能跑，只能快步走。她看见小凡没转向回家的那条路，而是一直往前跑去了。等她赶到路的尽头，正好瞧见小凡从工地铁门里钻出来，怀里抱着个什么东西，像是一只小狗。这孩子，玩儿心还是那么重！

林芝不敢慢下来，要不小凡又跑得没影了。小凡跑进了"宠物安乐苑"，林芝在马路斜对面等着。她不能进宠物商店，也不能被小凡看见，可她不放心小凡。她跟着小凡直到他把小狗送进了铁门，她已经确定那是一只小狗，也确定爷爷不知道这只小狗的存在。

看小凡进了自家楼道，林芝才转身离开。她在路边遇到了一大群狗，奇形怪状的，而且大多没拴绳子，这座城市怎么这么多狗！她小心翼翼地绕道过去，有两只狗"汪汪"地冲她叫，她吓得不敢挪步，一个戴灰绒帽的老头喝住了那两只狗。

晚上，她给小凡爷爷打电话，是小凡接的。他盼这个电话一定很久了。

"小凡，妈妈昨晚梦见一只小狗追着你跑，灰黑灰黑的，它还会叫你的名字……"

"妈妈，你的梦真灵！"林芝等着，可小凡没有往下说。

"你学习怎样啊？快期末考了吧？"

小凡的声音低落下去，"就那样。对了，我前不久看到白天鹅了，珍鸟园的老邓说今年飞来的候鸟特别多……"

"老邓是你叫的啊，叫人家邓伯伯。"

"哦。"小凡又不说话了。

"妈妈给你买了个新书包，明天就给你寄回来。你还要什么,告诉妈,妈买给你。"

电话里静默了几秒钟,小凡放低了声音,"妈,书包里可以放钱不,我想要压岁钱,五十元钱就行。"

林芝咬咬下嘴唇,这孩子怎么知道要钱了,"过年还有一个多月呢,再说了,你的压岁钱不都交给爷爷保管吗?"

"我们同学都是自己管理压岁钱!我只要五十元,五十元就好,求求你了好妈妈!"

"等我考虑考虑吧。"

转天,林芝买了个新书包,密封包装好送到小区门卫那儿。书包最内层的小兜里放了五十元钱,都是五元的新票子。

选定现在住的这个房子,是林芝提出的唯一要求。她想天天看到小凡,而不是一个人住在千里之外的广州度过漫长的孕期。她本以为对方会拒绝,可是男方很快买好了一套二手房,布置好了屋内的一切,并派人将她从广州接过来。男方自己一直没有露面,两人只有电话联系。林芝住进来的时候,柜子里挂了适合她孕期各季节的孕妇装,品质高档。冰箱和橱柜里塞满了适合孕妇吃的食品用品,显见得对方是个细致的男人。林芝对他最直观的了解,就是提前摆放在客厅里的照片,林芝能理解,不是有说法孕期看谁多孩子就会长得像谁。

男方知道她这周去医院做孕检,孕期的事宜已经提前列表打印出来交给她了。她是受雇方,必须严格按照雇主的要求执行。果然,晚上她接到了男方的电话,她简短地汇报了孕检结果,对方"嗯"一声,问她:"你有没见过一个女人,齐肩卷发，容长脸，大眼睛。"

林芝想起了那个女人，那个从进门就一言不发、压根儿不像做家政的女人。没想到她是男方的妻子，而且对代孕的事毫不知情。

她一五一十将那天的情景说了。电话里迟迟不见回音，她耐心地等着，看来男方遇到麻烦了。她心里的某个地方忽然抽紧，这漫长的沉默，不会扼杀掉她和小凡的锦绣前程吧。

"若有缘它自然会回来"

黑宝像是害了相思病。女主人离开后，黑宝就拒绝吃狗粮了，也不喝羊奶，陈金妹抱着喂它也不喝，整天病恹恹的。起初陈金妹没带它回家，怕老邓烦，女主人拿了钥匙给她，叫她每天来看黑宝两次。可黑宝这样子，陈金妹只好带它回家，还将它的狗窝也搬了过去。

黑宝认生，进了她家就缩在靠墙的沙发腿那儿一动不动，怎么唤它也不出来。这可怎么办好，等女主人回来它若是瘦成了皮包骨头，岂不是她陈金妹的罪过？还是老邓有办法，弄了两根肉骨头放在食盆里，下面垫狗粮。陈金妹开始不同意，她记着女主人说黑宝不能吃太咸会掉毛，老邓不以为然："把眼下对付过去再说！"

没想到老邓的办法奏了效，不知黑宝是觉得没指望了，还是实在饿得慌，等陈金妹回到家，两根肉骨头竟啃得干干净净，狗粮也吃了点儿。这下好了，陈金妹每天得给它寻谋肉骨头做食引子，心里直感叹这娇贵狗还真不是穷人家养得起的。

感叹归感叹，几天下来，陈金妹对黑宝也生出了感情，仿佛它是自己的一个孩子，看见它那么无助地缩在角落里，一双玻璃珠子般的眼睛无辜又可怜巴巴地望着她，心里就涌出一股母性的柔情。她开始学着女主人的样子抱着它、抚摩它，给她梳理毛发，黑宝的小身子紧紧偎依着她的那一刻，她忽然就明白了女主人对黑宝的感情。

黑宝失踪那天，陈金妹去给一套新房"开荒"。正好老邓轮休，她就没惦记着中午回来一趟，等她下午回来，老邓已经去公园值班了，屋里空荡荡的，她以为黑宝躲在哪个角落里，唤了几声都没回应，将家里翻了个遍也没见着黑宝的影子，心咯噔咯噔直往下掉。她打老邓的电话，老邓也不知道，说睡了个午觉，热了些饭菜吃就出来了。平时都是陈金妹照顾黑宝，他压根儿忘了家里有黑宝这回事。"你这个浑……"陈金妹气得挂了电话。

她赶紧出去找，一声声唤"黑宝——黑宝——"，一直找到女主人家，都没看见那团黑影子。天一点点黑下来，路灯亮了，她找遍了小区每一条道，沿路的垃圾桶都察看了，还是没找到黑宝。

嗓子眼儿干得像敷了一层塑料膜，后脑勺儿上的一根神经又开始一扯一扯地痛。这一夜陈金妹都没睡踏实，她脑子里晃动着女主人憔悴不堪的样子，万一她知道丢了黑宝……

女主人走后第三天打了个电话给陈金妹,问黑宝的情况,陈金妹说黑宝接到了她家,在短暂的不适应后恢复了正常,现在吃得喝得睡得,让女主人放一百二十个心。她迟疑一下,还是问了,"你在哪儿?"

"我回老家了。"

"你老家是……"

"吉林。我正站在雪地里给你打电话,我的脸快要冻僵了,我得进屋去了。陈师傅,谢谢你!"最后一句谢谢你,好像是大声喊出来。陈金妹听了心里一暖。就是那天晚上她逼着老邓想办法,老邓给想出了肉骨头的主意。

现在黑宝丢了,她还怎么有脸见女主人。她辜负了她的信任。这么想着,陈金妹的眼泪都快出来了,自从没了儿子流下太多的眼泪,她已经很久没流泪了。她有过那么多雇主,见过那么多生老病死,都没流过泪。细想想,她与女主人的交集并不多,可不知为什么,她和黑宝却唤醒了她的眼泪。

一连找了两天,陈金妹破天荒请了两天假,找到黑宝仿佛成了天大的事。可那团让人揪心的黑影子一直没有出现。老邓劝她:"狗有灵,认得回家的路,也许过几天黑宝就自己回来了。"

"你不知道,女主人说黑宝从到她家就没出过院子门,它的整个世界就是那个三室两厅的屋子。然后,就是我们家。外面的世界,它哪里见识过。"

"唉,人与狗之间也讲个缘分,若有缘它自然会回来,若无缘你再怎么寻也寻不着的。看你这么发愁，实在是不值得。大不了，我们买只狗还她。"

陈金妹不说话，她觉得自己说不清楚，什么事值得什么事不值得，这只狗和那只狗只是一只狗那么简单吗？她说不清楚却想得明白，可是她无法主宰黑宝，如同她无法主宰自己的命运。如果黑宝真的就此不再出现，像她失去儿子一样，她也只好认命。也许，重新买一只泰迪，真的是她唯一能为女主人做的事。

陈金妹第一次走进"宠物安乐苑"，笼子里一只只小狗有的才巴掌大，毛茸茸的一团团相互偎在一起。这些狗宝宝生下来没多久就和妈妈分开了吗，真可怜！还有一些笼子里装着大一些的狗，各式各样，可没有一只长得像黑宝。

陈金妹努力向店主人描述黑宝的样子，"泰迪！"一旁有个孩子正在逗一只灰黑色的小狗，抢先叫出来。店主人不停地点头，"哦，贵宾犬，黑色的，八个月大？明白明白，我得去宠物市场找，不一定能找到一模一样的……价钱？您这个算特别定制那种，价钱要贵点儿，两千五吧，它的体检、疫苗我们店全包……"

陈金妹一点儿没磕巴就答应了，就是五千元她也得买。她当即掏出两百元算作订金，店主答应会尽快帮她寻摸到一只高度相似的黑色贵宾犬。

五天过去了，每天干完活儿陈金妹都会到龙鑫花园小区转一圈，在自己屋子附近也转一圈，她基本上不抱希望了。两千五百元买只黑色泰迪的事,她没告诉老邓,这钱对他们来说不是个小数目。宠物店店主电话打进来时,陈金妹口袋里的两千三百元钱已经揣了有两天,她随时等着一手交钱一手交狗。

"小凡说看见你家黑宝了,就在龙鑫花园过去一点儿的那片空地附近,我让小凡和你说。"

陈金妹站在寒风中,按下免提,将耳朵凑到手机屏幕上,耳朵凉冰冰的。

电话里传出一个孩子的声音,"那片空地不是有围墙吗,正对龙鑫花园有个铁门,不是在铁门那儿,你从铁门沿着围墙一直走到西南角,那里有个砖房,黑宝就在砖房的附近,它卡在下水道盖子上……哎呀,我说不清楚,我现在就和强哥哥赶过去,你也快点儿来!"

陈金妹忙给老邓打电话,珍鸟园正好来了一拨上级领导参观,他走不开。陈金妹慌忙打个的士往空地赶。那片空地她知道,来来回回多少次了,离龙鑫花园不远,可是一街之隔,就显得荒凉许多,她没想到黑宝跑去了那里。

看见了铁门,她叫司机沿着围墙慢慢开,她也不知道哪里是西南角,她是个方向盲加路痴。

远远地看见了一群狗。司机笑起来:"这群狗在开会吗?"那群狗围成一个圈,确实像在开会,可陈金妹没有心情笑。她不错眼珠地环顾四周,生怕错过黑宝的影子。

车从那群狗的旁边慢慢滑过去,陈金妹瞟眼一看,大叫:"停车,停车!"

陈金妹一把推开车门,看见了黑宝,小家伙只有一个脑袋、两个脚爪露在地面上。陈金妹夅着胆子挥舞手臂驱赶开围观的狗。

走近前一看,黑宝的身子掉进了下水道的铁杆缝隙里,那里正好断了一根杆。黑宝看见她,发出虚弱无力的"呜呜"声,玻璃球般的黑眼珠仰望着她,映出了陈金妹变形的脸容。黑宝头上的一撮毛凝成了一团,像是流过血。

一时间百感交集。陈金妹的眼泪倏一下就出来了,她伸出手想抽出黑宝的身子,眼泪扑簌簌砸在黑宝身上。黑宝的身子被什么卡住了,她不敢太用力。

宠物店店主也赶到了,还有那天在店里见过的男孩儿。三个人一起想办法,终于将黑宝解救出来。黑宝躺在陈金妹怀里,闭着眼睛一动不动。它太虚弱了。它的脚趾也受了伤,上面凝着血印子。

"宝宝,你受苦了,妈妈带你回家!"陈金妹呢喃着,轻轻抚摩黑宝的脊背。黑宝依然闭着眼睛,可她感觉到黑宝更紧地依偎向她。

那群狗一直站在不远的地方。陈金妹庆幸不已:"幸亏来得及时,要不黑宝肯定会被它们咬死。"

"不不不,它们是在守护黑宝!我昨天来过这里,没有看到黑宝。今天我路过的时候,先是看见这群狗围在一起,就好奇地跑过来看,结果看见了黑宝。这些狗是在陪伴黑宝,给黑宝想办法呢!"

宠物店店主仔细察看黑宝头上的伤，"不像是狗咬的，好像有两三天了。"

三个人回到"宠物安乐苑"，店主处理了黑宝头上和脚上的伤口，黑宝一直闭着眼睛瘫软在那儿。店主将订金退给陈金妹，"找到就好，黑宝这些天一定吃了不少苦，除了身体的伤痛，可能还会留下心理阴影，你要多陪伴它。黑宝如果有什么异常反应就来找我们，我们可以给它做心理治疗。"

这话搁在平时陈金妹不会信，可是现在她信。她一个劲儿地点着头。

"女孩儿的名字请叫天鹅"

艾苏红看到陈金妹的来电，就预感到黑宝出事了。她连夜跨越大半个中国飞了回来。

半个月时间，她将自己屏蔽起来，只留出了陈金妹这个与外界的唯一通道，因为黑宝。

"对不起，黑宝走了。"陈金妹的声音听起来很伤心。可艾苏红没弄明白"黑宝走了"的含义，它走丢了，还是去了另一个世界？

黑宝去了另一个世界。

它走丢过一次，然后回来，仿佛仅仅是为了一场时间充裕的告别。

回到陈金妹家后，黑宝就一直趴伏在狗窝里，不动不吃。

陈金妹抱着它喂它羊奶，它连嘴也懒得张开，有时候它发出低微含混的声音，仿佛呻吟，又仿佛梦呓。陈金妹急得嘴上起了一串火泡，她将黑宝送到"宠物安乐苑"，请店主给它做心理治疗，可是一个疗程下来它毫无改观，生命的气息仿佛从那个小身体里慢慢抽离。陈金妹请店主给它注射营养针，还是不能让它重获一点点活力，偶尔它微微睁开眼睛，从那对缝隙望进去，玻璃球依然透明清澈，却似乎满布了痛苦哀伤。

一天夜里，陈金妹从梦中惊醒，似乎听见躺在床脚的黑宝发出一串"咕噜咕噜"的声音，跳下床一看，黑宝嘴里溢出一摊带血的泡沫。她不敢再睡，守在它身边，天一亮就赶去了"宠物安乐苑"。店主也无能为力，开车将她和黑宝送到一家大型宠物医院，那时黑宝的身体已经僵硬了。

在黑宝的喉管深处，发现了一枚细小的鱼钩。鱼钩位置很深，周围的组织已经发炎化脓……

黑宝的死只是又一次重击，但不足以让艾苏红崩溃了。雪乡熟悉的寒凛气息，让她一点点复原，也让她将伤痛一点点冰冻封存。黑宝是她的孩子，她的宝宝，可是奶奶对她说情感寄放在宠物身上，终是一场分别。狗狗的生命极限不过十来年。它能抚慰你多久，离别的伤痛就会多深。人也是一样，从来没有一场离别是容易的，对你来说不容易，对别人也是。生命短短数十年，苍茫宇宙间的一颗流星而已，又何必相互怨恨，伤害。

那枚鱼钩呢？

在她的想象中散发着冷酷寒光的尖锐鱼钩，凝聚了无情、冷酷、贪欲、残忍的鱼钩，为什么成为黑宝的宿命？

她想不明白。

天地轮回自有奥秘，我们可以追问，却也只能顺应。奶奶说，你能"看"到鱼钩的来处吗，它曾经握在谁的手里，他怀着怎样的欲念，他将得到怎样的因果，你都"看"不到，更无能为力。莫如将一切交给冥冥中的力量，你能做的是珍惜，珍惜与你相遇、交集的一切，人、物、事，它们集结向你，有形或无形，实体或意念，共同构成你的全部。包括无法到来的孩子，包括那个你不知道姓名的女人，包括黑宝，包括那枚鱼钩。

陈金妹执意为黑宝举办一场"安息仪式"。艾苏红没有拒绝，如果这场仪式可以缓释陈金妹内心的歉疚和伤痛，她愿意成全。

"安息仪式"是"宠物安乐苑"新近扩展的业务。在庄重而圣洁的告别仪式之后，宠物的遗体将被送进火化炉进行火化，骨灰可以装罐保存，可以埋在树下，可以撒入江河湖海，可以制成"一心恒永久"的骨灰钻石……

在陈金妹的要求下，"宠物安乐苑"的首场"安息"仪式安排得庄重、肃穆又丰富。

店主阿强预先在宠友群发布了通告，原本以为无人关切，不想举办仪式那天现场竟来了很多附近的居民，还带着他们的宠物。

艾苏红躲在墨镜的后面,寒风中的一张张面孔大多数是老人,花白的头发,丛生的皱纹,满布老年斑的手抚摩着怀里的宝贝。也有年轻人,看着自己的宠物一脸宠溺。人们叽叽喳喳,说着笑着,仿佛赶一场热闹。

穿黑色西装的阿强站到司仪的位置,高声宣布"黑宝安息仪式正式开始"。低缓轻柔的钢琴曲声响起。曲子是阿强选定的,名为《安息曲》。阿强的女友身穿黑色羽绒服,缓缓拉开四方形花架上的布帘,黑宝安静地侧卧在鲜花丛中,仿佛睡着了一般。

这是艾苏红在与黑宝第一次长时间分别后,再一次见到它。奇怪的是,她的内心竟充满柔情而不是悲伤。鲜花簇拥下的黑宝,终于度过了世间的苦乐获得永久的安宁。

人群渐渐安静下来。阿强引导着人们一步步完成安息仪式。艾苏红没有流泪,站在她身边的陈金妹早已哭得稀里哗啦,仿佛她才是黑宝真正的主人。也是,她为黑宝倾注的焦虑、忧伤、心痛高度浓缩于短短的十来天,比艾苏红与黑宝的数月情缘更加浓烈。她目睹和陪伴了黑宝最痛苦无助的时刻,她比艾苏红更适合做黑宝的"安息天使"。

艾苏红伸出手搂住陈金妹的肩头。但愿对于她,这场痛哭是倾泻,也是清洗。

人群中不少人在抹眼泪。他们在预习与自己宠物的告别,难免情不自禁悲从中来。

黑宝被送进了火化炉,人群慢慢散去。只剩下艾苏红、陈金妹、老邓和一个十岁模样的小男孩儿还留在宠物店里。艾苏红不经意地一扭头,看见了门外树下的他。

回来后她一直住在酒店没有回家。她犹豫了一下,走了出去。

风从他们之间穿过,猛烈地掀动头顶的树叶。

"回家吧,我可以解释。"

她不说话,沉埋着头。良久,她抬起头望着他,眼神干净清澈:"你应该拥有自己的孩子,我愿意成全。"

"是我们的孩子!……"

一个小时后,黑宝消失不见了,炉膛里只剩下一堆粉末和几根碎骨。阿强用木槌轻轻一敲,骨头就碎成了齑粉。在灰色的粉末里有一个亮闪闪的东西,是鱼钩。

原本活蹦乱跳的生命最后化成了装不满一个杯子的轻灰。艾苏红拜托陈金妹将黑宝的骨灰埋在一棵树下,她只留下鱼钩,将它装进事先准备好的透明盒子里。

奶奶说:"与你相遇、交集的一切,人、物、事,它们集结向你,有形或无形,实体或意念,共同构成你的全部……"

包括这枚鱼钩。

它的存在,储存了黑宝的生和死,也以它冷酷的形态提醒着艾苏红永远不要走向爱的反面。

五个月后,名叫天鹅的婴儿躺在艾苏红的怀里,大她三分钟的哥哥躺在她爸爸的怀里。天鹅有着粉红色的小脸蛋,似有若无的眉毛,小巧的鼻子,和红嘟嘟的嘴唇,那嘴唇形状像他。在此后漫长的时光里,不知这孩子会发生什么样奇迹般的变化,艾苏红也不知道自己何时才能适应妈妈的身份,找回妈妈的感觉……他说,妈妈的感觉存在于每个女人体内,只等待被唤醒。为了他,她愿意倾力一试。

那个女人为他们生下一对双胞胎后,在承诺"从此不再打扰两个孩子生活"的保证书上签下自己的名字前,提出了唯一的要求——

"女孩儿的名字请叫天鹅。"

裂　　织

　　意而妈成了现阶段玉村女人们最为羡慕的人。女人们羡慕的对象不是一成不变的，春节时她们羡慕陈自供家，三个儿子齐刷刷回来了，一黑一白的轿车停在屋门前，那个霸气。端午时她们开始羡慕陈先发家，热热闹闹的上梁仪式搅起了好一股旋风。到了中秋她们转而羡慕起陈忠礼夫妇，他们被儿子接到广东安享晚年，临走时不舍又骄傲的表情被她们议论了很久。变动不居的羡慕，让她们的日子不至于像手上不断线的毛活儿那么单调乏味。

　　元旦节陈意而回了趟玉村后，她们开始羡慕起意而妈。意而妈十年前还是燕子妈，等陈燕子翅膀长硬飞出玉村，读了四年大学三年研究生，她的身份证和户口本上就变成了陈意而。女人们不懂，意而妈边织着毛活儿边慢悠悠地跟她们解释："意而是燕子的别称，燕子，不，意而觉得原来那名太普通了，没味道……"玉村的女人们纷纷咂舌，说到底是文化人，燕子不叫燕子叫意而，可是，燕子为什么叫意而呢？她们的问题，意而妈回答不上来。

　　尽管不习惯，女人们还是慢慢改口称意而，一旦意而妈顺嘴说成了"燕子"，马上有人嗤笑着提醒她："意——而——

意而妈便带了点儿羞涩地缓一口气："对，意而……"意而妈成为新的羡慕对象，倒不是陈意而会读书，高学历，村里会读书的也有三四个，现在考大学不是难事。也不是陈意而顺顺利利地留校，成了一名艺校辅导员，能留在省城当然不容易，但那还不足以让玉村女人们羡慕得发出啧啧声。

陈意而给她妈拉到了一笔订单。不是一笔，是长期订单，意味着一笔二笔三笔乃至无穷笔，这望不到尽头的好，让女人们每戳一针都像戳在自己的心口上。以前她们和意而妈的每一针都是同样的辛苦，同样的前途莫测，可是现在，意而妈的每一针都是有指望的，有分量的，有意义的。

意而妈不坦然，她仿佛做了亏心事，将消息瞒了些日子，可每天聚在一起同进同退的伴儿，哪里瞒得住。等其他女人纷纷打包好毛活儿，让惠嫂的儿子给运到镇上交给小商铺老板王瘸子时，意而妈藏不住了，她一件都没交出来，她织的毛活儿全被人订了。

之前，意而妈和女儿商量，可不可以让村里的女人都加入供货，陈意而一口否定，她说订货方只要她妈的货，只看中她妈的手艺，人一多一杂质量没法儿保证，时间一长也容易节外生枝。意而妈做不了主，也无法拒绝这么好的机会。有女人试探地问意而妈，能不能捎些她的货给那个订货人看看，意而妈腾地红了脸，她嗫嚅半天没吐出一个字来，女人们也就不再问了。

她们依然每天坐在一起织毛活儿。女人们依然扯着闲话，可意而妈像被什么压迫着，兀自抬不起头来，她的话少了，呼吸也有些艰涩，手底的针脚不复原来的平整流畅。

第一批货稳妥妥地交出去，第一笔货款变成汇款单上的数字飞过来，又稳当当地兑成纸币被意而妈存进银行，她再没法儿和玉村女人们坐在一处织毛活儿了。汇款单在玉村不是新鲜事，很多在外打工的子女都会寄钱回来，可随汇款单寄来的还有一个大大的包裹。包裹不重，打开来是毛线，软得仿佛婴儿胎毛的毛线，须绒上闪着光芒。虽然是第一次拿在手里，意而妈也知道，这是好毛线。她在镇上的毛线铺里看到过，匆匆瞥一眼，目光就跳开了。她和玉村女人们光顾的是靠门的柜台，那里塞满的腈纶毛线十四元一斤。

意而妈借口腰痛发作，每天坐在自家床上依然手不停活儿，织啊织。没人在旁边闲话打岔，手底的活儿出溜得更快了，可日子也仿佛被抻长了，她时不时地停下来，望一望从窗口筛落的光亮，毛刺刺的，晃眼。她眨眨眼睛，再织起来，针尖一进一退，一颗心像被捅出了细小的窟窿，不痛，但漏风，细小的回旋的风。

她没和陈意而说这些，电话里她总是乐呵呵的，告诉女儿毛活儿做得很顺，自己从没织过这么柔软的毛线，简直像在触摸婴儿的胎发……

陈意而从菡苕那儿取了包裹，将一千六百元交给她。菡苕说办完事就去寄，最晚明天。

包裹不沉，陈意而却提得吃力。爬上五楼，微喘了一刻，包裹耸在面前，她认得爸的笔迹，很粗拉，撇总是伸出老远，窄窄的双耳旁歪着身子。读大学时，他用这笔迹给她写了三四封信。

包裹单上写着：帽子二十顶，手套二十双，袜子三十双。地方太小，字显得憋屈，但陈意而认得清。她在心里算了算织这些东西需要的时间，才将包裹打开，一件一件仔细翻看。

她妈是个认真的人，做的毛活儿看不到接头，看不到梗，都被她藏进了经经纬纬。小时候陈意而穿一身她织的毛活儿，帽子、毛衣、裤子、手套、围巾，她被同学叫作"毛孩"，这叫法让她感到一种莫名的耻辱，她再不肯穿这些毛乎乎的东西，吵着要像其他孩子一样穿衬衣、T恤、牛仔裤、纱裙……印象中，有很多年她妈没织过这些东西了。

十一长假回去，妈将她郑重其事拉到柜子前，打开来，里面黑压压的一团。她不解地看看妈，妈伸手拿过一样，递给她，是帽子。她回不过神："织这干吗？"

"打发时间，村里人都在织。"灯光从斜上方罩下，勒进妈脸上的纹路，经经纬纬，斑斑驳驳，显得眼窝很深，双眼皮堆叠成了千山万水。

清一色市场上常见的婆婆帽，黑色、棕色、藏青色，粗劣的腈纶线，一顶卖不到二十元，现在都被城里人淘汰了，乡镇市场上大概还卖得动。

"织一顶帽子，得多长时间？""顺的话，一天可以织两顶。

最赶的时候，织过三顶。"妈的一边嘴角吊起来，陈意而知道这是她骄傲时的表情。难怪妈的手，像毛刺刺的一团麻绳。

正赶上收货的日子，陈意而借口去镇上买东西，跟着惠嫂儿子的车。王瘸子不止一条腿瘸，一只胳臂也萎缩成了半截，不知是小儿麻痹的后遗症还是什么灾事造成的，但他脑子没毛病，账算得精细，一顶帽子六块四毛钱，不五入只四舍。惠嫂的儿子没还价的心思，任王瘸子说什么是什么，陈意而在一旁看不下去了，硬生生地插进去，非得争个公道。在她眼里，这些被紧紧捆束在一起的帽子，织进了她妈和玉村女人们的光阴，再多的钱也买不来。

一斤线十四元钱，织三顶帽子略余一点儿，王瘸子每顶帽子付六块四毛钱，不肯再涨一分，手套一双四块四，袜子两双五块四……一股情绪翻涌而上，陈意而差点儿为六毛的零头和王瘸子吵翻。王瘸子气得直摇那只好手："我不收了，不收了，你看看这镇上还有谁肯收……"

惠嫂的儿子挡在两人之间，将陈意而架回了车上。"太便宜了，真是太便宜了，完完全全是欺负人！"陈意而平静不下来，侧过脸逼视惠嫂的儿子，他们曾经是村小同班同学，他是叫她"毛孩"的孩子之一，"你知不知道你妈织一顶帽子花多少时间？你知不知道她们织这些廉价的腈纶线，勒得手上都是褶子豁口？你知不知道她们熬灯守夜，天天盯着这些黑乎乎的东西有多伤眼睛？"陈意而说不下去了，她咬紧嘴唇，将涌上来的一股热流硬生生地逼回去。

"我也劝我妈,整天织啊织的,也赚不了几个钱,她织上一个月,还不抵我跑一趟省城赚得多……"

"这不是钱的问题!"

"不是钱的问题,那你干吗为了六毛钱和他争?"

陈意而瞪着他,瞪着瞪着泄了气,她什么也不想说了。

第二天,陈意而又去了镇上。一个人。她找到王瘸子的商铺,王瘸子看见是她,一抬那只幸存的好手:"别,别,那六毛钱我给你,给你行了吧?"

"我不是来要钱的,我想买你的货。"陈意而说得平静。

她和王瘸子谈妥,她妈织的毛活儿全部转卖给她,她会让她妈在每一件毛活上织一只小燕子,看到这标志的毛活儿,她都要,帽子一顶十八元,手套十元,袜子两双八元。王瘸子不肯,说他转卖到城里,帽子至少二十元,手套十二元,袜子两双十元。

陈意而说,那我也这价。王瘸子还是摆手,"我得给你寄过去,邮资怎么算?"又加了三十元。为表诚意,陈意而先付了两百元作为订金,双方写了个协议。

陈意而将协议收好,这个千万不能给她妈看到。本来她可以直接向妈收毛活儿,但妈断断不肯收她的钱。可是,想到妈为这些毛活支付的时间和精力,被人如此廉价地倒卖,她就有想哭的冲动。

王瘸子倒还守规矩,在意而妈交货的第三天,将货发给了陈意而,陈意而按数付钱。她专门腾出一个箱子来装这些毛活儿，每一件都仔细看了，上面都用线绣了只小燕子，挺灵动的线条。回想起来，妈给她织的每一件毛活儿都是花了心思的，帽子上一边缀一条辫子，或者帽顶上一个毛球，毛衣上织了动物图案，裤子的下端是撒开的，有点儿像喇叭裤，陈意而想不明白，自己那时候咋就不喜欢呢。

她将一顶帽子试了试，样子虽然陈旧简单，可温暖。那个冬天，一回到家，她就挑一顶帽子戴在头上，每天一顶，谁让她有一箱帽子呢。

第二批货迟迟没来。陈意而打电话问王瘸子，她仿佛看见电话那头的王瘸子直摆手，"我不做了，寄个东西麻烦死了，人家都是上门来提货，你偏要我寄，我这残手残脚的，运到邮局太不方便！"陈意而以为是钱的问题，承诺加价，可王瘸子怎么都不答应，说得烦了："你妈的货我不收了，可以吧？你不心疼你妈嘛，我找个理由说她织得不合格，不收她的货，她就不会织了，她不织了，也就不累了，你不就安心了？"

"那不行！"陈意而蹦起来。

"姑奶奶，你让我怎么办？这事我真办不了……"看来王瘸子是真不愿做了。陈意而发了愁。

那天赶巧菡荅来看她，三年同居一室的室友，虽然不是一个专业，也好得可以随意换衣服穿。她看见陈意而戴着一顶深棕色的帽子窝在沙发上，鼻翼两边皱出了两道弧线问道："愁啥呢？"

陈意而将满腹烦恼倾倒而出。"这还不简单，我来！"

菡苔给出了个绝妙的主意,她伪装成名为"燕子"的经销商,出面去订购陈意而妈妈的毛活儿。"为嘛让那王瘸子赚你的钱,傻不傻啊你!"一语点醒了陈意而,是啊,她收购自己妈妈的毛活儿,干吗让别人赚中间钱?两个女研究生充分发挥高智商,将计划完善得天衣无缝。

名为"燕子"的经销商是陈意而的大学同学,听陈意而说她妈妈织的毛活儿特别棒,感觉很亲切,小时候她都是穿戴着妈妈织的毛活儿,可她妈妈走得早,这成了她心里无法弥补的遗憾。现在传统手工艺开始回暖,她想订购意而妈妈的毛活儿,创办一个"燕子"手工针织店。为了让意而妈相信,陈意而让她妈先寄了一套黑色的帽子、手套和袜子,说是给"燕子"看看她的手艺。这次的毛活儿织得特别平整,针脚匀称,仿佛机器织出来的,燕子的图案也有所改进,剪刀形尾巴往上翘起。菡苔看了觉得确实很赞。

元旦假期,两人特地去了玉村,郑重其事地签了合同,按了手印。陈意而的爸妈没有一点儿起疑,也没对外声张,只说是意而带了朋友来玉村玩。临走,菡苔遵照陈意而的嘱咐,一再交代,求质不求量,一天织一顶,甚至两天织一顶帽子都可以,"产品要经得起顾客检验。"菡苔说得一本正经,陈意而暗暗对她一伸大拇指。

赶在腊月二十三之前,第一批货就寄到了。这一批毛活织得用心,陈意而注意到,有两顶帽子的式样和别的不一样,加缀了两条小辫子,而且两侧也下伸出一个弧度,看起来时尚也活泼了许多。她想起来小时候她妈的那些毛活儿，怎么没想到呢，既然是手工，就不要强调千篇一律，独一无二不正是其魅力所在？

菡苕出面与意而妈沟通，先是大大赞美了一番老太太的手艺，又格外赞美了那两顶与众不同的帽子，然后强调创新、独特与实用、品质的合一，希望产品适合不同年龄段人群的需要。"你妈有得忙了，哈哈……"菡苕挂了电话，马上打给陈意而，"花言巧语如我，老太太乐得，那个笑声直震我耳膜。"

陈意而购买了毛线针和羊毛线、羊绒线、貂绒线、马海毛线快递回去，说是"燕子"给提供的原材料，希望提升手工针织品的品质，这样在市场上更受欢迎。

每一个半月，收货一次。菡苕将包裹转交给陈意而，陈意而简直惊异了，她没想到她妈竟然可以"发明"出这么多款式，单就帽子而言，就有十来种，五角帽、六角帽、八角帽，仿瓜皮帽、导演帽、鸭舌帽，带小帽檐的半包头帽，带耳搭和绳结的系带帽，粗辫子帽和细辫子帽，只露出两个眼睛和嘴巴的全包头"洞洞帽"，帽檐一侧宽幅延长、帽檐两侧宽幅延长的带围巾帽子，后沿披挂下来的挡风雪帽，翻檐帽……意而特地买了很多彩色毛线，于是帽子的色彩也丰富起来，她妈还进行了混搭，颜色居然配得挺悦目。有时意而妈在帽子和手套上绣花，绣蔬菜，意而仔细琢磨，有的像是胡萝卜，有的像是南瓜，有的像是青菜，它们镶嵌在毛活儿上仿佛点睛之笔。

"好看好看，真好看！"菡苕不仅自己用上了意而妈织的帽子手套袜子，连她的亲戚朋友也用上了。意而不肯收钱，菡萏不依，"这是对你妈付出辛劳和时间的尊重。不过，看在老朋友的面儿上，我要七折友情价，哈哈。"

邮寄单上，陈意而第一次看到了妈的名字，三个字写得格外端正，不是熟悉的字体。她担心爸生了病，打电话回去，电话是爸接的，声音洪亮，"你妈说落她的名字，她现在财大气粗了，想落自己的名了……"陈意而乐了，没想到一辈子隐身在爸身后的妈，有一天想端端正正落自己的名了。

意而妈又提过一次，既然销路好，可不可以让村里的女人们也加入进来，陈意而一口回绝了。大半年过去，她又买了三个储物箱，里面已经堆满了她妈织的毛活儿。她有些犯愁，这些毛活儿不断堆积下去，她该拿它们怎么办？

"你打算一直这样瞒着你妈，收她的毛活儿？"菡萏看着墙角堆叠起来超过一人高的箱子，问她。陈意而点头。

"万一你妈来你这儿，或者，有一天她发现了这个秘密，那……"

"那个我倒不担心，母女间有体谅，无须解释。倒是这些毛活儿，窝在我这里真是可惜了，一想到我妈为它们支付的精力、时间，花费的那些心思，我心里就愧疚……"

一天菡萏转发给陈意而一则消息，连同三个"？"。是西部山区的孩子需要保暖衣物，陈意而回了三个"！"。

两个大纸箱装满陈意而妈妈织的毛活儿，去了西藏一座大山的褶皱深处。想到一个个两腮泛着高原红的西藏孩子穿戴着妈妈织的帽子、手套、袜子,想到江南的胡萝卜、南瓜、青菜绽放在他们的头上、指尖,陈意而觉得这是毛活儿们最好的归宿。

中秋节前,陈意而随月饼寄了一批毛线回去。七八月,她让菡苔借口夏季针织品销售不畅让她妈歇了些日子。她爸电话汇报说,不织毛活儿的意而妈简直不知道怎么打发时间了,每天坐卧不宁,连身体也开始抗议,天天坐恁久都没毛病的腰突然酸痛异常,接着偏头痛也犯了,眼睛莫名地流泪不止,仿佛之前毛活儿构成的经经纬纬将它们挡在外面,现在毛活儿一撤离,它们就乘虚而入了。意而妈不愿去医院,说织点儿毛活儿,身上啥毛病都没了。陈意而无奈,难不成织毛活儿也会上瘾?死马当活马医,赶紧买了毛线寄回去。收到毛线的当天,意而妈就坐起来了,线绕针进地忙活起来。

转天,陈意而接到菡苔的电话,"意,你妈拒绝织绿帽子!"

"我妈会拒绝人了?"陈意而诧异,印象中她们家遇事都是她爸拿主意,她妈在村里也没和谁红过脸,有人找来帮忙总是一口应下。随即,陈意而发现了菡苔语气的重音所在:"绿帽子?理由呢?"

"说是你们玉村的讲究啊,玉村的女人从来不织绿帽子,说不吉利。"意而明白这"不吉利"的含义。这次她特意挑选了很多绿色毛线,当时没想到这一层,绿色是最护眼睛的颜色,看着让人心情愉悦。

"你妈说,村里的姐妹看见她织绿帽子,都说你织绿帽子干吗,准备给谁戴啊?你妈说,没人愿意戴绿帽子,那织这么些绿帽子干吗?我没话回答她,就说和客户再确认下。"

"你告诉她,这批货是外国人订的,外国人没那些讲究,他们特别喜欢绿颜色的帽子,觉得环保,生机勃勃,衬肤色,亮眼醒目,愉悦心情,总之,他们就是喜欢绿帽子!"陈意而越说越理直气壮,绿色有那么多好处,干吗不能戴绿帽子?

赶在藏历新年前,陈意而又寄了一批毛活儿去西藏,只是将其中绿色的帽子留了下来,她不知道藏族人有没这讲究,又不想这些绿帽子被人抛弃。

隔一段时间,陈意而会翻检储存的毛活儿。绿帽子越存越多,瞟眼看去,每一顶都仿佛一蓬葳蕤的植物,连周围的光线都明亮了几分。一个念头倏地冒出来。陈意而从网上买了一批帽子展示架,给它们戴上一顶顶不同形状的绿帽子,它们像绿植散布于房间,将房间点染出一片勃勃生机。

她拍了一组照片发给菡苕,有房间的整体图,也有一顶顶帽子的特写,她仿佛能听见点开照片的菡苕发出的尖叫声,和瀑布般淌泻的哈哈声。"太喜欢了,我发朋友圈!"菡苕发来一行字,和一串雀跃的表情。

"中国六十岁老太的手作——"九宫格照片上几个字和一长串夸张的表情。菡苕的风格。

"你妈织的绿帽子被人看上了!"深夜,陈意而收到菡苕发来的消息,睡意全消。"咋?"

"你妈织的绿帽子真被外国友人看上了！"

"快说，咋回事？"

电话打进来，菡苕像被点燃的爆竹。"我一个朋友，意大利人，中国通，中文名叫君礼，他说特喜欢这组手工帽子，想做一个展览……"

陈意而本想等事情敲定，再给爸妈打电话。不想，她爸的电话先来了。

"意而，能不能和你那朋友说说，别让你妈织绿帽子了？"爸的语气让陈意而的心一拧。

天天织绿帽子的意而妈，成了玉村人眼里的笑话。闲言碎语像一股股细小的风，席卷屋檐、巷道、祠堂前的木栅栏、长长的玉河畔，那风无形无迹，却渐渐汇成湍急的旋涡。意而妈坐在涡心里，握一对毛线针，坚持编织一顶顶"燕子"需要的绿帽子。手里的针与线织出的经纬似乎帮她抵挡住了席卷而来的风。在一旁注视的意而爸，坐不住了。男人是讲脸面的，女人被人说三道四，就是在捆男人的脸面。

电话这头的陈意而沉默了。良久，吐出两个字："放心！"在那一刻，她下了决心——办展。

再寄去的毛线里，没有了绿色。寄来的帽子色彩缤纷，没有了绿色。

"Erupting Weave（裂织）"——中国六旬老太"炸裂式绽放"手作系列展览，在香港正式开幕。君礼说，这只是系列展览的开启，他会将这些帽子带去世界各地展出。

合同本可以由陈意而代签，但她执意回了趟玉村，让她妈在合同上端端正正写下了自己的名字。关于展览的宣传册子，她挨家挨户送了去，册子封页的照片是错落摆放的一组绿帽子。它们，静穆无声地绽放在阳光般的光线中。

陈意而给老妈买了新手机，教会她使用微信，这样就可以进行展览开幕式的直播。菡苕充当了直播人的角色。时值盛夏，天气也炸裂般灼热，但来参观的人不少，场面热闹。在穿梭的人流中是一顶顶静穆的七彩帽子，每一顶都有着独特的面孔和表情。

喜欢的人在留言簿上写下只言片语，不少赞美之辞，陈意而用手机拍下来，又将文字录进电脑，在微信电话上一句一句念给老妈老爸听。

意而爸和意而妈像两朵并蒂花探头听着，安静极了，生怕错过了一个字、一个词、一句话。陈意而显得平静，仿佛在完成一个必要而庄重的仪式。

不少媒体报道了展览，也有人对陈意而进行了专访。"燕子"的秘密自然是绕不过去的梗。这些报道，陈意而筛选了才发给她妈看，她想让"燕子"的秘密继续保持下去。

随后的夏日炽烈而平静。菡苕继续用销量不好的理由，让意而妈歇了些日子。意而妈似乎没有遭遇前一年夏天的种种不适。夏至那天，陈意而突然收到老妈发来的信息。

"意而，下次给我寄些绿色的毛线。"

紧跟着，又一条，"我喜欢绿色。"

盔犀鸟

关伯和养子出现的那天,凹里正刮着那种方向混乱莫测的旋风,风一忽儿像是从东面刮来,很快又折向了北面,再一忽儿又扑向了西边,它在凹里肆无忌惮地横冲直撞。一股风还没停歇,又有一股同样善变的风加入进来,造成更深的混乱。对于这种神经质般的风势,我们早已习以为常,安之若素。它们显然没有吓住关伯父子二人,他们很快在凹里最西边的一处空房子里租住下来。

我们那个地方叫回风凹,两座左右合围的丘陵齐心协力留出了一个豁口,这豁口朝向东南。从天空俯瞰,就像一个侧歪着身子站在十字方格中的凹字。在凹字的中空部位,散落着十来户人家。

在关伯他们入住前,风在这座空宅子里穿进穿出,将没了玻璃的窗框和屋瓦折腾得砰砰直响。主人搬进城里居住有两年了,风按照自己的意志重塑了这座房子的面貌……关伯他们决定住进去,这让凹里的人纷纷猜测,他们恐怕是走末路子的人。

可关伯看起来又不那么像走末路子的人。他穿一身灰土布对襟褂子,同样颜色的土布长裤,脚蹬一双黑色布鞋,衣裳和鞋显然穿了不短的日月,可一点儿不显邋遢,被风吹得时而鼓胀起来,时而瘪塌在身上,却是端端然的。而他身边的孩子除了面目与他不那么一致,举手投足简直就是他的缩小版。他们来自何方,准备去往哪里,凹里没有一个人能成功打听出来,一老一小的嘴巴都像是上了一把锁。但是很快大家都知道了,老人姓关,孩子是他的养子,小名嘎子。他精瘦,身子骨在宽大的衣服里晃荡,但步子很稳,有着一种与年龄不相称的沉稳。

在极短的时间里,一老一小闷声不响地重塑了这座房子,将豁口的窗框、歪斜的门板、参差不齐的屋瓦都收拾出了端正的模样,这房子看起来颇像那么回事了。凹里的人很快适应了一老一小的存在,生活恢复到中规中矩的日常。

我们这十来户人家沾亲带故的不多,大多是客居在此,原住民多去了南方打工,或是进城去了。在这城市与乡村交接的不起眼的小凹里,容留了乱风和我们这些大多不太愿谈及过往的人们,大家各展所能,将在风中晃荡的日子尽量过踏实,对别人家的事情倒不存多大的好奇。

前年距此不远的城乡接合部,陆续冒出了服装厂、水产品加工厂、养殖场,凹里的七八户人家就过起了朝六晚六的生活,白天凹里愈发清静了。

一老一小,关伯父子二人都不在工厂考虑的范围内。关伯多半闭门在家,二人的生活却似过得并不局促。厨房里按着饭点飘出油香菜香,闻起来不像本地风味,可那香味像一根狗尾草探进了你的鼻子、喉头，进而痒到心里头去。于是人们歇的时候，总爱往西头那座土房子跟前儿凑。却原来关伯是一把雕刻的好手。前去打探的人们，看见他坐在窗边一张桌前，手里握着一柄雕刻刀，埋头在木头、石头、象牙和一些说不上是什么的东西上挖挑、旋磨、穿凿。桌上亮一盏台灯，光晕不大不小，正好笼住他的头。他额前戴一柄镜子，像耳鼻喉科医生戴的那种，有人说那是放大镜。隔三岔五，有客人登门拜访，想来是带走订的物件或送来新的活儿。关伯闷声不响足不出户就将日子过得踏实、安稳，这让整天在乱风里穿来穿去的人们暗生羡慕。

嘎子的步子再沉稳，逼仄的一堂两屋也容纳不下他这个年龄的旺盛精力。每天及早，上班的人听见屋子里传出读书声，咿咿呀呀的，听不太分明，不像是学校里教的课本，像是费解的古文。过了九点，嘎子从门里跨出来，迈着又稳又沉的步子一直走到凹口，像是被身后的风猛力推了一把，突然就飞奔起来。他没上学，也不去哪里务工，十一二岁年纪，还在贪玩的边缘，他飞蹿上丘陵，蹦跳着没两下就消失在并不繁密的杂树、竹丛中。入夜，下班的人们又听见屋子里传出的读书声，像嘎子的步子一样沉稳。

工厂开了四五年，待遇渐渐分出了厚薄。有的工厂订单多得做不过来，工人不停地加班，加班，有的工厂却朝不保夕，甚至三个月没发出一分钱工资来。凹里陆续有人重新坐回了家里，没了每月按时发放的那笔工资，生活就平地刮起了乱风。

而关伯父子依然那么安稳，任外面的风多么癫狂，窗里那盏灯照常亮着，只是嘎子很少出去疯跑了，一盏光晕照亮了两个脑袋，一个发色花白，一个乌发蓬勃。关伯的名声似乎传得越来越广，时不时有一辆桑塔纳、本田、宝马车停在他家门前，有人提着箱子往屋里搬东西……凹里的不少人家暗暗念叨着关伯怕是要搬走，搬进宽大宅子里去了，可一老一小还是那么安静地偏安一隅，仿佛日子在他们那里从未被风吹乱过。

嘎子在凹里交了要好的朋友，不多，住在东头内角处的刘家孩子，小名尾巴。他们是在丘陵上转悠时撞见的，撞的次数多了就慢慢地走到了一起。以我对尾巴的了解和对嘎子的观察，主动靠拢的应该是尾巴。尾巴和他爸爸成了凹里走进关伯家的为数不多的人，而尾巴是进去次数最多的一个。我常常蹲坐在回旋的乱风中，怀着羡慕又嫉妒的心情目睹尾巴敲响那座房子的大门，伴随着悠长的"吱呀"一声又消失在重新关紧的大门背后。无法接近的事物总是激发无穷无尽的想象，这想象搅裹在忽西忽东的乱风中，猛烈地吹刮着我贫瘠乏味的少年时期。

尾巴的爸爸在凹里算是有身份的人，据说他在村里担任了一个什么职务，不大不小，正好管着我们凹里的十来家外来户。回风凹离村中心有四五里路，漫长时光里聚起的这些人家在整个村子看来轻如羽毛，可又不能视之若无，于是凹里一旦有什么动静，村干部不能及时觉察的，就有赖于尾巴的爸爸去报告了。凹里人有点儿什么想法，不会直接去找村里的干部，而是托请尾巴的爸爸帮忙去问询。一来二去，尾巴的爸爸在回风凹就有了那么些权威。这点儿权威让尾巴对凹里的其他孩子不屑一顾，除了晚来的嘎子。

之所以絮絮叨叨这些谈不上往事的过往，是因为时隔二十多年后，我又重新见到了嘎子。

此时嘎子端坐在新闻发布会的主席台上，他是市里招商引资引来的企业家之一。尽管席位牌上的"关建伟"三字与"嘎子"丝毫不搭界，可我还是从他走上台时的步态和端坐台上的神情确认是他，嘎子？没错！

与台上西装革履的政府官员、企业家不同，他穿着中式立领对襟棉麻衫，襟前绣了龙纹，脚踩一双同样绣了回龙纹的布鞋。坐在台上的人都不自觉地将面部肌肉绷紧，仿佛戴上了一层面具，而他表情始终清澈松弛，仿佛任由时光下沉而兀自不惊不动。坐在台下的我不由得一阵恍惚，记忆被拉回到二十多年前，那些生活在回风凹乱风中的日月。

回风凹早已不复存在，两座丘陵在持续几年日夜不休的取土中，渐渐千疮百孔，最终被夷为平地，再陷落为一个深坑。仿佛一个经久难愈的伤疤镶嵌在了城市不断扩张膨胀的躯体上。凹里的十来户人家，如羽毛被风吹向了不同的地方。

父亲带着我们一家四口在回风凹居住了十年，我妹妹在那里出生。离开回风凹后，我们辗转来到省城，父亲花费二十多年的时光终于将我们家夯实在了这座城市的地基中。而今我成了都市报的记者，妹妹成了小学老师。

父亲常常感叹，他和母亲吃的苦都是值得的，至少我们的子女、他们的孙辈会成长在更好的平台。更好的平台？我却常常怀念在回风凹的日子，那些个在乱风中凌乱不堪无根飘摇的日月，莫名地勾起我的惆怅、伤感与怀念。眼前的日子像一块铁板那么踏实和结实，却常常让我有无法呼吸的憋闷感。这些年我从未问过父亲，他是否怀念回风凹。当年我们一家那么急切地想离开……

早在回风凹成为烧砖取土的大工地之前，嘎子就失踪了。

我还记得尾巴在丘陵竹丛间找寻嘎子的叫喊声，回旋的乱风将他的呼喊吹送得到处都是，仿佛他同时出现在凹里的各个角落。那是我第一次感到深切的悲伤，悲伤像深冬的寒风以一种执拗的锐劲儿钻入我的皮肉、骨缝里，我不由得抱紧自己，希望滚过身体的冷战可以平复下来。那天夜里我高烧之下陷入了迷糊状态，父亲母亲以声音的形态浮漾在我混沌的意识中，浩浩汤汤的大水将我与这个世界隔离开来。

等我从高烧的昏沉中彻底抽拔出来，重新走出家门时，忽然发现整个凹子荒寂了许多。我不明缘由，迈着沉重的步子在凹子里转悠，迎面撞见了贴在关伯家屋门上的巨大封条。

白色封条是那么触目惊心，仿佛巨大的否定符号"×"封存了关伯他们生活在这里的六七年时光。风越过我的身体扑向宅子，持续地撼动那扇对开木门，封条被它撕扯出了裂痕。

在父母的低声议论中，我才知道就在嘎子失踪两天后，一伙警察冲进了关伯家。凹子里的人连围观看热闹的勇气都没有,他们龟缩在屋子里,从窗帘背后偷偷盯视凹子西头的方向,竖起耳朵捕捉从那边传来的声响。他们怕遭到警察问询,更怕不堪的过往被人揭开。

一切都是捕风捉影、支离破碎的讯息。正式的消息是尾巴的爸爸发布的,他破天荒地将凹里的人家聚在一起,大家站在冬天格外凛冽的乱风中聆听了事情的真相:警察从关伯家中搜出了二十三枚盔犀鸟的头骨。

盔犀鸟?人们低声重复这个陌生的词,彼此交流目光中的疑惑。在场的人都不知道盔犀鸟是什么。一种鸟?它长什么模样,有怎样的生活习性?为什么发现二十多枚盔犀鸟的头骨,关伯就被警察兴师动众地抓走了?

我记得尾巴的爸爸重重地咳嗽一声,大家顿时闭上嘴一起望向他。在众人疑惑不解的目光中,尾巴的爸爸面带凛然的表情,以一种站在大会场高台上那般洪亮的声音继续说道:"根据1973年在美国华盛顿签署的《华盛顿公约》,也就是《濒危野生动植物国际贸易公约》之规定,盔犀鸟属于一级保护动物。所谓一级保护动物,是指盔犀鸟极其濒危,严禁国际贸易。从关汉生家中一次性搜出了二十三个盔犀鸟头骨,这意味着关汉生涉嫌非法收购、出售珍贵、濒危野生动物制品,目前他已被公安机关逮捕。关汉生的养子,"尾巴的爸爸磕巴了一下,"嘎子,畏罪潜逃,关汉生拒不交代他的下落,也拒不提供他的真实姓名、出生信息,警方正在大力追捕他。有谁知道他的下落,或在附近发现他的行踪,必须立刻报警……"

乱风根本无视这次会议前所未有的严肃性，照样在凹子里窜来窜去，随意改变方向，以至于尾巴爸爸的声音被切割、肢解、粉碎成了不连贯的片段，但我还是清楚地听见了"关汉生"这个十分陌生的名字，在这三个字上，尾巴的爸爸显然格外用力，一字一顿将它们吐出来。

盔犀鸟、关汉生、濒危、非法，这几个词即使被风弄成了碎片，依然具有震撼的力量。它们像乱风无法搬移、彻底摧毁的事物一样，在凹子里沉淀下来，嵌进人们的记忆。直到回风凹在地表烟消云散，它们依然存在于人们的记忆中。

在回风凹走向消亡的过程中，凹里依然有婴儿出生，慢慢长大，在父母亲降伏不了哭闹的孩子时，会对他说，"盔犀鸟来了，听，它在外面叫呢！"

孩子收敛了哭泣，竖起耳朵，听见了呼呼作响的风声，那是回风凹的孩子最为熟悉的声音。在静寂一刻后，孩子重新爆发出哭声，并扑进父母的怀里，在父母的拍抚中很快收敛了声音和脾气，重新变成了一个乖孩子。

整个新闻发布会，我一直在走神。主席台最右边的位子上坐着尾巴，他一直没能安稳地坐上哪怕五分钟，不断有人与他附耳交流，他不时起身走动，似乎是现场最忙碌的一个。尾巴面前的席位牌上是"刘青"，几年前刘青从市级单位抽调到省政府对外开放招商引资办公室，这些年我刚好跑这条线，与他打过几次交道。同是回风凹出来的人，由来已久的亲切中却有一种无形的隔膜。我们的见面都是公事公办，没聊过一句关于回风凹的话。

此时刘青与关建伟同处于一幅画面中,中间隔了七八个席位。我不免在心里猜度他俩可知道对方的存在,一转念,刘青在招商引资办好几个年头了,不可能不了解这些招引来的投资商。当年的尾巴和嘎子已经接续上了友谊的线头?仰头注视他俩的我,仿佛又回到了回风凹的现场,目睹一场默契的情谊在两个同龄人之间发生,而我被阻隔在一定的距离之外。

他们什么时候重新接上的头?从潜逃者到投资商,嘎子,不,关建伟经历过什么?尾巴一直没停止过寻找,还是嘎子从没停止过回归?见面的那一刻,他们是什么样的心情?一个又一个问号,像乱风在我心头回旋。它们无关记者的敏感,只是回风凹生活的遗存。

关伯被警察抓走后,还没等到正式审判,凹里就传来了他过世的消息。在一个清晨,看守人员发现他衣裳齐整地躺在地上,面容宁静。这一次尾巴的爸爸没有专门召开会议,消息随着乱风在凹里流传,我无从辨识真伪。被生活促使着往前走的少年,很快关伯的模样就从脑海中消失无存了,可我一直记得嘎子,那个侥幸逃脱的少年。

关建伟投资的是一个政府共建项目——文化产业园,其中包括多种国家级、省级非物质文化遗产展示区,我注意到其中有一个珍雕艺术馆。

犹豫再三,我还是决定去向刘青打听关建伟的情况,以记者的名义。我无法直接向关建伟提问,于情于理都不可以。原本以为关建伟对我没有印象，可在新闻发布会后的个别媒体采访环节，他一握住我的手，就拿另一只手点着我说："黎家小子！"交握的那只手也加了一分力，这是一种熟识之间心照不宣的亲切。我一时间竟然语塞，只是勉力冲他笑了笑。他笑得那么清澈自然，仿佛回风凹的过往只是我的错觉。

非公开场合，刘青依然称关建伟为嘎子，话里话外都是对嘎子的维护。他只肯对我敞开一条缝，告诉我当年嘎子与关伯的事没什么关系，他一个十来岁的少年懂什么盔犀鸟，懂什么珍稀濒危动物，他的离家出走纯粹只是巧合，是一个少年对单调乏味生活出于本性的抗拒。

那他离开回风凹去了哪里？我管束不住自己的好奇心。嘎子一直往南，跌跌撞撞地，吃了不少苦，先是到了深圳，后来混过关到了香港，认识了一个香港的老板，那位老板资助他读书，一直读到大学毕业，学的金融专业，还出国深造了两年，回来跟着老板做生意，渐渐积累起自己的资产就自立门户了。

他现在的资产有多少？这个我也说不清楚，听嘎子讲有几个亿吧，这次文化产业园项目初定的注入资金是八千万……

在关于招商引资的公开活动中，我经常看到关建伟和刘青同进同出的身影。在心里我还是习惯将他们视为嘎子和尾巴，往事已矣，能看到昔日的两位好朋友重新并肩续写友情，倒让我看到了迅疾无情的日月流逝中尚存一些珍贵的东西。

嘎子主动约我采访，出乎我的意料。采访地点在老城区一栋旧宅子里，那片老城区，我到省城后去逛过几次，却不知道曲径通幽，穿过窄巷子，推开不起眼的老红木门，内里竟然别有一番天地。

那天尾巴也在，他的话比受访的主角多。很多时候，嘎子只是带着我在宅子里转悠，紧要处说上一两句，他留下的空白全由尾巴主动填补了。这座宅子是嘎子请尾巴帮忙寻摸，花一百万买来，又花两百万仿旧整饬一番，俨然一个古色古香风雅十足的旧式庭院，前厅的屋檐下悬挂着一块乌底白字的做旧牌匾，上书"凹生馆"三字，有苏体的肉中含骨之风。我注意到匾上有落款，细一看竟是"关汉生"，心内猛地一惊，忙调转了目光。

"凹生馆"其实是一个微型珍雕馆，内里陈列了很多非常精美让人叹绝的木雕、石雕、竹雕、玉雕……牌匾上的落款还搁浅在心里，我不禁仔细查看这些雕品的标签，发现都没有作者，只注明"收集自民间"。

对于这些精美的雕品，嘎子不置一词，只留出足够的时间让我在每一物品前品赏。尾巴的嘴巴却不肯停歇："民间有高人吧！我第一次看到这些东西的时候，简直惊呆了，太美了，太赞了。你看，这上面雕刻的戏曲人物，神情各不相同，喜怒哀乐的表情纤毫毕现。还有这仙鹤，羽毛的纹理细密灵动，太赞了，太赞了……"这些雕品确实是一流的，仔细看无不像一个微缩的宝库，在有限的空间里人与物纷呈，刻画精细入微。

我停留在一个红黄两色的雕品前，这是一件镂雕工艺作品，柔软的光晕将它环护在中心。主雕部分方寸之间竟然有亭台楼阁松柏花荷和六位古装人物，布局疏密有致，富有故事的韵味，似乎是某部戏文中的场景。其下伸出的斜柄上，也满饰了吉祥花纹。雕品下的介绍文字写着"鹤顶红镂雕珍品"。站在它面前，让人有屏息之感。

"这是在香港拍卖会上拍得的一件珍品，十年前价值六百万元。"嘎子平静如水的声音在我身后响起。

"鹤顶红，剧毒毒药？"

"两码事。"

我回过头，嘎子的眼睛盯视着这件雕品，灯光映亮了他的半边脸容，将另半边脸留在深重的阴影里。

嘎子希望我报道这些珍品，给予这些出自民间不知名雕刻者之手的美物所应得的赞美。看来他年少时与雕刻结下的因缘，一直未被他淡忘。他说准备将"凹生馆"每周对外开放两天，让更多人欣赏到这些精美之物，否则它们幽闭在这老宅子里，委屈了它们的美。

尾巴则将这次采访提升到一定的高度，说这也是为文化产业园的奠基做一番铺垫。我答应下来，这些雕品确实值得被更多的人欣赏、赞美。

夜晚埋头写稿的我，在电脑上敲出"鹤顶红"三个字，脑子忽然卡住了，虽然对收藏界略有了解，但这"鹤顶红"我从未听说过，它与惯常所知的剧毒品有何联系？我在百度输入"鹤顶红"，立马蹦出了无数条信息……

"文玩鹤顶红，指的是盔犀鸟的头骨。"

盔犀鸟三个字，如岁月深处射来的三粒子弹，击穿了坐在电脑前的我。

愣怔一刻，我急切地在搜索条目里重新输入"盔犀鸟"，无数条信息立马蹦了出来……

"盔犀鸟是旧大陆就已经生存的一类热带鸟，属佛法僧目，犀鸟科。头骨像头盔，套在突出的喙上面。因其头胄为实心，外红内黄，制成的各种工艺品被广为收藏，被称为'鹤顶红'。盔犀鸟是《华盛顿公约》一级保护物种（极其濒危，禁止其国际贸易）……"

记忆联通，头晕目眩。电脑上，我再无法敲出一个字来。

那夜，我在梦中回到了回风凹。一个孩子蹲坐在凹心空旷的泥地上，仿佛只有三岁大，有一刻他是嘎子，有一刻他变成了我。我抬头望向天空，风在半空中肆意地飞来飞去，它们似巨大的鸟的翅膀，我惊恐地仰起头，瞪视它们，不由得将身体缩小再缩小……我听见盔犀鸟"嘎克——嘎克——"的叫声从半空中传来，它们在乱风中回旋，仿佛一声声哀号。风渐渐汇聚成一个中空的柱状体，令人绝望地，一点儿一点儿向我移来，那么缓慢，又那么坚定……我在自己的尖叫声中惊醒。

醒来的我坐在黑夜中，大口大口地呼吸，良久才平静下来。我重新坐回电脑前，连夜完成了这篇报道，报道中对这件鹤顶红雕品只字未提。

稿子见报那天，我给关建伟打了个电话，告诉他可能从现在开始"凹生馆"会迎来源源不断的参观者,我对自己的报道有这样的自信。末了,我还是将那句在心里回旋多日的话说了出来:"我查了资料,鹤顶红就是用盔犀鸟头骨雕刻的艺术品。盔犀鸟……"我在这三个字上加重了语气,"是《华盛顿公约》列入的一级保护动物。每一件鹤顶红里都沉淀有盔犀鸟的哀号声。那件鹤顶红雕品最好收起来,无论它多么精美。"

电话里没有回音。等了一刻,我挂断了电话。从那儿以后很长时间,我没有再见到关建伟和刘青。这篇报道推出没多久,我就被抽调到防汛抗洪一线报道组,进入没日没夜四处奔波的状态中。等我重新回归常轨时,才知道刘青出事了。

警察接到匿名电话报案,在刘青家里查出了二十三枚盔犀鸟头骨。没有听错,是二十三枚。这是跨越二十多年的巧合吗?如此严丝合缝。

我从负责这桩报道的记者那儿借来了所有资料,照片中那些小脚绣花鞋一样的东西,有着突兀锐利的尖角,看起来非常奇异。它们尺寸并不一致,却以一致的面目整齐地排列成阵,我知道每一枚头骨里都沉淀有一只盔犀鸟的痛楚。我的手不由得攥紧了。这张照片里,是否还有我无法看透的残酷?

刘青怎么说?我问记者,他跑政法委这条线十年了。刘青说不知道家里为什么有这东西,他连这个是什么都不知道。可是,从他家里还搜出了一百万元现金,整整齐齐地码在密码箱里。与此同时,一份刘青亲笔签名的签收单据,不知被谁寄到了公安局。两相印证，可以说证据确凿。

这证据太过确凿了，严丝合缝得简直没有一点儿缝隙。我的手攥得更紧了。

刘青知道这些钱吗？他自然是不承认，听说还哭了，哭得涕泪横流。

有人证吗？有。

谁？一个叫关建伟的企业家，听说是招商引资来的，你应该知道。听说他是主动去自首的，承认是他从中牵线促成的交易。目前，他因心脏病保外就医，但不得走出这座城市的地界。

我的手蓦地松开来。嘎子，他知不知道承认这事，等于将自己兜了进去。他知道，他当然知道。没有人愿意回溯不堪的过往，除非……我想不出其他更合乎逻辑的推导。

仿佛为了印证我的猜测，刘青的父亲来到了省城。他不知从哪里知道了我的电话，见面后的第一件事，就是让我带他去见关建伟。刘爸老了，当年浓密的头发大规模后撤，他不得不用后脑上的几缕长发来支援前面的失地，却显出欲盖弥彰的一股子张皇。眼睛里汪着红血丝，眼眶下面卧着胀鼓鼓的两个眼袋。说话的时候，他的嘴唇颤抖着，不知道是习惯使然，还是被眼前的事情催逼成这样。

当他说出关建伟的名字时，我心里一拧，他知道关建伟就是嘎子吗？

"理当相见的终会相见。"关建伟站在刘爸的面前，一字一字无比清晰地吐出了这几句话。这一刻，他的表情依然沉静，铁一般沉静。

刘爸的嘴唇颤抖得更厉害了，垂在身侧的手也颤抖着。良久，他吐出一句："我早知道了，从二十三这个数字，我就知道了。"他垂下头去，敷衍在头顶上的长发垂落下来。他就这么立了一刻，忽然一矮身跪了下去，"你怎么惩罚我都行，放过刘青，他可是你最好的朋友，这么多年他一直在找你，你知道他对你的……"

关建伟的牙关绷紧了，青筋蚯蚓一样卧伏在他的腮帮上。"回不去了，二十多年前就回不去了。"说完，他头也不回地离开了。

我将刘爸搀扶起来，那瘫软的肉身倚靠在沙发上，不发一言，直到暮色四合，与沙发一起化成比黑夜更为浓重的暗影。我想起身点灯，被他制止了。我们对坐在黑暗中，时间无声地穿过，他的声音终于在黑暗中响起。

"我见过盔犀鸟。从第一次看见盔犀鸟的头骨，我就不断地见到它们。它们停在回风凹后山的竹枝上，长长的尾巴，它们的眼睛很大、很美，红褐色的眼珠一直望着我……"

第 六 指

一

关宇蹲在地上，目光一厘一厘在草丛里爬梳。

一缕乳白色的絮状物进入了他的视线。它粘在一根草叶尖上，颤颤地抖在风中。关宇用镊子小心地取下来，衬着清晨的天光端详一刻，像是一种合成纤维，粘住草叶的一端呈暗红色，不知是不是血迹。他小心地将它装进透明塑料袋里。

"哈，一看'兰花指'就知道是你。"身后传来响亮的一声。关宇没回头，知道是松岗村派出所所长老傅。

老傅在他身边蹲下，一股酒气硬邦邦地砸过来。关宇扭过头，瞧见老傅的一张瘦脸被酒精染得通红。不待关宇开口，老傅嘿嘿一笑："昨天搞了大半夜，如果这片山坡是个娘儿们，肯定被咱给翻疲累了。结果个啥，除了先前捡到的半拉耳朵、一只手，啥新东西都没翻腾出来。兄弟们都乏了，嚷着要喝酒解困，咱就带着他们去喝了两杯。临走的时候，我和李所长说，'六指关'不出马，这事只怕难搞啊。"说完，嘴里迸出一串嘿嘿声。笑过了，老傅正经起表情，"有啥发现？"

关宇提提塑料袋，老傅眼里掠过一丝失望。"不知道上面是不是血迹,得回去查了才清楚。"关宇说完,又将头俯到草叶上,一双眼睛像滚耙一样往前碾。老傅"哦"一声,表情舒展开来,用手重重一拍关宇的肩:"兄弟,咱信得过你。"随即站起身来,"我那边看看去。"

太阳当顶的时候,关宇的箱子里又多了两样东西,半个鞋跟印模、带牙痕的烟蒂,都是围绕先前发现半拉耳朵和一只手的点,在直径二十米以内找到的,但不知与案情有没有联系。没找到其他的人体组织。这片山坡平时很少人来,要不是几个孩子在这里捉迷藏,恐怕这半拉耳朵和手烂成了一抔土,也不会有人知道。偏偏,孩子们来了,在这片山坡跑上窜下,然后发现了它们。

老傅让关宇吃过中饭再走,关宇谢过,说手里还有好几揽子事排着队。他让老傅下午派人把耳朵和手送到局里,他细看看。老傅让所里的一辆吉普车送他回了城。

秋阳薄薄的一片透过车窗覆在身上,羽毛一样轻。车内的空气却浊沉。关宇将车窗敞开一道缝,凉凉的风争抢着扑进来。他将手伸到缝隙处,风从六指间丝一般拂过。阳光独独照在第六指上,将笋芽似的一瓣指头镶上了一圈绒毛似的暖红。

刚进市区,关宇接到了市局刑侦支队彭支的电话,让他马上赶到东区。一个的士司机被人杀了,丢在一个水塘里。

赶到现场时,附近的村民已被拦在了离河边十米的地方。人群发出乱哄哄的低语声。吉普车直接开过警戒线停在河边。几个民警正围着一个体积膨大的物件。不用看,关宇知道一定是那个可怜的司机。

车没停稳,他就跳下来,边走边戴手套。他的手套是特制的,多出一个指头,戴起来就比别人麻烦。

大概在水里泡了四五天,整个身子像泡涨的白面包,湿黑的秋衣裤勉为其难地兜包着。一股臭豆腐、臭脚丫、臭鱼虾混杂的气味,包裹在湿漉漉的水腥气里,长驱直入关宇的鼻腔。他翕动两下鼻翼,胃部紧跟着抽搐一下。

关宇俯下身子,手配合眼睛在尸体上爬梳。其间,手机响了两次,旁边的民警示意要不要帮他接,他摇头。神秘男人的电话在他心里留下了阴影。电话无人接听的时候,会自动转到留言信箱。

的士司机是被勒晕后,捆住手脚,再吊上一块石头丢进河的。入水的瞬间,冰冷的河水将他激醒,他在水中徒劳地挣扎了一会儿,溺亡。案发时间大概是五天前的深夜至次日凌晨。关宇摘下手套,将几个要点简洁地告诉彭支。

这样的案子,现场通常没太多玄机可言。正因为简单明了,整个案件过程几乎可以过电影一样在关宇的脑海里映现,同时浮现的还有两个字——可怜。

夏天的时候,也是一个的士司机被杀案。在离尸体不远的草丛里发现了一部小灵通,上面有三十个未接电话。小灵通刚装进透明塑料袋就振动起来,屏幕上显示的是"老婆"。现场的民警相互交换一下眼神,按下扩音键,接了。一个女人带哭腔的焦急声音传出来:"你没出事吧,我给你打了一夜电话,喂，喂——你没事吧……"当时，关宇正在翻检尸体衣服口袋，一双手停下来。

那天从现场出来，关宇破天荒给妻子关小兰发了条短信：想你。没多久，关小兰回过来一条短信：没事吧？关宇笑笑，回了句：大概是病了。

关宇干法医的活儿这么些年，翻来覆去看的都是一个悲字。眼里看的是悲，想的是悲，心却平静呆滞，像无风的戈壁。有时候，他真觉得自己病了，病得还不轻。

二

手机里有一通语音留言。是那个男人，他的声音像一条蛇在沙地上缓慢地蠕动。

这是第四次了。每次都是不同的号码，关宇让刑侦支队的同事查了，全是用路边的磁卡电话打的。看来，这人要和他玩游戏。

接了两次这种电话，关宇再看见陌生号码就不接了。但男人不罢休，上次留了言，只有一句话："怎么，你怕了？"这次是两句话："好好想想。"停顿片刻，"照顾好你的家人。"

最后一句，像布满钉子的滚木极其缓慢地从关宇的耳膜上碾过，惊得他脑子里混沌一片，胃跟着抽搐起来，几秒钟揪扯一下。关宇看表，下午三点多了，他让送他的小民警直接开到永和豆浆店，吃份快餐权当是午餐。民警不肯吃，说得赶回去运尸体。

关宇进店先要了杯热乎乎的豆浆,紧紧揣着,手和身子很快暖和起来,抽搐也停止了。他掏出手机,又听了一遍留言。热干面和油条同时端上来,关宇让服务员再来杯豆浆,埋头呼啦啦吃起来。

嘴里吃着,脑子没闲。关宇梳理了一遍记忆。和他打过交道的人里面,似乎没有这样音色、语速和语调的男人,难道对方做了刻意的处理?他到底想怎样?关宇将最后一口热干面送进嘴里时,拿定了主意——静观其变,等男人先露出底来。

回到局里,关宇先化验从的士司机指缝里取出的一点儿毛发和表皮组织,不是司机的,那么极可能是犯罪嫌疑人的,而且是两个人。现场的照片洗出来,关宇对照着画出一张司机的模拟像,让科里的后勤马上送到刑侦支队。市里近几天没有的士司机报失踪,彭支分析可能是周边县市的,有了模拟画像,查受害人的身份就方便了。

关宇画像是省警界"一绝",他不喜欢用电脑合成,而是拿一支炭笔在纸上勾画。几年前,市里出了个四劫匪抢银行的案子,省厅督办。四名犯罪嫌疑人的通缉像,关宇画了一稿,省里来的专家画了一稿。等嫌疑人的身份确定后,和照片一比对,大家嘴里不说,心里都觉得关宇画得像,背了省专家对他暗伸大拇指。关宇做事一个字——细,落笔前他研读了每一位目击者提供的资料,在脑子里去杂抓髓一番,才在纸上落笔。笔触间,画进了他对嫌疑人性格特征的推断。而专家据说用的是最新软件，在屏幕前熬了一天一夜，鼻子、嘴巴、眼睛、耳朵一点点拼起来，出来后怎么看都像个假人。后来，四名嫌疑人抓到了，有心人拿出之前关宇的模拟画像一比对，神了，不仅五官模子形似，连神态都契合得八九不离十。从那以后，"六指关"就在市里、省里叫响了。

白色絮状物上的东西，不是血迹。正忙着，松岗村派出所的老傅让人把半只耳朵和一只手送来了。两样东西白惨惨的，耳朵的边缘有一侧极不规则，向里凹进去一个弧度，手却像是用利器给生生割下来的，切口齐整。不过手和耳朵的表面已经腐烂得不成样子了。关宇的脑子里突然冒出个大胆的推断：会不会是医院或者学校生物室的废弃物，被人随意丢进了垃圾堆里，再被野狗之类的动物给叼到了那片荒山坡上？他用镊子夹起手来，凑近鼻端嗅嗅，有股细若游丝的福尔马林味儿。

关宇给老傅去了电话，让他查查镇上的医院和学校。

放下电话，收到了关小兰的短信：关爸晕倒了，现在人民医院抢救。

赶到医院时，关小兰已经到了，正和几个关家子女站在走廊上。看见他，众人纷纷和他打招呼，有叫宇弟，也有叫宇哥的。一问，关爸还没从急救室里出来。

关爸有子女三十五个，现在三个在国外，七个在外地当兵、读大学或工作，留在本市的，有的像关宇和关小兰已经参加了工作，有的还在读书，小学、初中、高中都有。还没到上小学年龄的，就只有关心和关爱了。每天，关爸都会教他们背

《三字经》，逐字逐句讲给他们听。关宇小的时候也是这样，背完了《三字经》，再学关爸自编的教材，什么"老吾老，以及人之老"之类的古句，还有唐诗、名言、歇后语、成语……说的全是做人的道理。关爸的子女都是这么给喂大的。

关爸亲生的孩子只有一个，叫关鹏。关宇从未见过，却听关爸说起过无数次。四岁那年，关鹏在长江边戏水溺死。关爸的爱人疯了，天天跑到长江边又哭又笑，跳进江里被人救上来无数次。终于有一天，她深夜从家里偷偷溜出去，来到江边跳了下去，而且成功地被江流卷走。发现时，她已经漂到了九江。关爸看到她的尸体，长长地叹出一口气来："这下好了，你终于见着儿子了。"

再后来，关爸将第一个关家子女领回了家。那是个在路边乞讨的孩子，和关鹏一般年纪，厚厚的泥污将小脸弄得混沌一片。关爸带他回家，洗干净了，是个眉眼还算齐整的孩子，只是一条腿有点儿跛。孩子说，从懂事起就不知道家在哪儿，跟着一个叫江叔的男人四处行乞，腿是江叔打坏的。他趁江叔睡觉时一个人偷偷跑了，从此走到哪儿算哪儿，饥一顿饱一顿地混日子。关爸抚着他的头说，孩子，往后这里就是你的家。

关爸给他起名关小鹏。关小鹏是所有关家子女的大哥，跟着关爸长到十六岁参了军，从部队转业后，辗转到深圳，现在与人合办了一家公司。他平时忙，但年年过春节都会回来看望关爸和关家子女。

这恐怕是世界上最奇异的一个家庭，一个老人和三十五个不同父也不同母的孩子生活在一起。这些关家子女,有的嘴唇上天生一道裂口,有的只有一只胳臂,有的左腿比右腿短出一截,有的大半边脸像赤色的砂石地,有的眼睛只是身体上的装饰物,有的虽然完好无损,可被人放在关爸门前时已是气息奄奄……他们都是不被老天眷顾的孩子,连亲生父母都不再顾惜,人生本该戛然而止,是关爸伸出手给接续上了。

关宇至今不知道自己的父母是谁,也不知道右手上多出的第六指是不是父母遗弃他的理由。他想过很多办法,想去掉这个让他区别于其他人的赘物。他用缝衣线一圈一圈系住它的根部,勒紧再勒紧。像一截笋尖的第六指,慢慢涨红了脸,变成紫红色,紫得发黑。第二天醒来,关宇发现手指上的线圈没了。第六指表情平静而无辜地,与他默默对视。

关宇用砖头砸过它,血肉模糊的一团,钻心地疼。关爸什么也没说,拿出医药箱,给他清理伤口,给他上药,给他包扎成白白胖胖的一团。关爸花白的头发,在关宇面前起起伏伏。关宇还想过干脆用刀将它剁掉。刀举起来,凝固在空中,良久,又无力地垂下。

从小到大,关宇做过许多梦,最甜蜜的莫过于一觉醒来,可恨的第六指消失得无影无踪,他的右手变得像常人一样了。每回梦醒,关宇都迟迟不敢睁开眼睛,他悄悄地将左手伸向右手……还在,那个东西还在,什么都没改变。

一年除夕,关爸像往年一样烧了旺旺的一盆炉火。那时关爸的事迹还没见报,他还没在这座城市出名,除夕夜也没有纷至沓来的客来看望关家子女，送来钱物。关爸的身边只有六个关家子女，最大的才十四岁。关爸和六个孩子吃着一碟瓜子、一碟雪枣、一碟花生仁，围在炉火边守岁。

火将小小的屋子笼上了一团氤氲的红雾，孩子的脸个个红扑扑的。关爸拿火钳拨弄着炭火，突然没头没脑地说："你们都是我疼爱的孩子，你们也要像我爱你们一样爱自己。人死后会进入天国。在那里，我会去找你们，那时候你们一定变得我都认不出来了，可看见脸上的红胎记我就会认出军儿，看见鼻子我就会认出敏儿，看见六指我会认出宇儿……"关爸的声音像催眠。关宇感觉一股暖流从心头涌起。

从那晚，关宇和第六指和解了。他对它再没有了憎恨和厌恶。

三

关爸颅内有两处出血点，从急救室直接推进了手术室。

本市的关家子女陆续赶来。除了关心、关爱和几个还在读书的孩子，其余的都到了。大家等在手术室门外的走廊上，彼此打着手势，一点儿不显吵。关小兰和另外三个关家子女天生聋哑，于是大家都学会了哑语。

手术进行了四个小时，结束时已是凌晨一点。关爸的头上裹着网状绷带被推出来，麻药没散，人还在昏睡中。医生说得留在观察室。

小兰排了值班表，两人一天轮流看护关爸。她和关宇守头夜。事情商量妥，其他关家子女一起离开，走廊顿时空寂下来。

平日关宇的电话响个不停，这一晚却商量好似的，静得出奇。他在床边坐下，握住关爸的手轻轻摩挲。这双手像砂纸一样粗糙。小时候，关宇觉得它大而温暖，不管遇到什么事，只要被它握住，心就远离了恐惧和绝望。当了法医的关宇，见识过很多双手。只要摸一摸看一看，他就知道手的主人过着什么质地的生活。关爸的手骨节粗大，几道粗糙的掌纹上覆着破碎、零乱的杂纹。这双手为了养活关家子女，捡过垃圾，拖过板车，搬过重物，提过泥浆桶，也握过锅铲，洗过衣服，为他们搓过身上的污垢，还握着他们的手一笔一画写过"天地人"……不经意间，许多的伤口在上面落土、发芽、开花、凋谢，其中一些永远与掌纹长成了一体。

五年前，本地一位记者发现了关爸，将他的故事写成一篇长通讯刊发在日报上。关爸出了名，站在一起高低错落的关家子女也出了名，不断有人来看望他们，不断有人送来钱、物，一些孩子免费进了学校，一些孩子找到了工作，一些孩子被照顾参了军……后来，关家集体搬进凤凰巷一个不大不小的院子，是政府给安排的，院门上挂出长匾——关爱院。从那儿以后，关爸不用再为孩子的生计发愁了，他一心一意教他们背《三字经》，统筹家事。在关家，哥哥姐姐有照顾弟弟妹妹的义务，他们轮班做饭、洗衣、收拾屋子，直到成家才离开关家院子,单门独户去过日子。

关小兰和关宇还住在关爱院。关小兰在襁褓里的时候被关爸收养,关宇那年六岁。他和很多关家哥哥姐姐一样,抱过她,哄过她。除了不能听不能说,关小兰别的都正常。她从盲聋哑学校毕业后,留在关爱院帮关爸料理日常事务。关爸年纪大了,她便顶起了半边天。

关小兰领来尿壶,又买来脸盆和毛巾。她劝关宇去睡一会儿,关宇摇头。可是很快,他就歪在床帮上睡着了。关宇梦见关爸的病好了,靠坐在床头,一勺一勺喝他喂的汤。冷不防,有人猛击他的背。

关宇惊醒过来,一抬头,旁边站着关肃。关肃一脸的汗珠子,直喘粗气:"宇哥,你们局的人在找你,说十万火急。你的电话怎么没开机?"关宇一下清醒了,掏出手机一看,没电了。床上的关爸动一下身子,眼帘也微微闪动几下。关小兰冲关宇比画手势道:"没事,有我呢,你快去吧。"

跑出医院,关宇在门前的副食店给刘局挂了个电话。刘局一听是他,炸开了:"怎么搞的你,关什么机!马上赶来牛家场收费站,这里发生了枪案。"

十分钟后,牛家场收费站出现在关宇的视线中。远远看去,收费站很像夜幕中一颗璀璨闪亮的钻石。近了,数辆警车停在前面的开阔地带,个个顶灯忽闪。司机嘀咕道:"干吗呢,这是?"关宇来不及理会,丢下二十元钱冲下车。

地上有一道五十米长的划痕,直伸向中间一个收费亭。亭子一侧的窗玻璃上嵌着两个伞花状破洞。地上满是大大小小、天女散花般的玻璃碎片。刘局正站在窗前和几个民警说话，看见关宇点一下头，没答话，一脸严峻。彭支走过来，给他介绍案情。

案件发生在半个小时前。一辆黑色别克小轿车车速极快地冲向收费站，工作人员赶紧将横杆放下。小车急停住，车窗却迟迟不放下。收费员问了几遍，车窗才缓缓地降下来一掌宽，收费员伸过手去准备接钱，突然听见车里传来奇怪的击打声，车身晃动个不停。收费员站起身想瞅个仔细，只听"砰"一声巨响，面前的窗玻璃上炸开了一个洞，玻璃碎片嗖嗖迸溅，有几片划破了她的脸和手。

收费员尖声惊叫起来，下意识地转过头，看见从车窗缝隙处伸出一个乌黑的枪管，窗内一个声音大叫道："快点儿升杆！"其他窗口的工作人员闻声往这边跑过来。接着，又是"砰——"一声巨响，玻璃碎片再次迸溅开来，收费员本能地用一只胳臂抱住了头，另一只手哆哆嗦嗦地按下了开关。黑色轿车顶部擦着横杆飘了出去，消失在浓墨似的夜色中。有人看见车牌尾数是078。

小车极可能冲下高速路，拐上了横穿牛家场的国道。周边各路段已经设卡。"收费员那边没问出太多有价值的东西。她太紧张了，到现在还在发抖。靠你了！"彭支苦笑一下，拍拍关宇的肩。关宇点点头。

从收费站的存储资料看，小车的重量比别克一般空车的实重多出三百多公斤，车上可能载有四到五个人。两粒子弹找到了，初步鉴定是从一支六四手枪中射出来的。经查对公安内网，七年前T市曾有一名警察的六四手枪被盗。T市警方表示，详细资料马上传真过来。

关宇让人帮他从局里把备用电池取来，刚装上，老傅的电话进来了。"怎么才开机？我急着告诉你好消息呢。还是你'六指关'厉害啊！查出来了，镇卫生院两个月前丢了一批标本，其中就有耳朵和手。哈哈，这下我可以保住命案全破纪录……"关宇掐断话头："在出现场。"那边不再多说，挂了。

这边接到消息，发现了黑色轿车。车停在牛家场往湖南方向去的一条岔路上，已空无一人。彭支马上让人把关宇送过去。一路上，车上的对讲机开着，不停地有消息传来。车是广东牌照，经查系假车牌。牛家场某村村民半个小时前曾在国道上看见四个人，其中一人像被另外三人挟持，三人中有一人是秃顶。

犯罪嫌疑人弃车时显然很匆忙，车上留下不少有价值的东西。关宇从车上提取了三个人的指纹，还有几根毛发，其中一根漂染成了黄色。前后座下各发现一个烟蒂，都是芙蓉王。一根衣服纤维，嵌在后座的竹制坐垫上。副驾位前面的抽屉里，有一张加油站的发票，是湖南澧县的，发票上的时间是昨天。和关宇一起过来的民警，马上把情况报告彭支。

中午时分，案情逐渐明朗。车是湖南长沙市一周前的被盗车辆。车昨日过澧县时，车上有三名男子，其中一个秃顶。沙津分局接到报案称，某房地产公司老板昨夜从一家娱乐城出来后被人带上一辆黑色别克轿车，至今下落不明。根据指纹、毛发的检验结果，三名犯罪嫌疑人的身份基本锁定，均系湖南长沙市人，有犯罪前科。三人的电话马上被监控起来。下午三点，犯罪嫌疑人所在方位锁定——在牛家场某村一座废弃的水闸旁。

警方立即调集警力。半小时后传来消息，三名犯罪嫌疑人被抓获，人质被成功解救，正是某房地产公司老板。绑架案不到二十四小时告破，连带还破了T市积压七年的一起盗枪案。刘局表示要给大家请功。大家都很兴奋。

电视台、报社、电台的记者陆续赶来，将刘局围在了中心。站在包围圈外的关宇舒了一口气，这时候没他什么事了。他掉头奔医院。

关爸已经醒了，听见声音微微睁一下眼睛，喉结滑动一下。关宇忙会意地按住他的手。白天的看护是关敏。关敏的鼻子扁得厉害，像是直接在脸上戳了两个洞。她高中毕业后进了一家工厂当制衣工，前年厂里全面买断，她就回到关爱院，打算一辈子不嫁人，也不离开关爱院了，平时帮着照顾关心、关爱和几个还在读书的孩子。

在床前坐下，关宇才感觉胃隐隐作痛，像有一只手越来越紧地攥着。关敏看他脸色不对，催他回去休息。关宇又在床前坐了半天，等关爸睡着了才离开。

回家的路上，手机响了。陌生的号码。关宇心里"咯噔"

一下,下意识地按了挂断键。很快,屏幕上显示有一条新留言。关宇将手机揣进裤兜里,用手紧紧握着。的士时停时行。正是下班高峰,路上自行车铃声、喇叭声、音乐声、人声搅成旋流。关宇若有所思地望着窗外。

  看得到凤凰巷口了,车被堵在半中腰。前后都是车龙。关宇干脆结账下车。穿到人行道上,他将手机掏出来,打开语音信箱。蛇一样蠕动的男声在耳边响起。"为什么不接电话?"停顿片刻,男人极其缓慢地,"我会让你尝到痛苦的滋味。"

  关宇下意识地回过身去,拿目光巡视四周。眼前是川流不息的车流、人流。路上走着的人、车里坐着的人、旁边站着的人,大多面无表情。有几个人满脸诧异地望向他,很快又将头扭开了。关宇感到片刻的恍惚。眼前的一切很像一个梦境。那个音色古怪阴沉的男人是否隐藏在梦境的深处,正在某个角落注视着他?

四

  一连三天,居然没现场要出。法医的活儿就是这样,忙起来要人命,分身乏术。闲起来却又成了无事人,让人生出天下太平的错觉。

  关宇晚上睡在医院,让值班的人回去休息。他想多陪陪关爸。

  晚报的记者得到消息,新写了一篇报道登在报上。很快,来医院看望关爸的人多起来，有代表单位来送钱的，也有私人来捐钱的。关爸的住院费是不用愁了，可关爸的心情似乎很差，有时挺烦躁的样子，喂他东西也不肯吃。来看他的人还没走，他便要躺下来，躺下不说，还将身子扭向面墙的一边，似乎不想理人。医生说这是正常反应，和脑部某些部位受损有关。关宇却觉得关爸一辈子操劳惯了，如今躺在床上哪儿也去不了，什么也做不了，心里一定憋屈得慌。

一天，病房里只剩了关宇和关小兰。关爸将小兰叫到床前，翕动嘴唇："我——想——出——院。"他说话还很费力，左边嘴角扯得高高的，字一个一个从唇间挤出来。

小兰冲他比画道："医生说不行，得把伤口养好。"关爸吐出一个字："钱。""没事，小鹏哥寄了三万，社会上又捐了不少，钱不缺的。"关爸摇头："我——想——心——心——爱——爱。""明天我让他们来医院。"关爸不再说话。良久，一双眼睛里浮起一层似有若无的薄雾。他望向关宇："给——我——刮——胡——子。"

关宇让小兰回家将关爸刮脸的全套工具拿来。他打来一盆温水，将毛巾浸湿覆在关爸的脸上。白色蒸汽袅袅地散开，关爸表情安详地闭上眼睛。

这情景让关宇想起了以前。他们还没搬到关爱院的时候，关爸规定每月一次大扫除。逢到月头的某一天，关爸一早看见太阳露了脸，就回过身吩咐一句"中午办事"。大家马上心照不宣。一上午，每个关家孩子身体里都回旋着一股气流，个个眼睛闪亮。

中午关爸收工特别早,吃过饭,就将自己的全套家什在门前空地上一字摆开。关家男孩儿自觉地按从小到大的年龄排好队。女孩儿的头发不用剪,先打扫房间再洗头。每到这时候,男孩儿就冲着忙忙碌碌的女孩儿眨眼睛,女孩儿瞅着空儿冲他们翻眼皮。打扫完了,女孩儿在门前排好队,按从小到大的顺序开始洗头。

关爸早拿了一块新香皂交给最大的关家女孩儿,由她督促其他女孩儿一个一个洗。一个脸盆,一盆水,从最小的开始打湿头发,从最小的开始抹香皂,从最小的开始清头遍,连清三遍,每回最后洗的都是最大的关家女孩儿。洗完,个个关家女孩儿都披着湿漉漉、香喷喷的头发,站在旁边看关爸的收尾戏。

关爸那一天的心情格外好,一直笑呵呵的,阳光都被笑褶子盛住了。每剪完一个头,他都要用手拍拍只剩了一层短发桩子的脑袋,喊一句"好咧"。所有男孩儿剪完,关爸才给自个儿净脸。这时,关家男孩儿和女孩儿都围在旁边看。月月上演一次的节目,却是怎么看也看不厌。

关爸对着镜子先将两腮用毛巾焐上一刻,再抹上厚厚的白沫儿,然后有条不紊地用剃刀一条一条将白沫刮下来。所过之处,黑硬的胡楂儿不见了,两腮变成了青白色的不毛之地。每刮一下,就有孩子沉不住气地欢呼一声。关爸故意慢慢刮,那轻快的欢呼声就拖得长长的,到后来像了若有若无的叹息。

净完脸，关爸随意点一个孩子，让他去叫隔壁的吴伯。没多久，胖墩墩的吴伯就小跑着来了。先接过蓝围裙"啪、啪"抖两抖，拿起剪刀"咔咔"响两声，拿眼扫视一圈关家男孩儿、女孩儿，咧嘴一笑，手上的剪刀开始利索地剪起来，"咔嚓、咔嚓"。没多久，关爸也像关家男孩儿一样，脑袋上只剩了一层短发桩子。

关爸过了五十岁，手开始抖，刮自己的脸还成，可他再不敢给孩子们剪头了。这时，关小兰已经无师自通了理发手艺，关家男孩儿、女孩儿的头由她一手操持了。

关宇像当年的关爸一样，将胡楂儿焐软了，再抹上白白的泡沫，用剃刀小心地一条一条将白沫刮下来，所过之处，成了青白色的不毛之地。只是和当年相比，那上面添了不少皱褶和老年斑。

关宇的手动着，心忽然变得像那些白泡沫一样柔软。转眼，关爸六十有六了。这个老人对于他，不仅仅是父亲，还是恩人、老师、启蒙人、领路人，是比他自己的生命还珍贵的人。

市局召开年度总结表彰会，沙津分局刑警大队的魏队长没到。关宇一打听，说是魏队心情不好，一个案子冤枉死了个人。关宇原来在沙津局时，和老魏同事三年，算得同甘共苦。他调到市局十多年了，老魏还在原地没动窝，不过从一个普通侦查员坐上了大队长的位子。老魏脾气躁，遇事喜怒形于色，爱发脾气。而沙津局发案率本来就高，遇上几个难办的案子，年破案率总是升不上来。明年,市局刑侦支队的彭支退二线,现有的副支顶一个上去,就挪出一个空位来。最有希望补缺的四人,分别在几个区县的刑警队牵头,老魏是四人之一。他的口碑不算好,也不算坏。今年的破案率排名非常关键,大家都暗中拼着股劲儿。

关宇以为老魏为这个心烦。晚上,他将老魏约出来。两人穿着便服在一家夜市大排档点了几份卤菜,各要一瓶二锅头。老魏心情不好的时候基本没话,关宇也不多说,两人只是碰杯。

两瓶二锅头见底,两人又要了一瓶。老魏忽然开口道:"他妈的,真想撂担子不干了。"他拿手撑住双腿,头埋下去。良久抬起头来,定定地望着关宇,"你说,人这辈子是不是被上天给算计好了?遇到什么,错过什么,都是命中注定?"

关宇与他对视一刻,将眼睛转开,灌下一口酒。一线火辣顺脏腑而下,踪迹明晰地进入到身体的深处。类似的问题,从小,关宇问过很多次,问老天爷,问关爸。老天爷不回答。关爸停下手中的活,微抬起头思忖一刻,扭过头看着他:"命运在你心里。"关爸的眼睛像一口幽幽的深井。小关宇不满意这样的答案,太抽象了,好像是将问题又抛回了自己。

此时,关宇微抬起头,目光越过老魏。湛蓝的天宇散着几颗疏星,耳边是喧腾市声。他想起了关爸的眼睛,深幽的井口。关宇浅浅一笑,给老魏面前的杯子里倒满酒:"命运大概在每个人心里。"

回到家，关心和关爱已经睡下了。两个小家伙脸对脸抱在一起，一个的腿压在另一个的腰上。关宇给他俩盖好被子。当年，关家子女常常五六个人挤在一张大木床上，冬天冷，大家就紧紧地靠在一起取暖。日复一日。记不得从什么时候起，关宇不再追问命运是什么的傻问题。他像与第六指和解一样，他与自己的人生和解了。

五

元旦前夕，关爸出了院。

关爱院过节一样热闹。本市的关家子女都回家了，大家围在一起包饺子。关爸穿着新棉袄坐在轮椅上，腿上裹了棉毯，脸上浮着笑。关心、关爱嚷着要捏面人儿，赖在桌旁不肯下来，弄了一脸一身的白面粉。

关宇正擀着面皮，电话突然响了。关小兰从外衣口袋里拿了手机，按下接听键送到他耳边。关宇"喂"一声后，不再言声儿，表情渐渐凝重。大家纷纷停住手望着他。关宇回过神儿，手也顾不上擦，接过手机出了门。喧闹声被关在了门内，外面显得寂静清冷。

是那个神秘男人！"你那里好热闹啊。怎么，关爸出院了？"男人发出鸭子被卡住喉管般的笑声。"想起什么了吗？"关宇心一沉，语气凛然道："你到底想怎么样？给我一点儿提示吧。"他只穿了件毛衣，风透进来，像一只只小手用指尖在掐，在戳，在刮弄皮肤。

"有胆！我喜欢和你这样的人打交道。好吧，给你一点儿提示：津义村。"说完，男子挂断了电话。

元旦放假三天，关宇却没能在家里待上三个小时。先是一起袭警案，接着一家储蓄所被盗。两桩案子，法医的工作量都不小。累了，关宇就在办公室的沙发上歪一歪。睡不着，人一停下来，脑子里就出现了"津义村"三个字。入行后，他办过的关于津义村的案子不下二十个，筛了一遍又一遍，还是没觉出有哪个案子做得愧对良心。男人到底指的哪个？

关爸半侧身子出现瘫痪的迹象，反应也越来越迟钝，有两次还出现了大小便失禁。吃饭的时候，改由关小兰喂。关爸起先不肯，可他的右手抬不起来，左手抖得厉害，一勺饭还没送到嘴边已经撒了一大半。过去，关爸是个特别爱惜粮食的人，他总说经历过三年困难时期的人没法儿不爱惜粮食，有孩子在桌上落了饭粒，关爸一定会让他捡起来吃下去。现在关爸看着衣服上落的饭粒，半晌没言声儿，脸上的皱纹渐渐向着中部集中，关小兰接过勺子，舀了一勺饭送至关爸嘴边，关爸木了半天才张开嘴，一口饭咽下去，默声不响地咀嚼，眼角滚出两颗浑浊的泪珠子。关宇埋下头，挑了一大口饭往嘴里填。其他人也垂下头，默声不响地吃饭。

男人竟然一个月没和关宇联系。这让关宇心里不禁冒出一串问号来，隐隐不安。先前那么急切与他联系的人，声称要让他尝到痛苦滋味的人，怎么突然隐而不出了呢？他在酝酿什么，还是遇到了什么？隐匿在暗处又突然失去踪影的敌人，更可怕啊。

几次陌生号码打进来，关宇迫不及待地接了，却是蹩脚的港式普通话，关宇恨恨地挂断，心里暗骂一句。小年那天，关宇正准备回家吃小年饭，还没走出办公室，电话响了。按下接听键的一刻，关宇有种预感，是那个男人。

"想好了吗？"男人开门见山问，声音与往常有点儿不同，隐约透着疲惫。

关宇正想着怎么回答，男人说话了，似乎很失望："看来你还是没想起来。知道吗，我冤枉坐了十年牢，十年啊，出来什么都变了，什么都没了……"男人的声音渐渐蹿高，添了狠劲儿。关宇的脑子飞速旋转起来，十年，哪个案子的当事人被判了十年？他刚出狱吗？打算报复？

"真想让你们也尝尝那种滋味，最宝贵的一样一样失去，直到一无所有。想起来了吗？"男人阴郁的声音再次问道。关宇还是不知从何回答，耳边传来一串像鸭子被掐住脖子的笑声。

"还没想起来？再给你点儿提示吧，春节，鼠年春节。"男人的末一句话像一根粗粗的木棍，"轰"一声撞响了关宇脑子里的一口大钟，爆响让他感到片刻的眩晕。当余音渐消，他想起来，鼠年春节津义村发生过一起丈夫故意投毒害妻案。

六

关宇翻出当年的工作笔记，找到了关于此案的记录。记忆随之复活。

过完小年的第二天，西城派出所所长邓成来找他，说手里有个案子搁浅了。一问案情，津义村的一个女人得了一种怪病，先是全身无力、食欲减退，整夜整夜睡不着，在床上烙煎饼，头晕且痛，秋天的时候住院治疗过一段时间，医生一直没有诊断出究竟是什么病，最后说可能是内分泌失调兼神经痛。住院治疗一段时间后，女人的病情有所好转，可出院回家不到两个月，病又犯了，恶心、呕吐，伴腹部绞痛，突然间浑身抽搐至休克。家人怀疑她得了癫痫，送到县医院一查，排除了。一位刚从大学分来的医生插言说，这可能是一种慢性中毒症状，他曾在网上看过类似的病例，但具体中的什么毒他说不准。

这话让娘家人警觉起来，他们悄悄将女人带到市医院，一查，尿中的金属铊含量高得惊人。娘家人将女人直接带回了家，不让其丈夫再与她接触，然后找到派出所，一口咬定是女人丈夫投的毒。

警方马上一番走访调查，女人的丈夫姓戴，外地人，在县城做化肥生意多年。两人五年前结婚，据说是自由恋爱，在一次联谊活动中认识。邻居讲，戴某人看起来还算本分，待女人似乎也不错,他们经常看见两口子手挽着手出双入对,感情很好的样子。

和女人挺要好的一位女英语老师也反映,听女人讲她丈夫很不错,做饭、洗衣服、打扫屋子样样都肯做,比她还细心。英语老师一脸的羡慕,直叹女人福气好。本地男人有点儿大男子主义,什么家务都肯做的男人简直是稀有动物。"不过……"英语老师的语气一转,脸上现出犹疑的表情。

在民警的一再追问下,英语老师才用极不肯定的语气说:"他们结婚几年一直怀不上孩子,她感觉压力很大,在我面前哭过几次。后来她病了,心情很差,生孩子的事也搁下了。我去看过她几次,每次她都哭得像个泪人儿,也没说什么,只是默默地流眼泪,看着怪让人心疼的。"英语老师重重地叹一口气。

警方又查了戴某的社会关系,包括情史,并未发现他有何不轨行为。而女人确实办有保险,且是双份,但那是五年前两人结婚时办的,有女人的签字。这也不能构成戴某杀妻的犯罪动机。而且,最重要的,女人不相信丈夫是"凶手"。女人的头发开始大把大把地往下掉,身体越来越虚弱,浑身疼痛,不得不再次入院治疗。就在女人入院的第五天,病情突然恶化,尿中的铊含量陡增。而据警方调查,那天有人看见戴某曾出现在医院。问女人,面色发暗的女人双唇紧闭,始终不言,问她什么都摇头。从那天开始女人的情况急转直下,人竟至痴呆失言,生活也无法自理了,再没恢复。

看了现在的女人，再看以前女人的照片，谁都会感到揪心。女人的娘家人找到派出所，找到区局，找到市局，要求尽快惩治将女儿害成这样的罪魁祸首。警方十分为难，他们一再解释说，破案要讲证据，现在证据不足他们不能随意判定一个人有罪。娘家人就将一条白惨惨写着硕大黑字的横幅拉到了派出所门口——"严惩罪犯，还我公道"，弄得警方进退两难。

关宇将女人几次住院的资料调出来，尤其是几份化验单，做了仔细的比对分析，但难以得出有人且是女人的丈夫投毒的结论。会不会是无意中接触铊中毒？女人是一家中学的语文老师，该校校办工厂化验室存有少量铊，但女人难以接触到。且第一次出院后，她就办了病退，再未到学校上过课。入院后的那次病情突然加重，也从侧面进一步排除了此种可能。

戴某，从事化肥营销多年，有可能接触经营化学品的公司，也就是存在获得作案工具的可能。但这仅仅是一种推理，警方未找到任何戴某购买过化学品的线索和证据。

关宇查阅了大量国内的案卷资料，关于铊中毒的案例非常少。关宇也在网上发帖寻求支持。很快，跟帖排起了长队。参考收集到的资料，关宇基本可以判定，是人为投毒。那么投毒者究竟是谁？谁有下毒的便利条件和作案动机？女人第一次入院时，未检测尿中的铊含量，但其症状与慢性铊中毒的症状惊人吻合。第二次入院和治疗过程中的病情突然加重，其尿中的铊含量两度出现峰值。

一位在英国留学的网友传来一份资料，让关宇有了柳暗花明的发现。

资料是英文的，关宇请人翻译过来，关于美国一个铊中毒案例。被害人铊中毒身亡，因被害人是在一家可能接触铊的企业工作，其妻子差一点儿得以逃脱法网，后来是一位极其细致的法医找出了破绽，最终证明确实是其妻投毒。她将金属铊放入被害人每天带到单位的保温饭盒中，造成被害人慢性铊中毒。在被害人治疗期间，又三次将铊放入水中让受害人喝下。

此案与津义村的案子，惊人的相似，让关宇暗暗惊异。他将这一情况告诉了邓所长，两人重新制定了侦破方案，而主攻对象就是戴某。他们甚至不排除戴某事先看过这一案例的可能，戴某交友甚广，出钱请人翻译一篇资料极有可能。经营的成功又说明他头脑精明、遇事冷静。如果真的是他，这将是一块难啃的骨头。

半个月后，邓所长打来电话，说案子还没太大进展，戴某真的是只狡猾的狐狸，且是铁嘴狐狸。接下来，他在电话里便称戴某为"狐狸戴"了，说办案民警已经对"狐狸戴"恨得牙根痒痒。他们从戴家搜出一个密封的玻璃瓶，在瓶内发现了残存的细小晶体颗粒，经化验是铊。在女人经常装中药带去学校喝的保温杯里，残存的药液中也发现了铊。消息出来，大家无比振奋，可是很快情绪又落回了低谷。

"狐狸戴"一口咬定对此并不知情。他说，他也怀疑是有人投毒想害他的妻子，妻子病重期间，不少人到过他家，言下之意这些证据都是别人栽赃。为了证明自己的清白，他当即在审讯室指天发誓,表情严峻。民警看着又好气又好笑,这都是"狐狸戴"使出的欲盖弥彰的手段啊。然而,再没有其他证据支持民警的怀疑。案情再次陷入僵局。"真是挠心啊。"邓所长忍不住骂了句娘,挂断电话。

又半个月后,关宇再次接到邓所长的电话。这次,邓所长的声音有阳光的质感。"'六指关',搞定了搞定了!"这声音,让关宇仿佛看见了邓所长满面兴奋的样子。

英语老师帮了警方大忙。当民警又一次找到英语老师时,英语老师终于开口说,在女人第二次住院后,有一天她去医院看女人,正赶上女人的妈妈回家拿东西,她前脚刚走,戴某后脚进了病房。戴某在病房里待了大约一刻钟,女人一个劲儿催他快走,戴某才依依不舍地离开。他走后,女人一再叮嘱英语老师,千万不要告诉别人戴某来过。英语老师明白女人的苦衷,便一直沉默。"她现在的样子太让人伤心了,原来那么出色、美丽、精致的一个女人……"英语老师再说不下去,失声痛哭起来。

民警问,戴某在病房里做了什么。英语老师的眉头拧紧,摇头:"事情过去太久,记不太清了。"民警让她再仔细想一想,英语老师垂下眼帘沉吟片刻,倏地睁大眼睛,"想起来了,戴某像是在床前站了一会儿,问女人感觉怎么样,是不是很难受,女人的眼圈当时就红了。我看着心里难受,背过身去不忍心再看。"

经民警一再启发,英语老师最终想起一个决定"狐狸戴"

命运的细节——在病房期间，他曾给女人喂过一杯水。

邓所长情绪极好，将整个过程讲述得绘声绘色。"此语一出，我身边一个民警当时就一拍大腿，问题可能就在这杯水上！英语老师这时眼睛瞪得更大了，真的是他？怎么会是他？你没见过那双漂亮的大眼睛啊，当它那样表情复杂地望着你的时候……唉，不说这个，不说这个。我们告诉英语老师，戴某有极其重大的嫌疑，在他家发现了一个玻璃瓶，里面装有金属铊，而女人就是铊中毒。英语老师的眼睛黯淡一下，随即闪烁出一种奇异的光亮，我当时突然有被烧灼的感觉。她犹豫一下，转身奔进厨房拿出一样东西。那是用几层塑料袋包裹的一个一次性塑料杯。你知道这个塑料杯有多重要吗？当我知道这是个什么杯子时，我简直要亲吻这个漂亮又伟大的女人了。那天，戴某就是用这个杯子给他妻子倒的水，后来经检验，杯壁上残存有铊。你可能会问，英语老师为什么将这么个杯子如此慎重地保存下来，这就是这个女人的伟大之处，原来她早就怀疑是戴某下毒，凭女人的直觉。她一直很矛盾，病床上的女人是她最好的朋友，她不忍心看着女人受此痛苦，可女人一再嘱咐她，说戴某太可怜了，一定不能将他来医院的事说出去，不说就等于是在帮她。面对这样的恳求，她怎么能不答应。女人啊，就是这么糊涂的生物，都被人推到悬崖下了，还以为是在半空中浪漫地飞翔……"

邓所长越说越兴奋。听着听着，关宇的心却暗沉下去。虽然他也挂心这个案子，一直盼着尽快水落石出，可听到这样的

结果，心里却有一种莫名的伤感。丈夫害妻子，恐怕没有比这更可怕也更可悲的事情了，两个那么亲密地生活在一起的人！这股情绪紧紧地笼罩住他，让他突然感觉胸闷气短，呼吸不畅。

后来，听说戴某被判了刑，具体多少年关宇不清楚。难道，那个神秘男人就是戴某？关宇打电话找当年西城派出所的邓所长，才知他去北非维和，一年半后才会回来。

关宇再打几个电话，很快查明，戴某当年被判十二年，中间因表现不错减刑两次，已于今年八月期满释放。再回想一下，最初接到神秘男人电话的时间，正是戴某出狱半个月后。一切都对上了。关宇托人将当年津义村投毒案的存档资料复印了一套。

审讯材料齐全，厚厚的一摞。英语老师不利于戴某的证词和证物出来后，审讯的密度骤然加大。从材料上的审讯时间看，基本上是二十四小时连轴转，这是那时常用的突审手段。而且对付牙关咬得死死的犯罪嫌疑人，还有一套非常规方法，当然这些从材料上不会反映出来。材料显示的是，戴某终于供认了下毒谋害其妻的犯罪事实，并按下了一枚猩红的指印。

戴某供认，他是冲着那笔保险金对妻子下的毒手。作案手段和关宇推测的基本一致。从这些材料，关宇无法断定神秘男人到底是不是戴某。如果是，他频繁打电话来骚扰是为了什么？报复是肯定的，男人已经挑明了。但他报复的理由是什么？这勾起了关宇的好奇。

七

翻过年后,又一个月过去,关宇再次接到神秘男人的电话。男人的声音还是显得疲惫:"想起来了吗?"

关宇定定神,问:"你姓戴?"话筒里出现了一段空白。然后,是男人突然间变得恶狠狠的声音:"不,我姓仇。复仇的仇!"关宇微微一笑,没接话。

男人不耐烦地道:"为什么不说话?"关宇说:"我等着你告诉我理由,找我的理由。"男人再次沉默了。半晌,道:"我要你给戴明军平反。"

戴某的名字正是戴明军。关宇内心一下释然,反问道:"怎么平反?他下毒谋害妻子,证据确凿,也签了字按了手印,怎么平反?""那都是你们警察害的!"男人的声音像一条花蛇昂起上半身,吐出猩红色的芯子。关宇没接话。

又是一段沉默。

"我的一生都被你们给毁了,你们知不知道!真奇怪老天怎么不降下报应?"男人的声音恢复了沙沙的疲累音色,喘一口气,放缓语调,"你说,真的有报应吗,那些做了坏事的人?"

关宇不知如何回答。心深处却有一根弦被触动,发出空茫而轻微的颤响。

"关警官,我真的是被冤枉的,我没有谋害我妻子,我怎么可能去谋害她!"男人的声音仿佛一下子老去了十岁,而且还在衰老下去,"他们说,只要你招了,就算你自首,你没把人毒死,很快就可以出去。我本来不信的,可当时我太想解脱了,我想睡觉,他们不停地审啊审,我已经几天几夜头没落枕,脑子里像有一个明晃晃的太阳一直照着,照得我浑身火辣辣地疼。我实在扛不住,想认了吧,认了就解脱了,他们问什么我都答'是',然后按了手印。"

男人再次停下来,喘一口粗气。"后来,我就睡着了。那大概是我这十年睡得最踏实的一觉,两天两夜,像一口气把下半辈子的觉都睡完了。那以后,我就整夜整夜睡不着了。你尝过睡不着的痛苦吗?我可是和她抱在一起度过了十年,人的一生有几个十年!"男人停一下,"那天我睡醒,脑子又可以思考了,我就后悔了。我说我冤枉,可是没人听,也没人信。"

男人重重喘上一口气。"我去了原来的家,那里已经住进了人,一对夫妻和一个可爱的孩子。我不知道她多大,看见我她甜甜地叫'伯伯'。可是她妈妈很快将她拉走了。我戴着帽子,穿着新衬衣、新裤子,可我觉得她妈妈还是认出了我,一个刚刚从监狱出来的人。走到哪里,我都觉得别人认出了我。一个毒害自己妻子、在牢里待了十年的男人。这十年已经耗费了我太多的力气。以前我可以一肩扛两百斤化肥,现在我连五十斤米也提不动了。一条腿也不灵便了,风湿。我问过医生,治不好了,有钱也治不好了。我现在觉得活下去都是件很累的事。出来这些日子,我想通了,我不报复了,我只要你给我平反，我只有这一个要求。邓所长去维和了，我只能找你，我听说你是'六指关'，很神的。你一定要帮我，还我公道！求求你了，关警官！"男人的语调变成了哀求，与先前恍若两人。

关宇仿佛置身于一个管道中，而男人的声音是一块与之严丝合缝的铁塞，正从高处压下来，压下来，让他渐渐有了回不过气的感觉。关宇咽一口唾沫，换一个坐姿，眨眼工夫，身体灌了铅一般沉重。"你要我怎么帮你？"

男人沉默良久，重重吐出三个字："相信我。"

"让我相信你的前提，是你得相信我。"这话脱口而出，让关宇吃了一惊。他凭什么相信男人，就为这番话？还是男人无助的语气，最后的哀求？一时间，关宇理不清头绪，只是本能地觉得自己有责任帮帮这个男人。

男人没有立即回答。良久，像蛇在沙地上重新开始蠕动，男人用叹息般的语调说："我不能不相信你。"这句话的含义似乎很多，关宇觉得自己懂了，又似乎没有全懂。但他答应男人会尽力而为。

男人不肯透露自己的联系方式，只说会和他联系，有关资料马上邮寄给他。第三天上午，关宇收到一封用牛皮纸包裹的厚厚的信。

拆开来，是一沓长达十五页的信，上面的蓝色水珠笔字个个清晰、齐整。看到这样的笔迹，关宇眼前出现了一个端正、整洁的男人形象。信的前半段讲述了戴明军从被带进派出所受审到判刑的全过程，有些情况他已经在电话里说过了。后半段是关于其妻徐菁发病的详细经过，包括治疗的情况。看得出戴明军是个非常细心的男人。最后，他写了几点疑惑。他一直怀疑妻子是被人下毒谋害的，但具体是谁不能肯定，不过他写下了一个怀疑对象的名字。他恳请关宇帮忙找到"真凶"，还他清白。

戴明军出狱后，去看过他的妻子徐菁。十年来，他一直以为妻子的病已经好转，像一个正常的女人一样生活着。虽然她不去监狱看他，他能理解。十年来，支撑他活下来的一个信念就是出去后，一定要当面向她解释，告诉她自己是被冤枉的。他甚至想过，只要她肯原谅自己，就自杀了此一生。可他想过千遍万遍，却没想到妻子徐菁生活在地狱里。

戴明军打听到徐菁住在康复医院，去之前他将自己仔细修理了一番。那时，他的头发已经长起来了。他穿上以前徐菁送给他的生日礼物——一件深蓝色的套头毛衣。坐车去的路上，戴明军将手伸到窗外，让阳光细细地照在上面，让风从五指间吹过。阳光将手掌镀上了一层柔软的金色。

读到这里，关宇的心隐隐一动。他也喜欢这样，坐车的时候将手伸到窗外，让一、二、三、四、五、六，六根手指都被阳光镶上绒毛一样的金边儿。

戴明军来到康复医院，询问护士徐菁住的病房。护士戒备地看他一眼，扭过头去和另一个护士嘀咕了两句，然后告诉他不能探视。戴明军急了，再三追问，护士极不耐烦地告诉他，病人的监护人三个月前送来一张照片，说照片上的男人是毒害徐菁的凶手，如果他来医院一定不能让他见到徐菁。说完，护士深深地剜了他一眼。戴明军蒙在了原地。

那天，戴明军绕着病区走啊走，希望能找到一扇可以进去的门。

在一个窗口前，戴明军停了下来。屋内的女人剪着齐耳短发，初看到的一瞬间，戴明军觉得这个女人有点儿眼熟，目光不免多停留了几秒。很快，他认出来，女人就是徐菁。

徐菁坐在轮椅上，斜歪着头，目光呆滞，半天一动不动，再看不出一点儿过去优雅、灵动的影子。一个护士走进来，戴明军赶紧隐到一边，他听见护士大声说着话，再偷眼看徐菁，徐菁一点儿反应也没有，依然痴痴地坐在那儿，歪斜着头。

眼泪一下涌出了戴明军的眼眶。他紧紧捂住嘴，蹲在窗下。黄昏时，戴明军走出康复医院，夕阳将他的影子印在地上。孤独、嶙峋的一道深灰，极其缓慢地挪动在灰调的马路上。

就是在那一天，戴明军改变了主意，他不要报复了，他只要讨回清白。他要堂堂正正地将徐菁接到自己身边，照顾她的余生……

戴明军写出的怀疑对象的名字，关宇乍看之下觉得很熟悉，翻出复印的案卷资料一对，原来就是英语老师孙敏珍。

八

关小兰每天带关爸在家里做康复治疗，来来回回练步。关爸非常努力地配合，额头上的横川字间渗出密密一层汗珠。关宇从旁经过，停下来，拿毛巾给关爸擦干额头的汗。关爸安顺地闭上眼睛，眼角挤出两点白色眼屎，关宇细心地用毛巾擦干净了。老人睁开眼睛，抬起左手颤颤巍巍做出六的样子，缓缓说："星——期——六。"关宇会意道："爸，我出去办点儿事，很快回。"老人点点头，缓缓说："回——家——吃——饭。"

这场大病，让关爸的身体和心理都出现了大幅度的滑坡，他对关家子女的依恋越来越强烈。一到吃饭时间，就巴不得大家都回来，围在身边。有时关宇忙，没回家，关爸就让关小兰发短信。关小兰发了两次，怕影响关宇的工作，后来就只嘴上答应不再发了。看到老人这样，关宇觉得心很酸，能赶回来的时候会尽量回来。

今天，他去见孙敏珍。将戴明军推进深渊的最关键人物，是她。回头再看孙敏珍的证词，关宇发现了一些需要追问的地方，可能当时邓所长破案心切，忽略了一些细节的不合情理。关宇决定单刀直入，从孙敏珍入手。

关宇事先做了调查，孙敏珍七年前从那所中学调到了市教委。在学校期间，她多次被评为区优秀教师、市优秀教师，在省里的优质课竞赛中拿过一等奖。同事说她是个很有上进心的老师，素质全面，样样都很出色，个性有点儿好强，而且一直未婚。

关宇有个朋友在教委，帮他联系上了孙敏珍。她现在是分管小学口儿的科长。关宇在电话里没说案子的事，只说是关爱院的，想咨询一下两个孩子入学的情况。关心和关爱明年确实要上小学了，以前这些事都是关爸操心，现在轮到他了。

两人约好在一家咖啡厅见面。关宇提早了一刻钟。时间差一分钟时，一个女人走进了咖啡厅大门。

之前，关宇听朋友描述过孙敏珍的相貌，在心里打了腹稿。此时一看，不禁暗自一笑，百分之九十八对上了。唯一不同的是，朋友说孙敏珍不化妆，可今天她化了点儿淡妆。从第一眼，关宇就在心里勾画出了这个女人的性格轮廓，心高气傲，但锋芒收敛得很好，原则性很强，有时会比较固执，容易走极端。

坐下来，孙敏珍从容地要了一杯卡布奇诺，神情大方。"关爸的身体还好吧？前一段报上报道了，我们还去看过他。关爱院的事，我们一定会尽力……"

说话时，孙敏珍将两手端正地放在桌面上，一双大眼睛望着关宇。关宇依稀记得邓所长曾经说过"你没见过那双漂亮的大眼睛啊，当它那样表情复杂地望着你的时候……"不禁在心里微微一笑。这双眼睛确实很大很亮，可以说聚集了孙敏珍五官的全部光芒。邓所长当时是不是在这双眼睛面前犯迷糊了呢？

关宇客气地说谢谢，接着话题一转："还有件事找你，是关于十年前津义村的一桩投毒案，受害人叫徐菁。"孙敏珍愣了一下，表情呈现片刻的愣怔，但是很快，两点光芒回到了眼睛里。"我知道，徐菁是我的朋友。"

关宇注意到孙敏珍回过神的速度很快，眼睛重新变得亮晶晶的，但五官绷紧了，表情里多了一层戒备。

"可以和我聊聊这件事吗？""怎么，这件事和关爱院有关系？"孙敏珍收了笑意，眼睛里浮起一层迷惑。"不是不是，我做个自我介绍吧，我是公安局的一名法医，有人委托我问一下有关情况。"

"谁？"孙敏珍的眼睛睁大了，嘴抿得紧紧地。大概意识到自己有些反应过度，表情瞬间又缓和下来，五官也舒展开来，"哦，这事太悲惨了，我一般不愿意和人说。"孙敏珍将身子靠到沙发椅背上，脸被一层阴影遮住了。

自信的表情从这个女人的脸上流失殆尽，代之以深浓的悲伤。关宇心里隐隐有些触动，他振作了一下："听说是她丈夫投毒害她？"孙敏珍点头。"我还听说，最后是你提供的一个杯子帮了警方的大忙。"孙敏珍点头，大眼睛隐在阴影中荧荧闪亮。

"那个杯子你放了多久，按时间推断，大约是一个半月。你知不知道，即使未密封的杯里曾经装过含有铊的水，经过一个半月的时间，已经难以再在杯壁上检测到铊了。可当时的检测数据却是铊含量很高。"关宇注意到，孙敏珍一直在用一根手指来回抠着沙发布面，此时停下来。她将手收回到身前，语气冷峻地说："关警官，你是什么意思？难道，你是说我故意将铊放进了那个杯子里？"

"不是不是，我只是说这一点儿不太合常理。"关宇笑道，表情从容。孙敏珍的一根手指重新放回到沙发上，来回地抠布面。"我怎么知道，反正那个杯子是戴明军用过的，那上面有他的指纹，至于能不能检测出铊，我不知道。"孙敏珍的表情严肃。

"对了，说到指纹，也有一点要问问孙科长。为什么杯上只有戴明军一个人的指纹，你是怎么把它从医院带回家的？你不可能事先准备好塑料袋，也不可能当着受害人的面，用塑料袋将它仔细地装起来，你所能做的只是装作将杯子丢到垃圾桶里，再偷偷将之收起来，那么杯子上不可能没有孙科长的指纹。"

"你到底什么意思？"孙敏珍愤然作色，腾一下站起身来，脸涨得通红，"我不是犯人，也没必要回答你这些无聊的问题！"说完，头也不回地冲出了咖啡厅。

关宇坐在原地，脸上露出淡淡一抹笑容。现在，作为法医的他，有点儿相信戴明军了。

九

第二天一早，关宇接到了孙敏珍的电话。孙敏珍说："不好意思，昨天我太冲动了。我就是这个性格，喜怒形于色。我想和你见面再聊聊。"

关宇一口答应了。

半小时后，两人坐在了头一天见面的咖啡厅。孙敏珍的眼睛亮闪闪的，虽然没化妆，但恢复了自信的表情，已经看不出昨天的不快留下的丝毫痕迹。她先点了一杯卡布其诺，然后问关宇要什么，俨然要做东。

"昨天，实在是对不起。我太感情用事了。每次和人说到徐菁的事，我总是难以控制住感情。她太可怜了。"孙敏珍用大眼睛望着关宇，神情变得哀婉。突然，孙敏珍话锋一转，"我后来仔细回忆了一下，当时是拿纸巾捏着杯子，所以没留下指纹。可能我不太喜欢那种被审问的感觉吧，昨天你问的时候，我情绪一激动，没有想起来。"

关宇未置一词，喝了口咖啡。孙敏珍身体前倾，小心翼翼问："怎么，你不信？""不是不是，我觉得很可信。"关宇面带微笑。他知道微笑的力量，有时，微笑也是警方用来攻破心理防线的一种武器。

孙敏珍将身子靠回到沙发背上，面带微笑问："可以问一下，到底是谁委托关警官？"关宇含笑不答，良久才说："委托人要求保密。"

"弄得这么神秘啊。"孙敏珍脸上掠过一丝尴尬的笑容，转瞬即逝。接着，她和关宇聊起了徐菁。她说自己和徐菁从小学开始同学，两人关系一直很好。徐菁的性格静，她爱动，徐菁的性格柔，她则硬，不过两人在一起配合得恰到好处。以前，徐菁是班长，她是副班长，到学校后，徐菁教语文，她教英语，一主一副。再后来，徐菁带班主任，她当副班主任，好得一个人似的……

关宇打断她:"听说你们中午都不回家,在学校吃饭?""嗯。"孙敏珍点头,大眼睛一眨不眨地望着他。"你觉得徐菁有可能接触到校工厂化验室的铊吗?"孙敏珍很快地摇头,"不会,我们基本上是无话不谈,休息的时候在学校也是形影不离,她到那儿去过的话,我肯定知道。"

"每天徐菁都会带一保温杯中药到学校,那是什么药?""哦,那个呀,听说是补身体的,她不是一直没怀上孩子嘛!那药是一个专治不孕的中医给开的。"关宇注意到,孙敏珍的手开始抠沙发布面。

"每次都是她丈夫给熬的?""她说是,还帮她滤好,装好。""你知道后来警方在那个保温瓶里检测出了铊吗?按理,如果她丈夫真在里面下毒,应该在案发后赶紧将杯子丢掉,或清洗干净了。很奇怪,他什么也没做,让瓶子盖得好好地留在那儿,就像是将证据保存在了保险箱里。"

孙敏珍抠沙发布面的手停下来,腰背挺一下,脸上掠过一丝不悦:"我怎么知道,也许他忘了?"关宇不再追问,转换话题:"你为什么感觉毒害徐菁的是她丈夫?"

"直觉吧。"孙敏珍将两臂团抱在胸前,一根手指在臂弯里轻轻摩挲外套的布面。"是什么让你产生这样的直觉,总归有一些迹象吧?"孙敏珍咬住下嘴唇,思忖片刻:"徐菁的眼泪。她的性格虽然柔,但其实柔中带刚,从读书开始,我很少看她哭,可那段时间,她哭了好几次,问她什么也不肯说,我想应该是她丈夫给她压力很大。再后来，她病了，说是有人下毒，我一下就想到了她丈夫，因为警方说下毒的只能是和她关系亲密的人。"

"那么也可能是你！你和她接触的机会并不比她丈夫少。"关宇不动声色地说，眼睛直视孙敏珍。孙敏珍放开抱在胸前的手臂，身子挺直，已是满面愠色。可她并没有发作，而是莞尔一笑，身子重新靠回到沙发背上。

"警方也调查过我，我是身正不怕影子歪，没什么可担心的。"随后，孙敏珍的嘴角挂上了一抹讥笑，"现在我明白关警官找我的真实理由了。怎么，戴明军出来了吗？他觉得是我冤枉了他，想报复？哼，他报复我也不怕！"孙敏珍脸上的表情急遽地变换着，像被风吹卷的沙地。她咬着牙说出最后一句。

"他找过你？"关宇不动声色地问。

"应该说还没有，不过我接过他的一个电话，他没说是谁，可我知道是他。他说，你每天睡得着吗？让一个女人生不如死，让一个男人生死不如，你还睡得着吗？嘿嘿，他还是那么爱斟词酌句，当年他就是用这一套把徐菁迷得神魂颠倒。我后来去问过，他出来了。我把这消息告诉了徐菁的父母，让他们通知康复医院，别让戴明军再去见她。哼哼，生死不如，他是这么说的，我就要让他生死不如。"一股怨毒的表情改变了孙敏珍的五官。转瞬，她与先前自信、漂亮、眼神闪亮的女人已判若两人。

关宇从这番话里，觉出了一些不寻常的意味。

与孙敏珍分手后，关宇一直盼着戴明军和他联络。半个月过去，戴明军才再次出现，劈头就问："有新发现吗？"

"不是说保持联系吗？怎么这么长时间才和我联系？""我出门了。""哪儿？""新疆。""干吗？""帮一个朋友押货，我要挣钱，争取早一点儿把徐菁接出来。"关宇沉默了。

"有进展吗？"男人的声音里透着疲惫和急切。"我有点儿相信你了。""嘿嘿，之前你并没有相信我吗？"沙沙的声音也似乎没那么让关宇讨厌了。"你和孙敏珍什么时候认识的？"

"嗯，让我想想，应该比认识徐菁要早。那次好像是参加一个朋友聚会，认识了她，第二次聚会时，她把徐菁带来了，我一下子就被徐菁吸引住了。是的，说起来还是她介绍我们认识的。怎么，这个有关系吗？"

"没什么，我只是随便问问。我……我恐怕难以完成你的要求。""为什么？"戴明军的声音变得阴郁。"事情过去太久，证据都找不到了，即使我相信你，也于事无补，没有证据一切推断都是虚的，飘在空中……"

戴明军不耐烦地打断关宇的话头："你这是什么意思？我不管，你一定要帮我，你不知道徐菁现在的样子，生不如死，真的，只有这四个字可以形容。这世上只有我最了解她，最明白她。你不知道她以前有多优雅，多漂亮，多爱整洁，我不能让别人这么对待她。有我照顾她，没准儿她还能恢复。关警官，你欠我的，你一定要还我这笔债，你一定要帮我，帮帮我……"他越说越激动，竟至哽咽失声。

"我们见一面可以吗？"关宇冷静地问。戴明军那边寂了声。良久，才重新开口。声音低到了喉管处："说实话，我不愿意别人看到我现在的样子。"关宇极快地反问道："那你希望徐菁看到？"

"我们不同，我们现在都是生活在地狱里的人。我只想能把她抱在怀里，让她离开地狱。"戴明军恢复了平静，声音低哑、凝重。电话这头的关宇被这声音莫名触动，恍如一只粗糙却无比温暖的手正抚摩着幼年的自己，将他脸上的泪水轻轻抹去了。

关宇又与孙敏珍见了一面。对徐菁的事，她依然有问必答，神态从容，第一次见面时的失态再没出现过。好几次，关宇有意提出了比较尖锐的问题，她都像个武林高手，将手轻轻一拂就化险为夷了，让关宇再找不到破绽。

对关心和关爱入学的事，孙敏珍显得非常热心，说已和校方联系过，校方答应可以减免两个孩子的学杂费。

市里又发了几起案子，关宇忙起来。戴明军未露面。偶尔，关宇忙碌的间隙会想起他，那个只从声音、字迹、照片"认识"过的男人。奇怪的，想起来却是熟人一般的感觉，似有无数根丝线与之牵连着，让人的心痒痒的，放不下。

那天，关宇在办公室整理一份案件材料，突然接到医院的电话，说你是戴明军的家人吗？他出了车祸，现在医院。关宇说，好，我马上来。

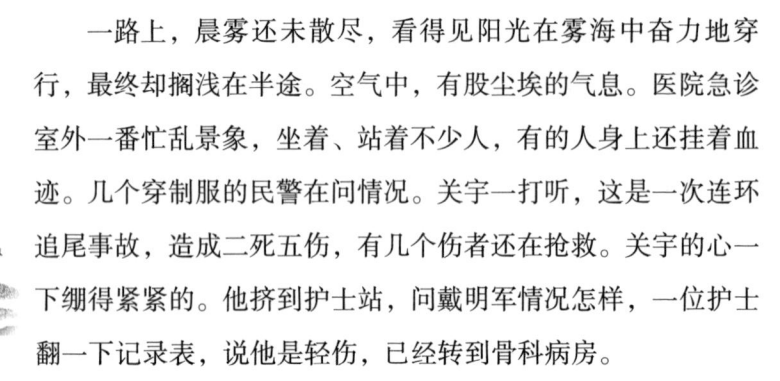

一路上,晨雾还未散尽,看得见阳光在雾海中奋力地穿行,最终却搁浅在半途。空气中,有股尘埃的气息。医院急诊室外一番忙乱景象,坐着、站着不少人,有的人身上还挂着血迹。几个穿制服的民警在问情况。关宇一打听,这是一次连环追尾事故,造成二死五伤,有几个伤者还在抢救。关宇的心一下绷得紧紧的。他挤到护士站,问戴明军情况怎样,一位护士翻一下记录表,说他是轻伤,已经转到骨科病房。

五室三床。关宇站在病房门口,目光旋一圈,马上辨出了戴明军的床位。其他几张床的病人都有人看护,唯独他孤单单地躺在角落里。一只腿被吊在半空。

走近了,只见被单顶端露出一张青白色的脸,两腮下陷,布满密密扎扎的青色胡楂儿。依稀看得出照片上的轮廓,但额头的发际线高高地升了上去,五官之间也被细碎的纹路填满了。这张脸似乎提前度过了十年的岁月,不再像一个三十来岁男人的脸。头发极短,白夹着黑。眉心锁成一个竖川字。

关宇站在床前,静静看着。旁边有人递过一把椅子,椅子挪动的声音让床上男人的眼帘动了几动,睁开来。有些呆滞的目光旋一圈停在关宇的脸上,布满胡楂儿的脸在瞬间绷紧了,流露出警惕的表情。关宇笑了,说:"我是关宇。"男人的表情松开来,嘴角微微咧开,"不好意思,我只能找你。"

戴明军的朋友在车祸中丧生,两名死者之一。因为大雾,六车连环相撞,戴明军朋友的车在最前面,发生第一次撞击的时候,车突然失控撞向护栏,护栏一端脱落变形悬在半空中,幸运地将车拦住了，要不坐在后面车厢里的戴明军不可能只是一条腿骨折。而他的朋友，从副驾驶室飞了出去，民警赶到时已死亡。

十

一个星期后，戴明军出了院。医生说除一侧小腿骨折，内脏也有挫伤，需要静养一段时间。他直接搬进了关爱院，是关宇的主意。事先他和关爸说了，关爸点头，他喜欢每一个来关爱院的人，说他们都是可怜的孩子。戴明军却似乎不能适应这里的生活。

第一天夜里，关宇还在看书，突然隔壁传来"啊——"的一声。叫声粗莽，透着惊悸，关宇浑身的毛孔蓦地缩紧。他惊跳起来，片刻之后反应过来，是戴明军。

关宇赶到隔壁房间，打开灯，只见孩子们都从被子里惊惶地探出头来，目光齐齐朝向戴明军。戴明军直愣愣地坐在靠角落一张床的下铺上，正大口大口地喘息。那样子就像一条被甩到岸上的鱼，正张大嘴巴拼尽全力呼吸。

走近了，关宇看见他满脸是汗珠子，忙拿过一条毛巾递给他。戴明军扭过头，接过毛巾机械地擦拭额头、脖颈，渐渐回过神来，调转目光看看他，那目光潮湿、滑腻，有着劫后余生的庆幸和感激。

戴明军将毛巾递给关宇，同时歉疚地一笑。关宇的心蓦地一疼，戴明军的笑容里浮着惊惶、疲惫，和某种难以言传的东西。

第二天戴明军找到他，说想搬出去。关宇问为什么，戴明军嗫嚅半天才说："是牢里落下的毛病，我不能和别人睡在一起。半夜，听见有人磨牙、说梦话、打鼾，我就像又回到了那个地方，胸口像被石头压住了，房顶也向我压下来，空气变得不够用，我怎么用力呼吸都缓解不了那种恐惧感，像是要死了一样。昨天，你也看到了……我怕吓坏孩子。"

关宇让关小兰将杂物间整理出来，放进一张行军床。杂物间在院子的最里面，偶尔，半夜时，突然传来"啊——"的一声，但孩子们很快习惯了。关宇也不去打扰戴明军，等他自己慢慢平复，慢慢舔舐伤口。

戴明军的情绪似乎不太稳定。每隔一阵子，他就像魔怔了一般，看人的时候，眼神隐隐带着股狠劲儿，动作幅度大得怪异。有时候他待在屋里不出来，就听见拐杖拄地的"咚、咚"声响个不停。等这一阵过去，他又恢复了正常，帮孩子们洗被子、晒衣服，帮关小兰收拾屋子，只要是能做的，他就拄着拐一步一挪地去做。

在孤儿院，大家都有着这样那样的缺陷，相处惯了便不觉得什么。一段时间后，孩子们喜欢上了这个院子里唯一不与他们同姓的叔叔，戴叔叔。戴明军似乎也很喜欢这些孩子，一到情绪不稳定的时候，他就将自己关在屋子里不出来。

其间，他问过关宇两次，案子调查得怎样。关宇说得委婉，不想影响他养病。

戴明军的腿能自如行走后，他开始早出晚归。有时晚上刚回来，突然接到电话，又匆匆忙忙地出去。关宇也忙，很难碰到他的面。六一节前，戴明军突然大包小包地提了一大摞东西回来，给关宇夫妻俩一台VCD机，给关爸买了一个腰腿肩关节按摩器，给每个孩子都买了一份礼物，而且都是他们最想要的。孩子们乐坏了，你追着我看，我追着你看，闹成一团。

戴明军坐在一边，脸上挂着满足的笑意。关宇递过一支烟，问他最近在忙什么，人影子都难见到。戴明军望着孩子，乐呵呵地说："一个很多年没联系的朋友，突然找到我让我帮他打理生意。挺不错的。"说着，戴明军掉过头，眼睛亮亮地望着关宇，"关哥，你把我那事加紧点儿办，等把我的罪名洗干净了，我就把徐菁接出来，租个像样点儿的房子，我俩争取再过几年好日子。"

戴明军的眼神和语调让关宇心里晃一下，不忍心再问下去。案子的事没有丝毫进展，这样的结果，他不知怎么和戴明军开口。

天渐渐热起来。孩子们天天搬了竹床在院子里纳凉，夜里就睡在外面。戴明军要给每间屋子安一台空调，关宇没答应，最后只给关爸的屋子和戴明军的屋子安了。起初，关爸不肯，说大半辈子都熬过来了，这点儿热怕什么。可关爸病后的身子生理机能失调，半边身子出汗不畅，关宇默许了。有几天气温突破了四十摄氏度，孩子们就都挤在关爸的房子里纳凉，晚上干脆铺了凉席挤在地上睡。关爸看着一地的孩子,眉眼间都是个乐。

一天吃完饭,关小兰突然满脸严肃地将关宇拉回房间,拿出一包塑料袋装的白色粉末,用手比画着告诉他,这是在戴明军的房间里发现的。关宇正要责备她不该乱翻人家的屋子,眼睛落在那包白色粉末上,一下定住了。

他拿过来仔细看了看,心里一惊,问关小兰:"怎么发现的?"

"换床单,从衣柜角落里找到的。"关小兰比画道。"还有吗?"关小兰点点头,伸出三根手指。关宇让关小兰将东西放回原处,一切恢复原状。他坐在屋里,连抽两支烟,拿定了主意。

半夜两点,戴明军回来了。关宇一直竖耳朵听着,忙推门走出来。戴明军正轻手轻脚绕过院子里睡熟的孩子,看见他,"哦"一声,轻轻叫道"关哥"。关宇用手势示意他进屋谈。两人一前一后进了戴明军的屋子。

屋里收拾得很干净。桌上摆着一台电脑,是半个月前新添的。这台电脑再次让关爱院有了节日的气氛,孩子们排着队一个一个在上面过了把瘾。戴明军答应他们每周六有三个小时开放时间。关宇在桌前坐下。

桌上摆了一个镜框,里面嵌着一张戴明军和徐菁的照片。徐菁的长发被风吹拂着,偎在戴明军身前。照片上的戴明军意气风发,显得年轻、帅气。关宇暗暗感叹,真是一对璧人。

戴明军将空调打开，丝丝凉气吹拂过来。"关哥这么晚还没睡？等我？"戴明军拿过一张报纸呼啦啦地扇风。关宇回过身："是，想和你说说那件事。"

戴明军的手停下来，表情关切地道："有进展吗？"

关宇摇摇头。"我和孙敏珍接触了几次，找不到什么破绽，而且时间过去太久，想找到证据也不太可能……"

"怎么会？你不是说她的证词有很多经不起推敲的地方？"戴明军的脸色阴沉下来。

"即便是这样，也不可能仅仅根据这些就认定你不是投毒者，她是，法律没你想得那么简单。"关宇耐心地解释。戴明军埋下头，用牙齿咬住下嘴唇，不再说话。

"我想了个办法，将徐菁接来我们孤儿院。"

戴明军倏地抬起头来，望定关宇，右眼角下方轻轻抽搐起来，没说话。"由我们出面，应该可以办下来。关爱院，现在有了社会知名度，徐菁的家人应该会信任。"关宇望着戴明军。随着这番话，戴明军的眼里慢慢有了光亮。

"不过，"关宇将话锋一转，"我对你有两点要求。""你说，我一定办到。"戴明军满面恳切。"一是，在徐菁搬来孤儿院以前，你先在外面找个房住下来，不要走漏风声，徐菁的家人如果知道你和孤儿院有关系，恐怕不会答应。""好，我马上办。"戴明军沉沉地点点头。

"二是，我记得你说过，想和徐菁再过几年好日子，那我希望你不要做什么让自己后悔的事，赚钱要赚正当的钱，想和徐菁一起度过余生，就要做个堂堂正正的人。"关宇眼含深意地望着戴明军。戴明军右眼下方又跳了两跳。他垂下眼帘，再次点点头。

戴明军说做就做，第二天就看好了房子，稍一整理，周末就搬了过去。他的东西少，一辆三轮车便装下了。空调和电脑他不肯搬，说留给孩子们。

听说他要走，孩子们都舍不得，围住他问为什么，还回不回来。戴明军满面含笑，答应他们"戴叔叔会经常来看你们"，孩子们才松开了手。临走，戴明军握住关宇的手："一切拜托你了。"手上的力量骤然加重。

关宇也说办就办。他找到徐菁的家人，表示愿意将徐菁接到孤儿院，除照料好她的生活，还会给她做一些康复治疗。徐菁的父母知道关爱院，还知道义务收养了很多孤儿的关爸，但他们对关宇的提议不能理解。关宇耐心解释说，徐菁的遭遇是他不久前去康复医院时听说的，十分同情。而他是一名法医，很想尝试一下针对中毒致残病人的康复治疗。他让徐菁的父母放心，说一定会将徐菁照顾得很好，说不定还能创造奇迹。

徐菁的父母还是不放心，找到孤儿院。关宇事先和关小兰说过了，关小兰一看见他们出现在孤儿院，心里有了数，带着他们在院子里转了一圈，又请一个孩子为他们介绍了孤儿院的情况。转天，徐菁的父母答应了关宇。

徐菁搬来之前，关小兰将戴明军住过的杂物间仔细收拾了一番，墙面粉刷成淡蓝色，装了素花窗帘，墙上还挂了几幅清新的风景画,床换成了医院里的那种可升降床。戴明军说蓝色是徐菁的最爱,她喜欢素雅,升降床也是他的主意,托人好不容易买到的。

徐菁来的那天,关宇再三交代戴明军不要着急出现,最好第二天再来。徐菁的父母和关宇一起将徐菁接出医院,送过来。一路上,徐菁的母亲都在抹眼泪,一只手紧紧握着徐菁的手。徐菁始终面无表情,头微微歪着,眼睛盯住地面某处,眼神空洞。

徐菁的父母等她安顿好,睡着了,才离开。他们前脚刚走,戴明军后脚就来了。关宇吓一跳,正待责备他,戴明军一根手指按在唇上:"关哥,我知道,我坐坐就走。"戴明军这一坐就是一夜。关小兰中间去看了一次,他已经伏在床沿上睡着了,一只手还握住徐菁的手,也不忍心叫醒他。

第二天一早,关宇醒来,关小兰在做早点,告诉他戴明军已经走了,说晚上再来。接下来的几天,天天如此。关宇只好让关小兰将行军床重新架起来。对徐菁的父母解释说,关小兰晚上在这里休息,方便照顾徐菁。

天凉了。院子外面的梧桐树开始落叶。一阵风过,许多黄色红色的小手掌在空中悠悠地飘拂,左拂一下右拂一下,慢慢落在地上。关心、关爱顺利地入了学。孤儿院里又有两个孩子考取了大学,一个孩子参了军。孤儿院里热闹一阵,生活又恢复了流水般的平静。

戴明军几乎每夜都来陪徐菁,有时星期六、星期天白天也来。每到这时候,关小兰就让一个孩子到门前的巷子口玩,撞见徐菁的父母来了,赶紧跑进来报信,戴明军去别的屋躲起来。

徐菁的反应依然迟钝,但面色添了淡淡的红润,有时眼珠还会转动几下。徐菁的父母见了很是欢喜,心也完全放下了。

黄昏的时候,戴明军会用轮椅推了徐菁去不远处的江边走走。一路不停地和她说话,也不知说些什么。两人停在江边,衬着夕阳,一立一坐。远远望去,真像一幅画。

十一

关宇没想到孙敏珍会突然出现在关爱院。她差一点儿就和戴明军撞了个面对面。

那天戴明军来陪徐菁坐了一会儿,突然想起荔枝刚上市,徐菁最爱吃的水果就是荔枝,再坐不住,说出去买点儿来。他出门没多久,孙敏珍来了。

关宇一面接待孙敏珍,一面让关小兰赶紧给戴明军去电话。孙敏珍没有坐下的意思,在院子里四处走动,好奇地打量,忽然停住脚步说:"听说,你们把徐菁接来了?"

关宇心里微微一震,尽量从容答道:"哦,孙科长也知道了。"

"是您那位委托人拜托的?"孙敏珍扭过头,大眼睛亮亮的,满脸俏皮的笑意。

"哦，是我自己的想法。那次在康复医院见到她后，我就有了这念头，我想试着给她做些康复治疗。""效果怎么样？""还不错。"关宇简洁地说。

"我可以看看她吗？"关宇点头，"当然可以，我这里又不是集中营，何况孙科长还是她最要好的朋友。"

孙敏珍一看见徐菁，眼圈就红了，拿手摸摸她的头发、脸颊，帮她理理衣服，眼泪开始不断线地往下掉。关宇在一旁静静地看着。

关小兰进来，手里端着一盘水灵灵的荔枝，关宇明白戴明军回来过了。关小兰将荔枝递到孙敏珍面前，孙敏珍泪眼模糊地看一眼，叹一口气："徐菁以前最喜欢吃荔枝了。"说着，拿了一颗，剥开，送到徐菁的嘴边，徐菁的嘴机械地动了动，没有反应。

孙敏珍将手收回来，别过脸去，呜呜地哭起来。

临走，孙敏珍说："我还会来看徐姐的。"关宇未置可否。之前存在他心里的那个念头，摇晃起来。孙敏珍为徐菁流的眼泪，是真心吗？

这个问题的答案可能只有孙敏珍一个人知道，但残酷的现实很快给了他一击。

徐菁的父母突然出现在关宇的办公室。他们要求立刻将徐菁转回康复医院。关宇问为什么，两位老人板着脸不回答，只再三强调要将徐菁马上接走。关宇追问再三，徐菁的父亲才叹出一口气："你何苦骗我们。"

"骗？徐老伯从何说起？"不祥之感罩上了关宇的心头。

"你这么做，都是戴明军指使的，听说他现在赚了些钱，他答应给你多少，你要这么样来骗我们？我们已经够可怜了，徐菁也够可怜了！"徐菁的父亲气得嘴唇直哆嗦。

关宇反而冷静了："这，您是听谁说的？我可以坦白告诉您，我没拿过任何人的一分钱，我将徐菁接到孤儿院，确实是想帮她，她在这里生活得很好，您也看到了……"

"不管怎样，我们不能让害她的凶手再和她在一起！"一直沉默的徐菁母亲突然厉声叫起来。随后，她一手捂嘴一手捶腿，大声哭号起来，"女儿，你怎么这么命苦啊……"哭声引来了不少民警，门房也赶过来，大家七嘴八舌好不容易将两老劝走了。

关宇关上门，独自坐在办公室里。天色暗下来，屋内陷入一片黑暗。这黑暗像缓慢凝固的液体，从四面八方挤压着他，将他嵌在中心。

关宇回到家，徐菁已经被接走了。关小兰等在屋里，一副手足无措的样子。一见他，就急急忙忙打手势："怎么回事？发短信、打电话，都联系不上你。徐菁的父母带来好多人，非把徐菁接走了。"关宇疲惫地点点头。现在，他更担心的是戴明军。

夜里，戴明军提着两个纸袋冲进来。踏进房门一看床是空的，调头问坐在桌前的关宇："菁呢，她到哪儿去了？小兰在给她洗澡？"关宇摇摇头："你坐下，听我说。"

关宇的话没说完，戴明军就双手捧头，发出了一声号叫。叫声凄切、悲愤，像一根冲天而起的立柱戳向屋脊。再抬起头，戴明军的一双眼睛变得血红，闪烁着狼一样的冷峻的光。"一定是她！那个臭婊子，是她，一定是她！"

他扑上前，用双手抓牢关宇的手臂。"我知道为什么，她说过她喜欢我，我说我喜欢徐菁，这个女人太可怕了，一切都是她造成的，是她！她在报复。毒是她下的，下毒害徐菁的就是她！一定是她！"

戴明军失踪了。那天夜里，他冲出杂物间，再没了消息。关宇无数次拨打他的手机，都是关机。男人血红的眼睛一直在关宇眼前晃动不停。人海茫茫，他不知该去哪里找寻这个男人。

天气越来越冷，关爸穿上厚毛衣、厚棉袄，手还是冰凉凉的。房间里的空调大半时间开着，每顿饭关小兰都送到房里，喂老人吃。那天，关宇去关爸房间，面对面坐着给他喂饭。关爸突然微微抬起手来，抖动着指了指空调，嘴里一连吐出几个"戴、戴……"。关宇恍惚一下明白过来，关爸在问戴明军，忙点头说"他很好"。老人点点头，手哆嗦着慢慢搁回腿上。

一股热流直扑眼窝。关宇埋下头。

关爸的手近在眼前。这手曾给过他无比温暖的记忆，如今只剩了皮包骨头，青筋凸起，脱水多皱像树皮一样。似乎随着抖动的节奏，温度和气力正一点儿一点儿从这只手、从老人身上流失……关宇多么希望这只手还能给他温暖，给他力量。

关宇放下碗,将自己的手覆盖在关爸的手上。笋尖似的第六指支棱着,带着生命的暖红。那红,柔和、饱满,富有光泽。关宇将头埋在老人的双腿上。他能感觉到老人的目光注视着自己。一瞬间时光倒流,他仿佛回到了小的时候。

十二

深夜,电话铃声将关宇惊醒。他翻身坐起,拿过手机按下接听键,里面传出一个女人惊惶颤抖的声音,"关警官,快来救我!"

关宇怔忡一下,马上清醒过来:"你是谁?"

"孙敏珍,你快到教委宿舍二门三楼三〇一来!"女人压低嗓门儿的声音,像一片哆嗦在风中的枯叶。

十分钟后,关宇在教委宿舍前下了的士。二门楼道的铁门虚掩着,他放轻脚步上楼,楼道黑洞洞的,远处有一处工地的射灯隐隐地扫过来,在墙上打出一条长长的光影。他在三楼停下来,喘了口气,适应一下光线。三〇一的门也虚掩着。

推门而入,戴明军和孙敏珍双双站在屋子的正中。一把菜刀横在孙敏珍的脖颈处,刀柄握在戴明军手中。在顶灯的刻意强调下,刀面闪闪发亮。

戴明军的另一只手掐在孙敏珍的颌骨下。孙敏珍满脸痛苦表情,双手朝向身后。他们像一尊雕像站在那儿。两人的脸部都布满大块的阴影。戴明军的头发长了,潦草地耷拉在额头上,两腮胡楂儿黑浓密集。孙敏珍的眼里依稀有泪光。看见他,孙敏珍用微弱而颤抖的声音叫了声"关警官",眼泪随着这话,不断线地淌了下来。

关宇轻轻掩上门,冷静地说:"明军,你别感情用事,坐下来,我们好好想办法。""我没有感情用事,关哥,你在抽屉里找支笔,再找些纸,把她的话都记下来。我要让她把下毒害徐菁的经过从实招来。"

关宇明白了。他摇摇头:"明军,这样做没有用,即使她承认了,法院也不会把它作为证据的,你用的是胁迫的方式,这样取得的证词无效。"

"我没有胁迫她,一切都是她干的,她刚才亲口告诉我了,我不过是让她再重复一遍,你做证人。你可以证明我没有胁迫她!"戴明军压低嗓门儿吼道,卡住孙敏珍脖子的手蓦地收紧。孙敏珍不得不仰起头来,眼泪流得更欢了。

"没有用,明军,我以一个法医的名义起誓。我不想害你,你冷静一下,我们再一起想办法。"关宇伸出手来,做了个向下压一压的姿势。

"还有什么办法,我们都被这臭婆娘害惨了!她不会放过我的,我大不了是一死,反正是死过一次的人,我不能让她再害徐菁了!"戴明军恶狠狠地看一眼齐他下巴沿的孙敏珍的脸,手卡得更紧了。孙敏珍的五官痛苦地皱缩成一团。

"别、别,明军,你死了,徐菁怎么办?没准儿她还会好起来,你忍心把她一个人留在这世界上?你不是说她现在在地狱里吗,你要把她救出来才能去死啊。"

"我救不了了,我还怎么救她!"戴明军眼里奔涌出两股亮晶晶的溪流。溪流很快钻进密集的胡楂儿,消失了踪影。他的表情变得狰狞。"都是这个女人害的!是你!"他扳过孙敏珍的脸,"噗——"的一声,一口唾沫吐在那张仰起的脸上,挡住了一侧正欢快流淌的泪水。

孙敏珍的脸整个朝向灯光,不知是恐惧,还是被灯光刺痛了眼睛,她将双眼紧紧闭上了。这时,泪水反而不再流了。

戴明军一用力,将孙敏珍提拉到茶几边,往她腿上踢一脚,孙敏珍"啊"一声跪下来。戴明军顺手拿过一片沙发巾塞进孙敏珍的嘴里,再从捆绑的绳索中将她的一只手抽出来。他做这一切的时候,孙敏珍双眼紧闭,不再挣扎,一脸顺受的表情。

关宇不明白戴明军要做什么,等他明白过来,戴明军已用腿抵住孙敏珍的身子,将她的一只手按在茶几上,手起刀落,砍下了孙敏珍的小指。

孙敏珍的眼睛倏地睁开,睁得大大的,发出一声闷哑的叫声,接着身子一软,倒了下去。戴明军将孙敏珍的身子扶起来,用腿抵住,重新将她鲜血淋漓的手放到了茶几上,再次举起刀来。

在刀落下的一瞬间,关宇扑了过去。

关宇醒来时,躺在医院里。关小兰坐在床前,打着手势问他"感觉怎样",他点点头。

良久，想起什么，关宇缓缓抬起右手。笋芽一样支棱着的六指不见了，代之以一圈圈平整包扎的白色纱布。

关宇望着这只有点儿陌生的手。望着望着，脸上浮起一层浅浅的笑意。在失去意识前的一瞬间，他感觉到了刀锋挟着千钧之力逼近第六指时，那一阵痛快凌厉的寒凉。

他扭过头问关小兰："戴明军和孙敏珍呢？"关小兰用手势告诉他，孙敏珍住在隔壁房间，她现在成了四指。是戴明军送他们到医院的，他现在在看守所。她问过民警，算自首。关宇扭过头，望着雪白的屋顶不再说话。良久，闭上眼睛。

傍晚时分，关家子女来了，挤满了小小的病房。大家一齐向他道喜——终于告别了六指。病房里喜气洋洋的。关宇平静地望着一张张熟悉的面孔，一股欢欣的疼痛在体内激荡。那气流是如此猛烈、恣肆，仿佛无边无际……

黑色的蚯蚓

一

也许,那天是有预兆的。

车开上高速路没多久,玻璃上就趴满了一团团污渍。一只只蝴蝶、飞蛾,前赴后继、疯狂地撞上来。刮擦杆根本不顶事,污渍牢牢地粘在玻璃上,活像那些蝴蝶、飞蛾不愿散去的阴魂。可以的话,樊松子恨不能闭上眼睛开车。

客人在Y城下车后,樊松子找了水,忍着恶心,用抹布仔细地擦前窗玻璃。那些从蝴蝶和飞蛾身体里瞬间迸溅出来的体液,还有翅膀上的粉末,黄中带绿,绿中泛黑,让人生出不祥的预感。她使出吃奶的劲儿,算是给收拾干净了。

樊松子不知道别的车是不是这样。她很少跑长途,尤其是这个季节。乍一面对这缤纷而惨烈的景象,她不禁暗暗心惊。蝴蝶是生命,飞蛾丑点儿,也是生命,它们为什么要不管不顾地一头撞死在车窗玻璃上。她感觉像是自己谋杀了这些生命。

也许,玻璃上的反光是诱因。太阳将玻璃映照成了一面耀眼的光墙。那些蝴蝶、飞蛾就奔着这份耀眼而来。

蝴蝶和飞蛾影响了樊松子的心情,似乎也影响到她的运气。她在Y城长途车站等了一个多小时,也没等到回J城的客人。心情越来越烦躁,她再等不下去,只好空车返回。

一上高速路,噩梦一样,那些蝴蝶和飞蛾又出现了。

有一刻,樊松子真的闭上了眼睛。她的手握住方向盘,车在向前飞驰。一瞬间,她有灵魂出窍之感,仿佛正奔向远方一团洁净的暖红。待她睁开眼,正好一只色彩绚丽的蝴蝶飞撞上来,玻璃上瞬间添了一团烟花状的污渍,黑黄,混浊。眨眼工夫,蝴蝶不见了踪影。它从这世界上彻底消失了。

手机就在这时响了。铃声是蔡琴的《月亮代表我的心》,樊松子最喜欢的一首歌。

电话是老宋打来的。樊松子听出他的声音有点儿抖。"你在哪里?""红星路。"这回答脱口而出,樊松子不知道自己为什么要撒谎。"那你赶紧回家一趟。"樊松子突然发现老宋的声音挺苍老的,尽管已快五十岁的他看起来不过四十出头的样子,可声音比相貌更忠实于实际的年龄,是任何化妆品、定期保养,乃至所谓更年期的爱情也无法涂改的。

这时候让她回家,会是什么事?老宋很少在这时候给她打电话,他根本很少给她打电话。樊松子定一定心情,从容说:"我在高速路上,可能还有半个小时下来。"

"那,你慢慢开。"老宋沉吟一下,语调缓下来,"没什么着急事。我在家等你。"末一句透着体贴。樊松子撇一下嘴,每次老宋要和她谈离婚时,都显得特别体贴。这种带有表演性质的语调,已经不能打动她了。

她突然有了吹口哨的冲动。很久没吹过了,还是年轻的时候,她和老宋一唱一和,一粗一细,合作过不少曲子。吹首什么歌呢?

樊松子还没想清楚来首什么歌,电话又响了。

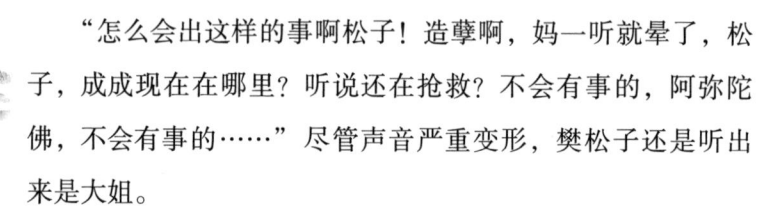

"怎么会出这样的事啊松子!造孽啊,妈一听就晕了,松子,成成现在在哪里?听说还在抢救?不会有事的,阿弥陀佛,不会有事的……"尽管声音严重变形,樊松子还是听出来是大姐。

她脚下一使劲儿,急打方向盘,车"嘎"一声歪上了紧急停车道。樊松子将手机从右耳换到左耳,"大姐,什么事?成成怎么啦?"

那边一下寂了声。良久,传来大姐虚弱的声音:"你,你现在在哪儿?""我在红星路上,到底什么事?成成怎么啦?"樊松子几乎在吼了。

"成成,成成出了点儿事。说是,说是在医院里。老宋,他,他还没告诉你吗……"

联想到老宋的那句"我在家等你",樊松子的身子不禁发起抖来。她仿佛打着旋儿,正往深黑的一个洞中坠去。老宋要告诉她的就是这个吗?成成到底怎么样了?是开车出了事吗?有多严重?老宋为什么没待在医院里?樊松子用手握住操纵杆,想将车启动,可她的手抖个不停,仿佛一点儿劲儿也使不上。

她的意识很清醒。不行,我要马上赶回去,成成肯定还在抢救。身体却不听使唤。她死死地盯住车窗玻璃,那上面趴满了蝴蝶和飞蛾留下的污渍,脏极了。笔直的高速路就在这污渍背后,向远处延伸,延伸。樊松子闭上了眼睛。两行眼泪,从紧闭的眼缝里滚出来。

二十分钟后,一辆警车"呜啦呜啦——"甩着警灯停在了樊松子的车后。他们接到了一位司机的报警电话,说路边停着一辆黑色的士,司机像是个女人,她一动不动趴在方向盘上,不知出了什么事。

巡警拉开车门,拍拍女人的肩。女人缓缓抬起头来,年轻巡警看见了一张泪渍斑驳的脸。他刚参加工作没多久,还没见谁哭成这样,况且车好像没什么撞痕。他小心翼翼问:"请问有什么事需要帮忙吗?"

女人迟疑一下,抬起手来,抹一下眼泪。眼泪还在不断线地往外冒。女人说:"你能不能把我拖回去?我现在一点儿力气都没有。"

年轻巡警以为女人差点儿撞上路边护栏,吓破了胆。将女人送到家,他才知道女人的儿子出了车祸。

二

樊松子了解到事情的经过,是傍晚从殡仪馆回来的路上。

儿子死了,已经从医院运到了殡仪馆的冷藏室。老宋单位的人在忙忙碌碌布置灵堂。

看到儿子的第一眼，樊松子心里突然生出一丝欣喜。弄错了，大家一定弄错了！这不是成成，绝对不是！躺在冰匣子里的这个人，只不过和成成同名罢了。

怀着这丝窃喜，她将头转向老宋，希望得到他的回应。可老宋的眉头紧紧拧着，像在眉心安了个螺丝钉。樊松子从没发现他的脸上有这么多皱纹，两腮深深地陷下去，头发凌乱地堆在头上。老宋从来把自己收拾得很体面，每天出门前自己都会将衣服熨得平平整整。可现在，他的衣服像他的脸一样，皱纹丛生。

樊松子的心蓦地冷了，冷至极点。

她扭过头去，怯怯地将目光移向躺在冰匣子里的那张脸。目光一贴上去，就被紧紧地吸住了。她很想将目光移开，可是移不开。那张脸白白的，嘴唇红红的，像化了妆的塑料人。可看着看着，她的眼睛酸胀起来。那宽宽的额头、高高的鼻梁、薄薄的嘴唇……樊松子闭上了眼睛。她仿佛回到了高速路上，前方一团猩红，而她正向着这团猩红飞奔而去。

直到离开，樊松子都没有说话。她的五官平静地待在原来的位置，只有眼睛在不停地淌眼泪，涌泉一样。仿佛主宰泪腺的神经失灵了。

老宋不让她待在殡仪馆，执意送她回去。老宋叫了单位的司机送她，可樊松子一看见黑色锃亮的桑塔纳，眼睛里就堆起了一层惊惶。她站在那儿，使劲儿地摆头。记忆在一瞬间接通了。成成开的也是一辆桑塔纳，也是黑色，泛着冰冷的光。残酷的现实，如同洪水兜头淹过来。

樊松子和老宋最终走路回的家。樊松子拒绝乘坐任何车。老宋不放心她一个人回去。殡仪馆的事交给了樊松子的家人。樊松子的母亲在家里输液，老人家至今还以为外孙子成成在医院抢救。老宋的家人在鄂西大山里，还没赶到。

街上十分热闹。路边菜市熙熙攘攘，迎来了刚下班的最后一批顾客。不少人提着满袋子丝瓜、番茄、冬瓜往家赶。夕阳从树缝里斜筛下来，将人行道上的彩砖映得亮一块暗一块。

樊松子和老宋沉默地走在人群中，这一刻，生活离他们太遥远了。他们像局外人一样，面无表情地向前走着。

忽然，樊松子开了口，声音似裂开了无数道缝隙："怎么出的事？"

尽管樊松子的声音很低，老宋又离了半步远，可他听清了。樊松子没有回头，感觉到老宋深深地咽了一口唾沫。

"是赵局长，他开的车。"老宋说。

"什么？"樊松子惊诧地停下来，望着老宋。老宋接住了她的目光。樊松子感觉他的眼神像刮风的湖面，几片落叶在深幽的水面上打旋。樊松子盯着老宋的眼睛看了一刻，掉过头，继续往前走。老宋紧紧跟上。

樊松子的步子明显加快了。老宋的步子也加快了。老宋边走边说："赵局长不是刚拿了驾照嘛，瘾大，回来时离城区没多远了，他说换他来开，成成就坐到副驾驶座上，还有个主任坐在后面。赵局长想抢在弯道前超前面的车，结果和迎面来的一辆卡车撞上了……"

"那赵局长呢?"樊松子的牙咬紧了。

"人嘛,都有自我保护的潜意识,撞车的瞬间,赵局长将方向盘打向了左边,结果,对面的车正好撞上成成坐的这边。赵局长的脊椎也断了,还住在医院里。倒是坐在后面的主任,只有点儿轻伤。唉,成成要是坐后面就好了。"

一股腥甜味弥漫开来。樊松子的牙,咬进了下嘴唇。她的眼前出现了一幅画面,许多只蝴蝶蜂拥着撞向玻璃。两者触碰的瞬间,蝴蝶的生命烟花一样迸溅开来。

樊松子松开了下嘴唇。"那,我应该去看看赵局长。"她的嘴角浮起一丝冷笑。

"别,别,人死了不能复生,他,也不是存心的。成成单位上来了人,说会按工伤处理。赵局长的爱人也来过了,拿了十万元钱,说……"

"你收了?"

"没,我哪能收这个钱。我看她也可怜,眼睛又红又肿,说赵局长可能瘫痪……"

"我情愿瘫痪的是成成!我可以照顾他一辈子……"樊松子大声嚷道。话没说完,她蹲下来,头深深地埋进双膝间,发出呜呜的悲鸣。

老宋站在她身后,弯下腰来,用手轻轻地拍抚她的肩。

四周很快围满了人。人群发出低哑不明的语声。突然地,樊松子站起身来,三步两步拨开人群走出了包围圈。老宋迟疑一下,也赶紧挤了出来。

黄昏的街道上,两人一前一后,像一对蜻蜓默然无声地低飞着。

三

樊松子去看了赵局长。她,不甘心。

成成,好端端的一个小伙子,转眼成了躺在冷棺里的塑料人儿,再也站不起来,再也不会笑着叫妈。三天后,连这塑料人儿也不会有了,成成将变成轻飘飘的一捧灰。

她的记忆呢,那些与成成相关的记忆,从他离开她的身体被她捧在手里的一刻,到他临出差前给她打的电话,一点一滴,都是那么清晰。清晰得可恨。她无法入睡,脑海里灌满了重重叠叠记忆的碎片。她想问问赵局长,她该拿这些记忆怎么办?是像成成一样用火烧成粉末,还是用车来回地碾至粉碎。要怎样做,她才能摆脱这些可恨的记忆?

樊松子没想到赵局长成了那副模样。

印象中,挺拔干练、风度翩翩的他,变成了一个横陈在床上的白壳子。只有绷带包围着的那张脸,还显出些活气。上面的一双眼睛原本紧闭着,仿佛感应到了樊松子的出现,缓缓睁开来,瞟向了樊松子站的角落。

樊松子走进病房后,一直没有开口。这是间重症监护病房,除赵局长外,还有两个病人。每张床前都有家属守着。樊松子挨个床看过去，辨认了半天，才确定最里面床上的那个白壳子就是赵局长。

床边坐着个女人，想必就是赵局长的爱人。看起来，她比自己年轻，眉眼十分秀丽。他们的孩子多大了？樊松子想。

门口病床边坐着的一位老人，抬起混浊的眼睛问樊松子："你找哪床？"樊松子没有作声。最里面坐着的女人闻声抬起头来，望向樊松子。樊松子戴了副墨镜。女人的眼睛确实又红又肿，她的也是。

白壳子里的赵局长就在这时抬起了眼皮。脸不能转动，他便将眼睛瞟向了樊松子。

樊松子和赵局长之前见过三次面。一次是成成从部队回来，分到单位，她陪他去报到。一次是成成的工作落实了，她请局领导一起吃饭。记得赵局长的歌唱得很好，她当时想，这位领导长得可真是体面。后来，成成跟了赵局长，专门为他开车。樊松子心里别提有多欢喜。那年春节，她特地买了精油、精面，做了翻饺、麻花，让成成给赵局长送去。成成不肯，说现在谁还吃这些东西，是她陪着他去的。远远地站在街角，她看见赵局长走出来，接了成成手里的东西，满脸都是笑。然后是这一次，第四次。这一次，再没有成成站在他们中间了。

白壳子突然发出了"呜呜"的声音。樊松子看见赵局长的嘴歪向了她这边，表情显得很激动。女人赶紧站起身来，连声问："怎么啦，怎么啦？你要什么？别急别急……"赵局长还在不停地"呜呜呜……"。床颤动起来，发出"嘎吱、嘎吱"的响声。樊松子转身出了门。

她去了江边。

盛夏的江面,显得很开阔。江水打着旋儿,向东而去。太阳辣辣地熏眼,而江面吹来的风又透着丝凉意。樊松子仰起脸来,很快便被熏出了眼泪,脸也涩涩地疼。江风却像温柔的手指抚摩着她的脸,抹干了泪痕。樊松子在长江边生活了四十多年。从小,遇到什么事,她就会到江边来坐坐。望望江,看看太阳,吹吹江风,然后什么都可以挺过去了。

望着江水,樊松子做出了一个决定。她要将成成的骨灰撒进长江,让他和这条生生不息的古老江水,一起在天地间轮回。或许,在从天而降的雨、雪中,她能一再地感受到成成的气息。

四

一个女人等在樊松子家楼下。樊松子刚掏出钥匙准备开楼道口的防盗铁门,女人走了过来。"请问,您是宋成的妈妈吧?"

樊松子一眼认出了女人。女人的眼睛又红又肿。

在认出女人的一瞬间,樊松子将表情和声音都磨成了一把刀:"什么事?"

"对不起,我知道您现在很伤心。我,我是赵翊非的爱人。我,我来是……"

"哦,你是来让我节哀的吗?"樊松子的脸上浮出一线冷笑。

"您今天去医院了是吗?翊非认出您了。"女人垂下眼睛,她的脸白得像一张薄纸。"他,他心里很不安,很难过。他,现在没办法来赔罪,医生说可能会瘫痪,要看治疗的情况。"

"他还可以接受治疗,成成呢!连这样的福气都没有。他没必要来,你也没必要来。已经这样了,来又有什么用?可以让死人复活,让时间倒转吗?不能的话,就请走吧。"力气回到了樊松子的身体里。她的脚踏在楼梯上,一下一下,爆响灌满了楼道。

女人脚步轻悄,一路跟上来。樊松子打开门,伸手拦住女人,"请回吧,没什么好说的。"

"大姐,我们都是女人,您现在的心情我很理解。大姐,请您相信我。我们也很难过,非常难过。翊非让我一定要来,代他做一件事。"说着,女人身子一软,在樊松子面前跪下来。

樊松子站在那里,低头看着女人,久久没有动。女人一动不动跪在地上,樊松子看见她的发丛里夹杂着不少白发,像白色的花蕊细细地镶嵌在黑色的花瓣上。看起来,女人比自己年轻许多……不知这些白发是不是这两天才长出来的。

"跪就有用吗?我说了,什么都没用,除非能让死人复活,让时间倒流!"说着,樊松子迈步进了屋,准备关门。

女人用手将门挡住。"大姐,我把话说完就走。"说着,女人站起身来，从包里摸出一个厚厚的纸包。"大姐，这是我和翊非的心意。请您收下，不够的话，我们再去借。"

仿佛一只蝴蝶撞上了车窗玻璃。樊松子伸手"啪"一下打掉了女人的纸包，"呵呵，你们挺有钱是吗？是啊，当局长的该多有钱啊，反正比我们这些跑的士的老百姓富裕。这是十万元是吧，我跑了十四年车，都没攒到这么多钱。你们想用这些钱买个心安是吧？那很简单，我不要这些钱，你们将孩子赔给我吧。你们的孩子有多大，比我的成成小吧。这个，我也不计较了，不过多养几年罢了。只要你肯把孩子给我，成成的事我也不计较了。可不可以？可不可以啊？"樊松子额头的青筋直跳。

女人已经满面是泪了。她垂下眼睛，"如果有孩子的话，我一定赔给您了，一定的。可是，可是，我不能养孩子，我们没有孩子。"女人的声音很低，像是低到喉管里去了。

樊松子站在女人面前喘息，说不出一个字来。她没想到女人没有孩子，没有孩子该怎么办？她的脑子一片空白，什么回答也想不出来。女人抬眼看看她，低声说："我改天再来看您吧。对不起了，对不起。您，您节哀吧。"

女人将纸包放在了进门的玄关处，将门轻轻带上了。

门锁撞响的"咔嗒"声，让樊松子蓦地回过神来。她环视一下空空荡荡的屋子，身子一歪坐在地砖上，双手捧住脸"哇"一声号啕起来。

"为什么，为什么啊，成成还那么年轻，为什么不换成是你啊,你开了十多年车不是早开厌了吗?为什么死的不是你啊,你活着有什么用,为什么不是你啊……"

五

成成的骨灰,撒进了长江。

樊松子和老宋租了条渔船,划到江心,两人一把一把将骨灰撒入江流。风吹拂着樊松子的头发,阳光照进她的眼睛,却无法鲜亮她的表情。几天工夫,她的心已破碎得无以复加,和手中的灰一个模样了。

他们在公墓给成成买了个"家",里面放进了成成生前最喜欢的衣服、书、游戏机和一部新手机。成成原来的手机,在两车碰撞的瞬间,从他胸前的口袋里飞出来,砸破前车窗,跌落在离现场十米远的地方。

一个月后,樊松子的车卖出去了。从第一批的士出现在这座城市,开始做的姐,樊松子开了十四年车。四年前换车时,她挑了全市唯一一台黑色富康。在满街不是红,就是绿的的士中间,也算一道独特的风景。平时保护得仔细,现在车还新着,可因为卖得急,最后连牌照一起,十九万就甩出去了。樊松子不在意这价格,她急着卖车,是想忘掉与之有关的成成的记忆。

每年寒暑假,成成都为她送晚饭,然后坐在副驾座上给她押车。樊松子没将车租给别人,自己从早跑到黑。说是每晚十点收班，可有时客人刚下又上了客，想收班也没法儿收。樊松子经常回到家已深夜十二点了。成成押车的话，从不许樊松子拖班。有客人要上车，他会非常礼貌地说："对不起，您换一辆吧，收班了。"

上高中时的成成，已高出樊松子半个头，在她身边十足像个绅士。老宋当上副局长后，很少在家吃饭。午饭在单位解决，然后睡个午觉。下午一般有应酬，常常深更半夜才裹着满身烟气酒气进屋。樊松子整天在外面跑，也没时间和精力做饭，自己一个烧饼、一碗面就可以打发一餐。成成从上小学开始，就自己解决吃饭问题，有时在外面买份盒饭，有时回家简单做点儿。

如今，樊松子有时间做饭了。常常切着香干丁，樊松子的动作慢下来，愣愣地站在那儿，眼圈渐红。她想起来，自己没为成成做过几顿饭。成成喜欢吃香干。给她送的饭，常常配着豆豉炒香干。看着她吃，成成两条眉毛高高耸起来，满脸掩饰不住的得意，问她："好吃吧？"

成成从小爱车。十岁大，就把仪表盘弄得一清二楚。而她是迫于生计不能不爱车。

十四年前，樊松子还在纺织厂车间"轰隆隆"的机床前走来走去，不停地接线头。牵线穿孔，抛线接线，剪去线头，启动织机，这套动作她不知重复了几万遍。那时，纺织厂已经走过了20世纪80年代的辉煌期，开始有车间停工待产了。工资也寅吃卯粮。七月才领到五月的钱。老宋那会儿还是小宋，是啤酒厂一个不起眼的技术人员，工资和她差不了多少。成成刚上小学。樊松子最不喜欢半死不活的状态了。她没和老宋商量，悄悄去驾校报了名。没班的时候，她就去学车。樊松子从小成绩在班上就是中等，可她心性高，胆气大，跑步、篮球、跳远、唱歌样样不输人。那时，学车的女人少。她是那批学员里唯一一名女性。

可她最先上路，一次性通过考试，还拿了个全优。教练不由得对她伸出大拇指，赞一句"巾帼不让须眉"。

她把驾照摆在老宋面前，同时将一份晚报摆在老宋面前，告诉他这座城市将有第一批出租车了。说是商量，不过是个形式。转天，两人分头跑遍亲戚朋友借来几万元钱，加上手头的积蓄，没多久就开回一辆灿红色的富康。五年后，樊松子成了城区的街巷通。再偏僻的街头巷尾，只要客人说得出，她就跑得到。她从工厂领回一万多买断金，一口气将所有欠款还清了。

樊松子手把手教会成成开车。那年成成十五岁，有段时间，母子俩每个周末将车开到郊外偏僻人少的马路上，来来回回地练。樊松子有过后悔的念头。车不是一般的东西，飞驰起来，就是随时可能夺命的刀。

可成成爱车，出自天性地爱。参军不到两年，他就如愿以偿握起了方向盘，为一位部队首长开车。退伍分到单位，还是开车。简直开不厌，最后连命也搭上了。

让樊松子憋屈的是，成成的命不是送在自己手上，而做了开车瘾正处在爆发期的新手的牺牲品。难道这就是命？

以前，成成说过很多次："妈，车卖了吧，我养活你。"樊松子听了仰头笑："等你结了婚，我就卖车，安心回家当婆婆，享清福。"现在，再也当不成婆婆的樊松子整天闲在了家里。

她彻底地厌了车。看见车，尤其是小车，恐惧感就不受控制地蹿遍全身，让她不由自主地拔腿想逃。甚至，她怕上街。街上到处是车，各种各样的车像无数根刺在戳她的眼睛。她待不了多久，就浑身冒冷汗，双腿没了力气。

老宋经常回家吃饭了，也不再提离婚的事，对她显得体贴耐心。

两人面对面坐着吃饭，都不说话。多半是新闻联播时间，老宋不时地扭过头看看电视，议论一两句。樊松子没话，神情蔫蔫的、闷闷的。两人都不看旁边空着的那套碗筷。吃完了，和其他碗盘一起收拾干净。

两人的生活很简单。几件衣服搓两下就完了，三天才需要出去买回菜。樊松子整天歪靠在沙发上，将电视机开着。不看，也开着。她开车那会儿习惯了，怕静。天天听交通音乐台，常被里面的节目逗得呵呵的。现在，她害怕屋子静下来，静下来的屋子马上就被成成的身影和声音充满了。电视机闹哄哄地响着，广告、电视剧、音乐、小品各种各样的声音将屋子挤占着，回忆就没地方下脚了。

樊松子躺在沙发上，闭着眼睛，什么也不听什么也不想，仿佛进入了虚空状态。常常等她惊醒过来，时间已经是中午十一点了，下午五点了。她慢腾腾地起身，点火做饭。

老宋劝樊松子出去散散步、走走亲戚，或者看看电影，唱唱歌。樊松子摇头。老宋说："你不能总这么闷着，活着的人还得活不是吗？"樊松子还是摇头。

成成的事情办完，她就对大姐、二姐和妈说了："你们都不要来看我，让我静一静比什么都好。"经历过这事后，樊松子才知道世间所有的安慰都没用。长也好，短也好，所有的痛苦都会过去。但没有谁可以替代谁。那些痛苦，一滴不漏，必须自己嚼碎了，自己咽下去，自己尝够那滋味。就像断成两截的蚯蚓，痛过之后，再活出两倍的生命。

一天晚饭后，老宋递给樊松子一份存折。她打开来一看，上面写着她的名字，分三次存进了七十三万。樊松子不解地望着老宋，老宋的表情小心翼翼的："这事是我自己做的主，没和你商量。成成单位上给了三十万，车卖了十九万，赵局长又给了二十四万，算是私了。他虽然没瘫痪，可一条腿不利索了，也算得了报应。我想想，算了，总不能让这事将两家人都给毁了不是？"

樊松子没有说话，将存折合上，放在了茶几上。

有时躺在沙发上，樊松子突然冷笑起来，望着天花板喃喃低语：成成，这就是你想要的生活吧。你看到了吧，我们不吵架了。你爸也不说离婚了。每天我们都心平气和地坐在一起吃饭。为了这个，你连命都肯放弃吗？傻不傻啊你……

六

老宋给樊松子联系了一位心理医生。每周一次，一个小时的心理咨询，也就是聊天。

第一次、第二次，老宋请了假，陪樊松子去医院。樊松子进去后，他在外面等。第三次，樊松子说，你总请假不好，我自己去吧，又不是小孩子，做过的姐的人想迷路都不容易。

可樊松子偏偏迷了路。她走进那栋竣工没多久的门诊大楼，到处都在亮闪闪的。她明明记得上楼梯到二楼，右拐，再左拐，第二个门就是。可怎么也找不到那扇挂着"心理咨询室"牌子的门。她楼上楼下地转悠，沿清洁工指的方向左拐右绕，那个小门却怎么也不肯出现。大楼越走越像个迷宫。

最后，樊松子停在了生殖中心门口。

"生殖中心"几个绿色的大字，让樊松子的步子缓下来。她站在那里，有点儿迷惑。到医院看过这么多次病，她还没听说过有这么个科室。"生殖"一词像柄小锤子敲击着她的大脑，她耳边突兀地响起了一阵婴儿的啼哭声。

是成成。成成刚生下来没多久，哭声又脆又亮，一双小手舞动着，胖乎乎的脸涨得比西红柿还红。

门内是一条长长的走廊，两边椅子上坐着不少女人。都是些怀了孕的女人吧？樊松子想着，不由得走了进去。几道目光不约而同望向了她。樊松子顿时紧张起来，赶紧在最末一个椅子上坐下，用手擦去额头渗出的汗。

除了墙脚蹲着个男人，这里坐的全是女人。有几个皮肤很黑，皱巴巴的，一看就是从周边乡村来的。这家医院名气大，经常有下面县乡的病人来看疑难杂症。

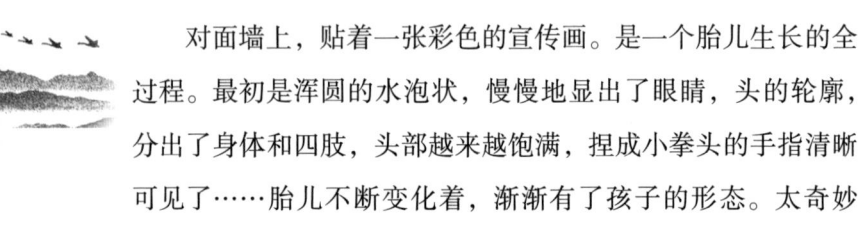

对面墙上，贴着一张彩色的宣传画。是一个胎儿生长的全过程。最初是浑圆的水泡状，慢慢地显出了眼睛、头的轮廓，分出了身体和四肢，头部越来越饱满，捏成小拳头的手指清晰可见了……胎儿不断变化着，渐渐有了孩子的形态。太奇妙了！樊松子看入了迷。

一个护士从里面出来叫了一个名字，坐在最前面的女人进去了。大家都往前顺了一个位置。只有樊松子没动。她还在看那些气泡一样透明的胎儿。

"有意思吧，大姐很喜欢孩子吧？这么大年龄了还想生？怕是不容易哟。"一个女人的声音在樊松子的耳边响起，吓了她一跳。

扭过头，是个穿吊带裙的女人，看起来不到三十岁。樊松子不置可否地点点头，又摇摇头。她的眼睛瞟向女人的肚子，看起来平平的。她想起自己怀成成的时候，刚三个月就出怀了，肚子尖尖地挺着。班组长一口咬定是个男孩儿。

女人满脸的好奇："大姐多大了？听说年龄越大越难治哟。家里那位很想要吧，男人都一样，总想着有个自己的骨肉。不过，女人没生过孩子也算不得完整的女人。别人看你的眼神都怪怪的，日子过得闹心。我是咬紧牙关，再苦再痛也受着,怎么着也要怀上个孩子。"

不等樊松子答话,女人顾自说开了。她说自己其实已经成功了,可欢喜了不到两个月,突然接到医院的电话,说不小心给感染了,得重新来。她又开始不停地跑医院。好在,检查什么的这次都免了,要不还得受一趟罪。那些检查可烦琐了。她告诉樊松子:"这里很多女人都治很多年了。喏,那个头发挽起来的,怀了几胎都流了,医生说是习惯性流产。孩子总是保不住,也不知道是什么原因。那个穿红衣裳的,从白马镇来的,看了两年了。蹲在墙角的是她男人。"女人将嘴靠近樊松子的耳边,"听说问题出在男人身上。可女人肚子鼓不起来,别人可不说男人不行,只说你这个女人有问题,没本事。女人啊,生来就是受苦的命,每个月都要流血不说,听人讲生孩子才难受哟,疼得坐都坐不住。特别是大龄产妇……"女人突然意识到自己说得不妥,表情尴尬地住了嘴。

这时,樊松子的手机响了。是老宋。老宋显得很着急:"你在哪儿?医生说你还没到。""我在生殖中心。""你跑到生殖中心干吗?""我,我迷路了。"樊松子压低嗓门儿,握着电话走出来。她感觉到女人表情惊诧地望着她。

老宋似乎松了一口气。"那好,你在那儿等着,别走动。我让医院的导诊护士过来找你。"

挂了电话,樊松子不禁莞尔。什么时候,自己成了需要被导诊的人了?

回过头,她望着"生殖中心"几个绿色的大字,原来这里不是生孩子的地方，而是让那些怀不上孩子的人怀上孩子的地方。

樊松子第一次知道，这世上还有很多人在为没有孩子苦恼。

七

樊松子失眠了。

自从成成出事后，她就睡不好觉。每天晚上在床上翻过来翻过去，弄得老宋也睡不安稳。后来，她干脆抱着枕头睡到了客厅的沙发上。看过两次心理医生后，睡眠状况有所好转了，可今天她又失眠了。

她不断地想起成成小时候。她从床上抬起身子，第一眼看到成成，一个皮肤红红、头发黑黑的婴儿。护士说："这孩子的头发真好。"她搂着成成喂奶，那猩红柔软的小嘴用力吧嗒着。她抱着成成上街买菜，看见的人都说这孩子长得真可爱。后来，就牵在手里了，在身边一路叽叽喳喳地说个不停。再后来，个头儿蹿得比她还高了。今天她才知道，胎儿在子宫里的时候，原来是那个样子，像气泡一样透明、娇嫩。看着真是奇妙啊！

樊松子越想越兴奋，睡意跑得无影无踪。她干脆坐起来。月光趴伏在地板上，斜斜的一长条。月光的颜色，和那些胎儿的颜色可真像啊。看着看着，一个念头突然像一柄锥子破空而来，刺进了樊松子的脑子里。

再怀个孩子！

一个像成成一样可爱的孩子！

她要将亏欠成成的，统统补偿给这个孩子！

念头一出来，就再搁不下了。樊松子很快拿定了主意。

第二天一早，她就开始付诸行动。仔细思量一番后，她决定先去找居委会的杨主任。

踏进居委会光线阴暗的办公室之前，樊松子在心里打了几遍腹稿。这件事似乎不怎么好开口。推门前，她先站在外面定了定神，很久没和人打交道了，她似乎连见面寒暄的微笑都不会了。

走进居委会办公室的樊松子微微笑着，虽然笑容显得有点儿僵硬。杨主任抬头看见是她，一脸诧异。很快，老太太换上了亲切的笑容，大声招呼樊松子："快坐快坐，樊师傅，我正说哪天去看看你呢，你瞧我这儿忙的。"她面前的桌子上堆放着很多表格。说话间，她给樊松子端来了一杯茶。樊松子有点儿紧张，拿起杯子喝了一口。茶水在喉管里打了个旋儿，响亮地滑下去。

她咬咬嘴唇："是这样，杨主任，向您打听个事儿。"老太太忙不迭地说："你说你说，只要是我能帮上忙的，没问题。"

"那个，是我一个朋友的事。最近，她的孩子生病没了，她想、想再生一个。他们只有那一个孩子，不知道政策允不允许?"樊松子开始说得结结巴巴,后来流畅了,眼神恳切地望向杨主任。

老太太认真听着,踏着樊松子的尾音,她埋下身子,拉开一个抽屉翻找起来。樊松子看见里面装着一本摞一本的资料。翻了半天,老太太抬起头来,眼镜滑到了鼻梁上,一双满是歉疚的眼睛越过镜框望住樊松子:"那个,我再帮你问问。那个计划生育的册子不知弄哪儿去了,我问到了,马上告诉你。"

老太太执意要将樊松子送出来,樊松子一把将老太太拦在了门里,将门带上。外面阳光灿烂,她的眼睛被刺得不由得眯起来。门内,传来老太太的一声叹息"造孽哟"。

若是昨天,这句话也许会像子弹一样击中樊松子,嵌进心里。可今天,它成了软绵绵的棉花团,樊松子轻轻用手一掸,就掸掉了。

樊松子脚不停步去了计划生育办公室。她走路去的,走得很快,热出了一身汗。不是冷汗,路上来来往往的车辆似乎不再让她难以忍受了。从计划生育办出来时,她的心情更好了。她得到的答复是"可以"。一路上,她的脚下像安上了弹簧,轻快极了。

刚走到楼下,杨主任一路小跑追上来。"樊师傅、樊师傅,问到了。"老太太停在樊松子面前直喘气,头发湿贴在额头上,樊松子生出一丝心疼,伸出手拍拍老太太的背。老太太缓过劲儿来:"我刚才去过你家,你不在,我问过了,可以。"樊松子含笑点点头。

回到家,樊松子找出笔,在出门前列的一张纸条上,将政策一项后面画了个钩。

接下来,她准备去医院。

八

樊松子去了市里最大那家医院,挂的专家号。妇产科的病人很多,门外的椅子上都坐满了人,还有不少人站着在等。

进了屋,是个表情冷冰冰、语调也冷冰冰的女医生,姓刘。

检查之后,刘医生面无表情地告诉她:"你这环上了快二十年,已经嵌进肉里了,取的话痛苦很大。我的建议是最好不取。""医生,疼我不怕,麻烦您一定给取一下。"樊松子表情恳切。

刘医生抬眼瞟她一下:"那也得单位开证明来,我们才能取。"说罢,调头转向护士,"下一个。"后面的病人马上进来了。

"刘医生,我现在没单位。以前是开的士的,现在没开了。"樊松子用手撑住桌子,将椅子让出来。"这是医院的规定。居委会的证明也行。"刘医生的口气不容商量。樊松子想再争取一下,磨蹭着不肯走,刘医生却不再搭理她。刚坐下的病人也满脸不耐烦地望着她。她只好出来了。

出了医院大门,樊松子又在附近转悠了一圈。半个小时后,她走进了一家门脸看起来比较气派的私人诊所。

诊所临街的玻璃窗上写着业务范围：人工流产、上环、治疗各种妇科疑难杂症。樊松子知道，这种地方，只要掏钱就没有办不成的事。

诊所的大夫是个四十多岁的中年男人。长得不怎么体面，尖嘴猴腮的，但看起病来，说得头头是道。樊松子仔细旁观了两个病人的诊疗过程，最后决定就是这儿了。

尖嘴大夫和刘医生说的差不多，但没要求樊松子开证明。双方很快谈妥了手术的时间和价格。

临出门，樊松子又返回身，将一百元钱放在桌子上："我另加一百，有两个要求：一是消毒一定要到位，到时我会监督护士的整个准备过程；二是不管是消毒、消炎，还是麻醉，我都要最好的，不能是邪货。"尖嘴大夫眨眨眼睛，露出了一丝狡黠的笑容："您放心，就是不加钱，不提条件，我们这里的技术、服务和药品都是过硬的。"

第二天，樊松子躺在了手术床上。一盏射灯从张开的两腿间照过来，有点儿晃眼。冷气开得很足，樊松子感觉浑身凉冰冰的。麻醉针戳进肉里时，她的身体一下子绷紧了，疼痛异常锐利。她的手不由得抓紧了身下的床帮。

麻药很快开始发挥作用。樊松子感觉各种器械在自己的体内搅动，切割，但没有疼痛感。时间无声地流逝着，终于，尖嘴大夫举着个血淋淋的东西送到她面前，"取出来了。"他夸张地瘪瘪嘴，"真是不容易。"

樊松子疲惫地点点头。这个环是生成成的第二年上的。生下成成后,她接连做了两次人流,觉得实在受不了了,偷偷跑去医院上了环,回家才和老宋讲。

从诊所出来,樊松子感觉腰直往下坠,两腿木木的,不得劲儿。她在路口站了一会儿,身前身后都是来来往往的人。犹豫半天,她还是伸手拦下了一辆出租车。

车是另一家公司的,司机不认识她。从现在开始,樊松子决定要好好地对待自己,好好地保护自己。她要将自己这片待耕的土地整理好,以便一个孩子在这里安全、幸福地扎下根来。

晚上,麻药散去,下面钝钝地疼痛起来,腰仿佛要断了。老宋晚上回来,发现她神情不对劲儿,问:"哪里不舒服?"樊松子摇头:"睡一觉就好了,有点儿累。"老宋进房睡了。

樊松子还没想好怎么和老宋说。她想等一切准备好后,再开口。若是计划并不能成功,也就没有和他说的必要了,免得两人尴尬。

最近,老宋的应酬又多起来。樊松子有自己的事要操心,反而觉得少一个人吃饭更省心。

大概在四年前,老宋突然提出离婚。樊松子问理由呢,老宋说两人没有共同语言。樊松子冷笑一声,说当年你从大山里走出来,读了几年书刚在这座城市落脚时,怎么不说我们没有共同语言?老宋沉默不语,但回家的时候越来越少,时间也越来越晚。樊松子左想右想想不通,怀疑老宋在外面有了人。

为此,她跟踪过老宋。那天,她找单位同事换了辆车,停在老宋单位附近。下班时间刚过,她看见老宋和几个同事出来了,有男有女,分别上了两辆车。老宋坐的车上,只有两个男人。她跟上去,车停在了"一口湘"门前。这是市里新开的一家湘菜馆,樊松子经常送客人过来。

她本打算一直等下去,赶巧上了客人。她便拉了两趟客。心里还是不甘,又转回"一口湘"。在门口等了没多久,老宋几个出来了,显然都喝了不少酒。一个女人将胳臂搭在一个男人的肩上,另一只手上上下下地舞动。老宋和另一个男人站在旁边说话。

几个人又上了车,这次直奔"格莱美",一家KTV量贩店。樊松子干脆一心一意等在外面,脸皮的厚度还不足以让她直接闯进去。

樊松子在车里睡着了。猛地惊醒过来,一看时间,快一点了。她不知道老宋走了没有,想想还是开车回了家。老宋没回。樊松子洗完澡,靠在床上又等了一个多小时,老宋才回来,一身的烟气、酒气。第二天,她偷偷闻了闻老宋换下的衣服,倒是没有异样的香水味。

樊松子突然觉得自己很无聊。白白浪费了一个夜晚不说,还弄得自己睡不稳、吃不香。这是何苦呢?跟踪的傻事是不做了,可她无法安心。好端端地,一起生活了快二十年,孩子都参军了,突然说要离婚。樊松子心里憋了一肚子闷气,她就是想不通。

想不通的樊松子故意找碴儿,刺激老宋。每逢这时候,老宋总是无声无息地翻看自己带回来的报纸，不做回应。原本就稀淡的夫妻生活，基本停摆。樊松子再不让老宋近身了，觉得他脏。心都不在了，还怎么可能贴得那么近？后来，老宋干脆搬去了成成的房间。

老宋不回应，让她感觉自己像唱独角戏，而台下只有一个对她无比蔑视的观众。樊松子心里越发不甘，闹得越来越频繁，吵得越来越厉害。过分的、不过分的话，都不经大脑过滤直接往外蹦。后来，发展到摔东西。说着说着话，手里的抹布直接朝老宋的头飞去了，或是枕头结结实实地砸在老宋身上。

终于有一天，老宋爆发了。沉默的人一旦爆发起来，能量有多惊人，樊松子算是知道了。老宋发了疯一样，一口气砸掉了一大摞碗碟。这之后，两人就经常性地开战了，反正成成远在部队上。这情形一直持续到成成转业回来。

成成到家那天，老宋回来得不算晚，一到家就进了成成的房间，聊了半天才出来。之前，樊松子已经将成成的床重新铺过了，老宋的枕头、被子都塞进了柜子里。老宋进卧室找了一圈，从柜子里拿出被子、枕头，铺在床上，当夜就在这边睡了。樊松子也没说什么。两人像是商量好似的。但老宋还是照样很少回家，成成渐渐看出了不对劲儿，问樊松子。樊松子索性将老宋要离婚的事全抖搂出来，从头至尾，细枝末节，用的是怨恨的口气。

从那以后，成成做了樊松子的情绪垃圾桶和情感按摩器。和老宋每闹一次，樊松子就向成成哭诉一次，发泄一通，得些安慰的话。

成成也劝她离了，要不两人都痛苦。他说，他会照顾樊松子一辈子，并伸出手来指天发誓。樊松子摇头："你爸无情无义，我不会放过他的。"

成成两头做工作，可收效甚微。还没等事情有个结果，成成出了事。他生前没能实现的愿望，在他身后奇迹般地实现了。但樊松子没有把握，老宋听到这事会是什么反应。好几年的隔阂，她对他似乎已经非常陌生了。她摸不清老宋到底会怎么想，怎么看待这件事。

九

樊松子的伤口发炎了。

先是出血一直不止，断断续续流了半个月，腰又酸又胀，她吃了些消炎药也不见好转。尖嘴大夫说是正常情况，因为伤口比较深，注意休息一段时间，坚持吃消炎药就可以了。说这话时，他的脸上一直挂着笑容。这笑容，现在樊松子一看见就觉得恶心。

她又去了那家大医院，还是挂的专家号，找的刘医生。不知为什么，她觉得刘医生虽然冷冰冰的，却是个有技术、负责任的医生。刘医生一看伤口，眉头皱起来，"怎么弄成这样才来？再拖几天，你的子宫都保不住了。"

这话虽然说得冷冰冰的，樊松子的心里却像注进了一股暖流,眼睛霎时蒙上了一层雾水。幸好躺在检查椅上,没人看见。

樊松子捧回家一大包药,有内服的,也有外用的。她每天极其认真地按时吞下那些药丸,按药盒上提示的步骤仔细清洗自己。

两个月后,再躺在医院的检查椅上,她听见刘医生说:"嗯,伤口愈合不错,宫颈很平滑。"樊松子朝着天花板,无声地绽开了笑容。

她觉得时机成熟了,现在她可以将那个心愿告诉刘医生了。听完她的请求,刘医生的眉头拧在了一起。"这样啊,"她沉吟着,手里的笔轻轻敲击桌面,"现在我还无法答复你,能还是不能。必须先做一些检查,看看可行性有多大。"樊松子忙不迭地点头,她对这个说话冷冰冰、表情冷冰冰的医生,已经生出了完全的信任。

樊松子每天往医院跑,按刘医生开的清单一项检查一项检查地过。一系列检查单陆续摆在了她的面前,可她看不懂那些英文字母,还有那些出自不同医生、天书一样难认的诊断。

刘医生将所有的检查单翻看一遍,不时微微地摇摇头。每摇一次头,樊松子的心里就"咯噔"一下,一颗心揪得紧紧的。

"情况不太好啊。你的子宫内膜部分粘连,有三个肌瘤,目前还不知道是良性还是恶性。输卵管也不畅通。而且,你今年四十五岁了,即便能怀上孩子,也会遇到很多困难。我的建议是最好不要冒险。"

"刘医生，"樊松子话没出口就哽咽了，她放缓语调，尽量将话说得清晰，"你不知道成成是多好的一个孩子，他还在读书的时候，放了假，每天给我送饭，我对不起他啊，从小到大，我没为他操过多少心，我一定要再生一个孩子，一个像成成一样的孩子，我要好好地补偿他。过去亏欠成成的，统统补偿给他。"

她一把抓牢刘医生的手，"您一定要帮我想想办法，我有钱，都是成成留给我的，他一定也希望我再生一个像他一样的孩子，他在天上看着我呢……"

刘医生将手从她的手里退出来："你的心情我能理解，但有些事可为，有些事不可为。作为医生，我首先考虑的是病人的安全，是减少不必要的痛苦和危险……"樊松子再次抓住了刘医生的手，"我不怕，什么都不怕，只求你帮帮我，帮帮我。"

刘医生沉吟片刻，抬起头："这样吧，我给你介绍一下生殖中心的韩主任。她们是专门治疗那些有生育障碍的病人的，经验丰富，仪器设备也齐全。""生殖中心？我知道，可以可以，只要能让我实现这个心愿，怎么样都可以。"樊松子一脸恳切。

韩医生是个脸像满月一样饱满的女医生，一双眼睛总像含着笑。见她的第一眼，樊松子就想，有这样的医生给治疗，那些病人一定心情舒畅，怀孩子也顺利许多吧。

韩医生为樊松子制定了治疗方案，有十几页之多。首先通过宫腔镜手术，将子宫内膜的粘连部位分离开，药物治疗子宫肌瘤，继而调理好整个子宫环境。然后，手术疏通输卵管。

这一系列治疗，包括两个手术，需要住院一段时间。这显然无法再瞒过老宋。

樊松子拜托韩医生和护士，只说她是切除子宫肌瘤，而不透露她想怀孩子的事。对老宋，她也是这么说的。樊松子床头的牌子上，也只写了含糊的"肿瘤"两个字。

老宋觉得奇怪："生殖中心？在这里住院干吗，这不是妇科给看的病吗？"樊松子解释说："我和韩医生以前认识，人熟方便。这里病人又少，安静。"

从第一天，樊松子就叫老宋回去睡。病房里一共住了三个人，她怕人多嘴杂，漏了底。她对老宋说："你明天还要上班，休息不好不成。反正我这不是不能走动的大病，晚上有护士看着就可以了。"老宋推辞两句，也就回去了。

宫腔镜手术进行得很顺利。住了几天，樊松子对老宋说，医生让再多观察一段时间，反正医院人多热闹，比我一个人待在家里有意思。我干脆多住一些日子吧。老宋点点头，答应了。

樊松子等着做另外一个手术，疏通输卵管。韩医生说，这个很关键。

没想到，偏偏在这个手术上出现了意外。樊松子做的局麻，人很清醒，听得见韩医生和护士的对话。似乎，缝合时进行得很不顺利，手术持续了三个多小时。一出手术室，樊松子就急切地追问韩医生情况怎样。

韩医生显得很疲惫，眼睛里也没有了笑意，拍拍她的肩："安心休息。"

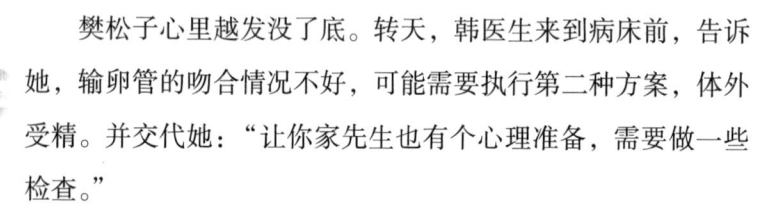

樊松子心里越发没了底。转天，韩医生来到病床前，告诉她，输卵管的吻合情况不好，可能需要执行第二种方案，体外受精。并交代她："让你家先生也有个心理准备，需要做一些检查。"

樊松子犯了难。一方面是失望，一方面不知道怎么和老宋开口。

大半辈子过来，很多事她都是自己拿主意，办成了才和老宋说。可这事不同，老宋是另一个主角。没这个主角，这戏就演不下去。而且，他们已经打了五年冷战，一度形同陌路。

在病床上折腾了一夜，樊松子想出个不知行不行得通的办法。

转天，她该出院了。趁老宋接她办手续的工夫，她对老宋说："你干脆也做个体检吧。这里的设备是医院最好的，也方便，不用到处跑。刚好我账上还剩不少钱，韩医生也熟，做个全身检查没问题。"

老宋没有起疑，做了全套"体检"。事先，樊松子已经和韩医生通了气，该做的检查都包含在了里面。结果出来，老宋除了脂肪肝和轻微的血压高，没什么大毛病。

樊松子安心出了院。现在，她得和老宋彻底交底了。

十

樊松子想过从精子库里挑精子。可那样生出来的孩子,就不像成成了。成成是老宋和她创造出来的孩子。在这世上,任何人都不可取代。

选个星期天,樊松子一大早起来,将自己认真收拾一番。她很久没这样的心情了,外套也挑了很久没上身的鲜亮颜色。老宋起床,看见她这副样子,愣住了。"我们去江边走走吧。我想去看看成成。"樊松子望着老宋说。

之前,成成是他俩之间禁绝的话题。谁也不提这两个字。樊松子不知道老宋去过江边没有。偶尔,她会去江边坐坐,一个人。

江风已经又凉又硬,刮在脸上隐隐生疼。转眼,夏走了秋走了,冬天就要来了。没有阳光,满目景色有些灰暗。

两人来到宝塔附近的沙滩上。不远处,耸立着那座据说是某个明朝皇帝为生母建的贺寿塔。历朝历代,人们都在祈求长生不老,长命百岁,可到头来又有几人活得过百年。

樊松子仰起头,任江风吹拂她的头发。"老宋,有件事你一定要帮我。可以的话,其他的我都可以答应你,包括离婚。"她不去看老宋的表情,感觉他正定定地望着自己。

良久,风将老宋低沉的声音吹送过来:"什么事?"

"我想再怀个孩子,一个像成成的孩子。"樊松子低下头。

一只蚯蚓正从黄沙中钻出头来,努力向外蠕动。

风呼呼地吹过面颊,一下一下,仿佛可以留下印痕。"你不用做太多,只需要去医院提供你的精子。其他的,仪器会操作。等受精卵培育成功后,医生会将他植入我的身体。我就可以放你自由了。"

老宋似乎想说什么,没有说。他扭过头去,望着江水。

樊松子也静静地望着江水。

这条从几千公里外的雪山流出的江水,一路穿山劈岭来到这里,不知奔流了多少万年,也不知在天地间轮回过多少次。而今,她依然激情洋溢、生生不息地流淌着。人生的任何痛苦,和这条古老的江水相比,都显得微不足道。

实际的操作过程,比樊松子想象的简单。因为是体外受精,她和老宋之间避免了同床的尴尬。近五年的隔阂,不是一朝一夕可以弥合的。尽管他们被同样的心愿、同样的目标重新牵连在了一起。樊松子觉得,冥冥之中,这也是成成希望的。

老宋那天没有立即答复她。她也没有追问。第二天,坐在饭桌上,老宋突然说:"好吧。"樊松子抬起头,老宋的头发梳得一丝不苟,可鬓边见了白。老宋没看她,"哪家医院?你住院的那家?"

精子提取很顺利。樊松子也做好了一切准备。现在她是一块虽然闲置太久但还算肥沃的土地,泥土已经疏松,水分已经充足,就等着一个孩子前来扎根了。

樊松子天天往医院跑,没事就待在生殖中心的病房里,和护士、医生聊天。她几乎成了"生殖通"。这里的住院病人不多，即使有，也多半早上来打过针就回家去了。她喜欢这里的氛围，来苏水味儿，白色的床单，淡蓝色的墙面，还有到处贴的彩色宣传画。那上面，不是气泡一样透明的胎儿，就是咧开嘴呵呵笑着的婴儿。樊松子百看不厌。

来这里的病人，樊松子几乎都认识。第一次闯进生殖中心时遇到的女人，终于"怀"上了，肚子微微隆起。每次来做检查，她都会拉住樊松子聊上半天。她已经从护士那儿听说了樊松子的事，不停地鼓励她。

樊松子在这里见过喜，也见过更多的悲。一对对夫妻焦灼、无奈、痛苦、绝望的样子，比她开的士那会儿看得还多。一位幼儿园老师被诊断为"原因不明性不孕"。拿着诊断书，老师的眼泪当场就掉下来了，唰唰地往下落。结婚九年，看病六年，换来的却是这么个结果。韩医生安慰几句，建议她去北京一家很有名的医院再瞧瞧。老师红肿着眼睛走了。单薄的背影，看起来不知有多凄凉。

如今，樊松子行走在大街上，不再为什么而恐惧了。冬天的阳光薄脆，看在她眼里却是无比温厚、灿烂。老宋的心情似乎也不错，虽然在外面应酬的时间还是很多，但回家时经常带些水果，都是高档果品。老宋什么也不多问，可樊松子能感觉到，他也渴盼这个孩子出生。

一天，韩医生走进病房，看一眼樊松子，冲她笑着点点头，又转身出去了。樊松子会过意，赶紧跟出去，心怦怦怦激跳起来。

"明天就可以了。"韩医生的眼睛含满笑意。

樊松子咬紧嘴唇，用力点点头，无声地笑了。

次日，是个少有的晴天。连日来堆满阴霾的天空，终于亮丽起来。樊松子早上醒来，在床上躺了半天，一动不动。窗外传来细切的鸟叫声。一缕阳光从窗帘开处钻进来，在墙上烙出明亮的一长条印痕。她微微笑着，对自己说："不错的一天。"

起床后，樊松子洗了个澡，将自己从上到下搓了两遍，直搓得皮肤白里泛红。

走在街上，看着来来往往的汽车，听着自行车铃声、喇叭声、叫卖声组合成的杂响，樊松子的脸上始终挂着微笑。一位年轻姑娘从对面走过来，看看她，又慌忙低下头瞧瞧自己，再抬头看看她，满面疑惑不解。樊松子等姑娘走过去，才会过意来。那姑娘大概以为自己在笑她呢。她禁不住扑哧一下笑出了声。

韩医生已经做好了准备。樊松子躺到手术床上，张开两腿，灯光从两腿间照射过来。这情景似曾相识。哦，她想起来，不久前她就这样躺在私人诊所的手术床上，满怀希望地取下了节育环。那是她实现希望的第一步，现在她就要踮起脚来，摘取果实了。

韩医生轻轻打开她的身体，一股冰冷进入她的体内，逐渐深入。那是一个孩子的未来在与她的身体汇合。樊松子紧紧抓牢身下的床帮。不知不觉间，泪水糊满了她的面颊。

当身体重新闭合起来,像一枚自我完满的果实,紧紧地包裹住所有的隐秘和希望。一个气泡一样透明的孩子以奔跑的速度进入了她的体内,从此开始生长。

眼帘上幻出一团暖红,樊松子感觉自己正向前飞奔而去,幸福的眩晕感袭来,将她笼罩。

十一

老宋为樊松子煲了鸡汤。这是记忆中绝无仅有的事。

樊松子到家的时候,浓浓的香气在屋子里弥漫。老宋将汤煲在电饭锅里后,就去医院接她了。

走出手术室,一眼看见老宋,樊松子不免诧异。昨天,她只说了句"明天去医院",老宋并没什么表示。看见她,老宋忙走上前伸出手来,"还好吧?"那手停在半空中。樊松子冲他笑笑,点了点头。

两人一起打的回家。司机是个小伙子,樊松子坐在车后座上,心情愉悦地注视着他的侧影。越看,越觉得像成成。她将手轻轻地按在肚子上。

当年,老宋陪她去医院检查。尿杯递进去后,老宋让她坐到走廊椅子上等着,自己在窗子前徘徊来徘徊去。她远远地看见医生从窗口递出一张化验单,老宋快步上前,双手接过来,埋头看了看,很快抬起头来,冲她露出了一个有些羞涩的笑容。

那笑容被遗忘了很多年，此时此刻却异常清晰地回来了。她还记起，那天回家的一路上，老宋紧紧地拽住她的手，不停地用手指捏按她的手指。到家时，两人的手心都是一片潮热。

樊松子买回了很多的书和磁带，都是有益胎教的。每天临睡前，她都会听上一个小时音乐，在舒缓的乐曲声中入睡。为了不影响老宋休息，也让肚子里的孩子安静成长，樊松子让老宋搬进了成成的房间。

她将卧室装饰一新。墙上贴了好几张大头娃娃像。每一张娃娃都胖乎乎的，咧开嘴来，呵呵笑着。她还将成成的照片，挑了几张最好的，放大了挂在墙上，每天都要看上很多次。她听说，怀孩子时心里想着谁，这孩子就格外像谁。

她看书。看以前从来不看的唐诗、宋词，还有经典散文。还轻声地念出来，她想这样肚子里的孩子才会听见。

每天起床后，她都会做一套孕妇保健操，晚上出去散步。老宋在家时，会陪着她。两人出现在小区里，认识的人纷纷和他们打招呼。老宋微笑着和人寒暄，樊松子只是笑着点头。

自从肚子里有了这个孩子，樊松子再也不允许自己消沉、低落了。她每天对着镜子练习微笑。起初，笑容有些生硬，渐渐地，那笑就像从她心底里开出的花了。看见挺着大肚子的孕妇，樊松子总有走过去说说话的冲动，可她克制住了。她肚子里的孩子毕竟和人家的有所不同。

樊松子害喜了很长一段时间。她记得怀成成时还好，吃得、喝得、睡得。她想，可能这个孩子有点儿认生呢。她强迫自己吃,吃苹果、核桃、面包、鱼、鸡……只要是有营养的,都吃。吐了,抹抹嘴,再接着吃。三个月后,孩子不再让她的胃翻江倒海了。他开始动了。

先是极其微小的蠕动,像肚子里掀动一小股风,转瞬即逝。这时候,樊松子会停下手里的毛线针,放慢呼吸。孩子这时安静下来,一点儿动静也没有了。等她重新拿起针,倏忽又是一股风。他俩就像一对捉迷藏的伙伴。

老宋将苹果一箱一箱往家搬,他说多吃苹果,将来孩子会很聪明。樊松子喜欢看老宋削苹果,他削的苹果皮长长的一条,盘在一起是好看的螺旋形。老宋在外应酬的时间少了,经常回家来做饭,让樊松子歇着。都是她爱吃的菜,还三天两头地煲汤,老宋说汤是精华,营养足。樊松子开车十来年,皮肤变得黑暗粗糙,现在白了,细腻了,白里泛出健康的红晕。看见的人,都说樊松子年轻了、漂亮了。

五个月后的一天,樊松子洗澡的时候,突然地,肚皮上拱起拳头大一个包来,眨眼工夫,又消失了。樊松子停下手来,静静地站在那儿。可肚皮一片平静。

洗完澡,樊松子躺在床上,将衣服敞开来,仔细瞧自己的肚皮,耐心地等待。突然地,圆滑山坡的左边隆起了一个山包,眨眼工夫消失了。接着是中间,是右边。她能感觉到一只小拳头在山坡下面,欢快地舞动。这只看不见的小拳头,也仿佛舞进了她的心里,让她顿时血流加快,心脏怦怦有力地跳动。

"他开始动了。"晚上看电视时,樊松子对老宋说。现在,他们是一处宝藏的共同守护者。她有义务将这么重大的变化通报他。

老宋扭过头来,眼神透着欣喜:"真的?"转瞬,添了一抹游移,"我,我可以摸一下吗?"

樊松子微微愣一下,将头扭过去,点了点。

老宋的手慢慢伸过来,五指张开,轻轻罩在樊松子的肚子上。仿佛得了感应,小家伙在里面伸了一下拳头,老宋感觉到了,嘿嘿笑起来。温热的气息扑在樊松子的脸上。

她没有扭过头,感觉老宋笑得像个天真的孩子。

十二

一封信摆在樊松子面前。一个女人浮出了水面。

那天樊松子去了一趟超市。她现在两天去买一次东西,几样净菜、水果,少量生活必需品,每次不买太多,怕提的东西太重伤到孩子。

进门时,她的脚被什么东西碰了一下,她去厨房放下东西后,又走到门口将地上的东西捡起来。一个土黄色的信封。很轻。

樊松子拿在手里掂了掂,犹豫着要不要打开来。这封信是她去超市后,被人从门缝里塞进来的吗?正面反面瞧了半天,才发现角落里写着两个字"紧急"。樊松子这才一点儿一点儿撕开封口。

里面是张写了字的纸,抬头显然被人裁去了。字的笔迹很秀丽,好像出自一个女人之手。

樊松子的心像被一只手给捏住了,她在沙发上坐下来。信是这样写的:

你好!我就不称呼你了。

我不知道你知不知道我,但我知道你。我经常在远处看你,还有宋。我觉得应该让你知道我,否则太不公平了。

看到这些话,你也许已经预感到什么。是的,宋本来打算和你离婚后,就和我结婚的。可你一直不肯答应,宋说不想伤你太深,毕竟你们也是夫妻十几年。这个我能理解,我也是女人,也离过婚,尝过那种苦到骨髓的滋味。不巧的是,你家成成出了事。实际上,你可能不知道,成成知道我,还来找过我。他让我放过宋,成全你们。我告诉他,我真心爱宋,想给他幸福。我问他,难道你不觉得现在这样,你爸过得一点儿也不幸福,你妈也是吗?后来,他给我打过一个电话,是他出事前没多久,他让我再耐心等一段时间,不要逼他爸太紧,说他会做你的工作,让你放手。没能等到那一天,他就出了事。我也很难过,成成是个心地善良、很懂事的孩子。

仿佛有一只粗暴的手,将樊松子的心揉捏成了一团。她闭一下眼睛，良久才睁开来。

　　成成走后，我看出来宋很伤心。他也很担心你。那段时间，我不敢提离婚的事，只是默默地在一旁安慰他。我想他能体会到我的一番苦心。你的心情慢慢变好后，宋的情绪也好多了。有一天他说，等再过一段，就和你说离婚的事。他将成成留下的钱都存到了你的名下，是想你下半辈子衣食无忧。说真的，听他主动说起这事，我很欣慰。钱我不在乎，就是他赤条条一个人，什么也没有，来到我身边，我也会张开双臂欢迎他。一天，他突然对我说，你想再怀一个孩子，体外受精的那种，说你答应孩子怀上后，就给他自由。我当时高兴极了。苦了这么些年，终于盼到头了。但事情并不像我期盼的那样，宋似乎离我越来越远了。有时候，他的人待在我身边，但心不在。思前想后，我才意识到，原来你是想借孩子挽回宋的心。

　　你是个挺厉害的女人。我不能不承认。可我不会放开宋的。请你明白这一点，也请你明智地选择放手。

一个无比爱宋的女人

　　樊松子看完信，仰躺在沙发上，再次闭上眼睛。她弄不清此刻的心情。说痛吧，似乎不是痛；说气吧，似乎不是气；说恼吧，似乎不是恼；说恨吧，似乎不是恨。

　　她将手放在肚子上，来回轻轻地抚摩。肚子里的孩子似乎

也读到了那封信,变得很安静。樊松子喃喃自语:"成成,你说妈该不该放手?"

她睁开眼,又将信从头至尾看了两遍,折起来,装进信封里,放进了床头柜的抽屉。

樊松子什么也没对老宋说。她还记得自己的承诺,如果老宋开口,她一定会一句话不说,选择放手。她想看看,老宋会怎么做。

信并不能影响到她的心情。她依然每天按时做保健操,听音乐,看书,晚饭后和老宋出去散步。但她再不环顾左右了,她表情平静地望着前面,她怕在某个阴暗的角落看到一张阴郁的脸。那对她肚子里的孩子,是不美好的画面。

第二封信,在一天早晨出现在门缝里。

樊松子捡起来,放在桌子上。她从容不迫地练完一套保健操,洗了澡,吹干头发,这才坐到沙发上看信。

你真的是个厉害的女人!我想过很多种可能,你看到第一封信后会怎么做,但我没想到你会这么平静,也没对宋说。后一点,我要感谢你。我希望这只是我们两个女人之间的事,不要影响到宋的选择。

给你写第二封信,是想告诉你我和宋之间的一些事情。这些年,我和宋的关系应该比你和宋之间要亲密得多。宋一次喝醉酒后,曾哭着对我说,他真的不想再回那个家了,一进家门,他就有回不过气的感觉。在那个家

里，他感觉自己特别孤独，是世界上最孤独的男人。你没看见宋痛哭的样子，他不是个轻易流露感情的男人，可以说，正是他哭的样子打动了我，让我想抱住这个男人，给他温暖给他爱，让他不再感到痛苦和孤独。那时，我刚离婚，也很痛苦。我们像两个相互取暖的人，紧紧地拥抱在一起。

说这些，不是故意让你痛苦，而是想你了解。我和宋的感情，并不像你想象的那样，是纯洁的、真挚的、相互的。

我也想告诉你，即使因为肚子里的孩子，宋选择留在你身边，那不是因为他对你还有感情，而是无奈的选择。无爱的婚姻，将两个人捆绑在一起，对两人而言，都是折磨，是最残忍的酷刑。

我希望你放手！不要再让宋痛苦，也就是不让你自己痛苦。

一个真心恳求你的女人

第二封信来得这样快，有些出乎樊松子的意料。奇怪地，她对这个隐藏在信后的女人，没有恨意，反觉得她很可怜。

这封信同样被她放进了床头柜抽屉。

有时，肚子像发生剧烈地壳运动的土地，隆起鼓鼓的一团，保持一段时间，慢慢地平复，然后是另一处隆起。樊松子只能侧向一边睡了。韩医生说，这样有利于孩子在子宫里呼吸，也避免压迫她的其他脏器。

　　看电视的时候，老宋喜欢将手放在她的肚子上。两人一起感受奇妙的地壳运动。老宋常常忍不住，嘿嘿地乐起来。一些瞬间，樊松子会突然地陷入伤感。身边这个男人，是她因为喜欢而甘愿结合的。她有些不明白，过去的几年间，他们为何会形同陌路，彼此给予的只有痛苦和伤害。两个距离如此切近的人，为什么不能一直相互珍惜下去。而眼前这种日子，又会一直延续下去吗？她心里没有答案，也找不到答案。

　　答案隐藏在生活看不见的暗处。

　　第三封信来得更快。同样躺在门缝里。樊松子拆信之前，突然冒出一个念头，这个女人，是否也像自己一样，不知道未来的答案在哪里，她才会如此急切？

　　　你这个女人真是可怕。你居然还能面带微笑。看见你的笑容，我就觉得那是魔鬼在发笑。
　　　肚子里的孩子长得很好吧。你以为这个孩子可以替代成成吗，我告诉你，他是另一条生命，他并不是你的成成。你的成成再也回不来了。

　　樊松子打了个抖。她起身将窗户关上。再坐下来。拿起信的一瞬间，她有些犹豫。看，还是不看？最终，她还是看了下去。

你知不知道，这个世界上有很多丑陋和可怕的东西在等着他。也许，你根本不该带他来到这个世界上。也许，有一天你会失去他。你已经尝过失去的滋味了吧。那时，你会非常痛苦，比失去成成更加痛苦，因为那是双倍的失去……

　　你是个聪明的女人，我不多说了。赶快放手吧！

　　一个曾经失去过、不想再失去的女人

　　樊松子的身子接连不断地打起抖来，她用双臂将自己尽量抱紧。良久，她平静下来。她不能容忍自己如此脆弱，那会伤害到肚子里的孩子。

　　她靠坐在沙发上，提醒自己：冷静，冷静！自己尚有一个孩子。这个孩子对于她，就是世界，可以抵过其他的一切。而对于那个面目不清的女人，也许老宋就是她的世界，可以抵过其他的一切。

　　吃过晚饭，老宋穿上外套，等樊松子一起出去散步。那几乎成了他们的每天一课。樊松子说："我今天有点儿累。我们就在家里，好好谈谈吧。"

　　老宋坐在一旁削水果，削好后切成片，一片一片摆在盘子里。"我今天去看了婴儿床，现在的婴儿床真漂亮。找个时间，我们一起去看看。"说着，老宋递给她一根插了苹果片的牙签。

　　樊松子将苹果放进嘴里，酸中带甜。她慢慢地咀嚼。"老宋,我想在孩子生下来以前,我们还是离婚吧。"

"呀"一声,老宋停住手。转眼,他的左手拇指上浸出一道鲜红的血口子。老宋似乎被不断渗出的血吓住了,愣在那儿,握刀的手悬在半空。樊松子赶紧起身,找来云南白药和创可贴,给他处理伤口。

老宋由着她处理,缓缓地说:"为什么?"

樊松子不言声,待伤口包扎好,将药箱放回原处,才坐回沙发上。"我想,我们还是先把手续办了。我怕,到时候,我会后悔。""后悔也没关系。"老宋脱口而出。

樊松子微微一笑:"不是……我的意思是,这孩子永远都是我和你孩子,你可以随时来看他。你放心,我会把他抚养得很好的。你再结婚也没有关系,我不会介意的。这么多年,我也挺对不起你的,你也该有自己的生活……"

"你不要多想。我们一起好好抚养这个孩子。"老宋急切地说。

樊松子起身从抽屉里拿出三封信。"喏,这信收到有些日子了,我没对你说。我想了想,那个女人可能是真心爱你的,我也不想这孩子生下来有什么三长两短,而且,我们之间也确实存在问题,你该拥有自己的幸福……"说着说着,樊松子的眼圈酸涩起来。她站起身,走进了卧室。不久,里面传来轻柔的音乐声。

老宋两手哆嗦着,将信一一打开。看完,仰面靠在沙发上。音乐声透过门缝溢出来,像丝一样绕满了空荡荡的屋子。

十三

樊松子早上做保健操时，突然感觉下面涌出一股热流。她一看，见红了。心里顿时"咯噔"一下。离预产期还有两个月，不会是孩子出事了吧？

她赶紧下楼打的，去了医院。

韩医生检查一下，建议她住到医院里来。一则，好好保胎，尽量让胎儿在肚子里多待一段时间。二则，有什么紧急情况，也好及时处理。

老宋很快赶来了，问明情况后，又回家去收拾东西送来。最近一段时间，老宋显得很沉默。天天还是回来，还是陪她出去散步，但不怎么说话。樊松子也不追问。她心里装了个孩子，已经够满了。她要为孩子保持平和的心情。

女人的信再没出现。也许，老宋已经向她做出了承诺。樊松子也做好了准备，等着老宋随时将一张表格递至她的面前。

医院的生活陌生又熟悉。熟面孔中间，又增加了一些生面孔。樊松子没事的时候，就给那些新病人传授经验，告诉她们要做哪些检查，检查前要做哪些准备，需要注意什么，怎么和医生配合。很多病人都说："您的性格真好。以后一定是个好妈妈。"

新病人大多不了解樊松子的经历，以为她怀的是第一个孩子，且是很多年才好不容易怀上的。樊松子也不解释。

老宋天天送饭来,人显得有些消瘦。两天熬一次汤,变着花样来,骨头汤、鸡汤、鸭子汤、鱼汤。同房的病人都说:"你福气真好,找了个这么体贴的爱人。"

家里失火的消息,樊松子是早晨六点知道的。居委会杨主任打来的电话。

樊松子慌忙打的赶回家。离着很远,她就看见住的楼道前围满了人。她从人群里挤进去,人们看见是她,纷纷让出道来。

一进楼道,一股刺鼻的焦臭味迎面扑来。樊松子只顾急急慌慌地往上走。冷不防,身后一个人突然一把抓住她。回过头,是杨主任。

杨主任快步上来,抓紧她的手。她才发现杨主任的手热乎乎的,而自己的手冰凉一片。

一路上,杨主任的手都没松开。从一楼往上的楼道,就开始黑起来。越往上,颜色越深。屋子门口站着民警,里面也是。

踏进屋,樊松子简直认不出是自己的家了。到处都黑乎乎的。依稀,她还辨认得出哪儿是电视机,哪儿是餐桌。樊松子感觉自己像在梦中,眼前的一切都只是梦境而已。

忽然,她想起什么,一把抓牢杨主任的手。"老宋呢?他知道家里失火了吗?"杨主任望着她,欲言又止。一位民警走过来:"您是这家的女主人吧,请您过来一下。"

樊松子不明白他的意思,跟着他往里走。黑色的飞絮在脚下飞起,又落下。樊松子跟着民警走进成成的房间,民警指着一方黑乎乎上一个长条形黑乎乎的东西,"请你辨认一下。"

樊松子茫然地望望他,再掉过头看看黑乎乎的东西,忽然想起来,这是成成的床所在的位置,那……

仿佛被电流击中一般,一阵战栗滚过樊松子的身体。她不由自主地伸出手去。

"血!血!"一个声音尖叫起来,像是身后的杨主任。民警飞快地伸过手来,接住了樊松子。樊松子笨重的身体一下子依靠在民警身上。在失去意识的瞬间,她紧紧抓牢了民警的袖子。

醒来时,樊松子觉得身子木然一片。她躺在病房里。一个护士探过头来,"你醒了?恭喜你生了个大胖丫头,有八斤重呢。"

樊松子茫然地望着她,良久回过神来,用手摸摸肚子,那里不再是高山,而是丘陵了。她急切地抬起头:"孩子呢,我的孩子呢?"

护士慌忙按住她。"孩子洗澡去了。您别着急。送来的时候,情况很紧急,是刘医生给您做的剖宫产手术。麻药快过劲儿了,您可能会感觉有点儿疼。需要加止痛泵的话,就和我说。不过上止痛泵期间,不能给孩子喂奶。"

樊松子摇摇头,将头安放在枕头上。孩子,她终于又有个孩子了。一个女孩儿。虽然不是像成成一样的男孩儿,她也很满足了。她是自己和老宋的孩子,和成成有着相同的血源。

想到老宋,她突然记起来,那个黑乎乎东西上黑乎乎的一长条。樊松子感觉一阵眩晕。好冷啊,身子不受控制地发起抖来。

杨主任抱着个尿壶进来,看见她,惊喜地叫道:"哎呀,你醒了,可吓死我了。老天保佑,孩子很平安。一出来就哇哇地大哭呢……"

"杨主任,老宋呢?"樊松子无助地拉住杨主任的衣襟。

"你别多想了。刚生完孩子,好好休息。其他的事,我们都会给你办好的。等会儿孩子送来,你就可以给她喂奶了。"说着,杨主任走了出去。门外传来一声长长的叹息。

樊松子闭上眼睛。两行泪,从眼缝间溢出来。

不一会儿,门外传来喧哗声,夹杂着杨主任压低嗓门儿的说话声。两位穿制服的民警走进来。"你好。有些情况我们需要问一下。"一个矮个民警走到床前,拿出一个记录本来。

樊松子睁大眼睛,看着他。

"您家里昨晚发生的火灾,是有人刻意纵火。我们已经找到嫌疑人,她承认了纵火的事实。据她说,她和你的爱人有过感情纠葛,曾打算在你们离婚后结婚,但后来你的爱人变卦了。她还说,曾给您写过三封信,这些信现在还能找到吗?"

樊松子无言地望着他们,摇摇头。

"她说,不知道你住在医院里。她本来是想……"矮个民警身后的高个民警拦住了他的话头。"她说,你的爱人一直不同意离开你和她结婚,她才出此下策。在你家门口纵火后,她看到火在屋里烧起来,才从楼下离开,回去后喝了安眠药。第二天早上,被她的姐姐发现,送到医院抢救过来了。具体的情况,我们还要做些调查,希望您能配合。"

樊松子望着他,摇摇头。

两位民警让她在记录本上按个手印。她的手没有一点儿力气,后来是杨主任捉住她的手按的。那枚手印猩红、刺目。

杨主任将两位民警送出门。她听见民警对杨主任说:"看她好像情绪不太对劲儿,您注意一下。通常这种情况下,当事人很容易歇斯底里的。"杨主任连连说"好的,好的"。

民警刚走,护士推着一辆推车进来了,问:"樊松子吗?"

樊松子点点头。护士返身从推车里抱出一个蜡烛包状的东西,放在樊松子的身边。"喏,您的小姑娘,长得很可爱,头发可好了。"

樊松子伸过手去,将蜡烛包紧紧揽住,微微侧过来。樊松子看见了一张胖嘟嘟的小脸,闭着眼睛,小嘴在不停地嗫吮。一股热流涌进她的身体,直扑进眼眶。

她使劲儿地咬住下嘴唇,将孩子挪近自己的怀里,微微侧过身,掀起上衣,将孩子的嘴靠近乳头。仿佛有感应似的,孩子一下子用嘴噙住了乳头。一阵酥麻,顿时流遍了樊松子的全身。

孩子的小嘴用力吸吮起来。樊松子感到一阵钻心的疼痛。

她不知道这疼痛来自哪里,腹部,乳头,还是心?

她咧开嘴笑起来。

那笑容像大丽菊在白色床单的映衬下,绽放开来。

层层叠叠的花瓣间,有清澈的水在无声地、纵情地流淌……

心　　祠

2018年

　　四十九岁的罗光明顶进傩班，做八伯。这恐怕是烟村傩舞史上年纪最大的一位八伯。

　　腊月初八，罗光明正熬八宝粥，接到弟弟罗聪明的电话，说爸的手臂摔折了。罗新民固执，自己爬梯修整阁楼窗外的鱼鳞瓦，梯子爬到一半摔下来。木质的部件耐不得岁月的腐蚀，和衰老的肉体一样，看着还是那副轮廓，可不是今天这里出毛病，就是明天那里闹别扭，局部的坍塌随时出现，让人防无可防。隔岸的新村清一色二层砖瓦房，瓷砖贴面，阳光下亮晃晃的，屋内也敞亮，可二老执意住在老宅里，不愿迁入新村。

　　学校放假后，罗光明先回烟村。苏醒挨近腊月二十八才回。等她回时，这事已经板上钉钉。傩班按照规矩举行了正式的进班拜师仪式，大伯罗新民成为傩班的顾问，罗聪明升为大伯，其他几伯也依序晋级。傩班密赶密地加紧传习。

　　苏醒下午到家，吃过晚饭睡了一个囫囵觉醒来，罗光明才进屋门。苏醒捂在被子里没起身，见他解下傩服，整整齐齐挂上衣架，"你回来歇假的，赶这个热闹干吗，弄那么辛苦！"

罗光明嘴角一翘,"带劲!"苏醒嘴角一撇:"一大把年纪了,还追求个什么'带劲'!"

罗光明少年时常跟在父亲屁股后面随傩班跑,傩班的规矩、舞蹈程式样样见识过,虽说隔膜了多年,没想到那锣鼓点子一敲起来,陈年的记忆就手舞足蹈地活了。罗光明比刚进傩班半年的六伯、七伯舞得还好。

这些年傩班凑齐八人不易。烟村傩班的名气大,县里、市里、省里都重视,年年来烟村看傩的专家、游客、附近的乡民将个不大的村落填得满满实实,鞭炮的动静大得方圆百里都听得见,可烟村年轻人的心思不在老旧的傩舞上,他们眼睛眺着山外,心思朝着城里,年节瞧瞧热闹可以,让他们年复一年耍傩可不情愿。也就剩下老人们还对傩事一往情深,执意当件庄重事儿惦记着、捧护着、操持着。

罗聪明在老乡葫芦的县城分公司当副手,平时主要待在县城,隔一段跑趟省城。每逢村里有傩事就赶回村。葫芦没二话,在烟村傩是大事。傩班里还有两位,也和他情况差不多。半年前补充进傩班的七伯、八伯,而今升了六伯、七伯,年龄只有十三四岁,还是初中生。罗聪明私下里感叹,不知道他们能在傩班待几年,也许过了十六岁,他们就和烟村的年轻小伙子一样,急匆匆奔向城里去追逐他们的梦,那梦有方有圆形状不一,可都与烟村无关。

罗光明回来这几日,在村里走了走,老村里住的人家一双手就能数过来,对岸的新村,家家户户也多半是老人妇孺守宅。听父亲说，愿意土里刨食吃辛苦饭的年轻人，像烟江里的水一样越来越少。村里不少老人也进了城，帮在外打拼的儿女们带孙辈，平日的烟村像个空洞的蝉蜕。

近年关，烟村的人气渐旺起来。那些去城里打工或是被招进烟江上游水电站的年轻人，陆续回了村。也有娶了外地媳妇，懒得拖家带口来回奔波，干脆留在城里过年的。像他，早些年也是几个年头才回一趟。

两人住在罗聪明家。新村的水电路比老村通畅，家里装了宽带。苏醒每天要和罗苏子通视频电话，她父母走后，罗苏子就是她的命。苏醒在电话里絮叨，不外在老家这也不方便那也不方便，还有回了老家你爸就成天不见人影子之类。"越洋电话啰唆这个！"罗光明将平板扭向自己，"苏子，你爸今年舞傩！"

他一指挂起的傩服，"扮钟馗！"

罗苏子伸出个大拇指，占了满屏。罗光明眉眼顿时弹展开来，瞟一眼凑在旁边的苏醒。

省台下来个摄制组，一直在跟拍傩班，说是给省里几个非物质文化遗产做系列纪录片。"提到傩舞，就绕不开咱烟村。烟村的傩舞历史可以上溯到五百多年前，早在南宋……"罗新民说起傩，一改平日的木讷少语，像踩着了锣鼓的点子。

罗光明也出镜了，先是戴着钟馗面具，手掐香火诀与小鬼对舞了一段，摘下面具又谈了谈他这个年纪最大的八伯与傩舞半个世纪的"情缘"。"等等，大伯，您不是还不到五十岁？

而且，六七十年代，听说烟村的傩舞停过好些年，您怎么和傩有半个世纪的'情缘'？"记者打断他。

罗光明笑得意味深长："你不知道，在咱们烟村，一个人和傩的缘分，早在他出生之前就开始了，你听我慢慢给你讲……"

那件小衣服出现在镜头里。

仿佛有预感，收拾行李回烟村时，罗光明将搁置在抽屉深处的小衣服也放进了行李箱。记者捧起这件小衣，拿到镜头前展示它的局部，"这件小衣服真可爱，对襟领口，花色锦衣，里面还有根细绳用来系紧。它可不同于普通的小衣服，用手摸一摸，里面还有个圆鼓鼓的东西，这是它的'心'，也就是说，这是一件有'心'的小衣，它和烟村傩舞有着怎样古老而神秘的关联呢，下面我们来听主人罗光明讲讲它的故事……"

电视播出时，苏醒看到这一段，扭过头问罗光明："当年，你怎么不告诉我这些？"罗光明看着她，眼神一紧一松，笑了，"当年你愿意听吗？"

苏醒不再说话，扭过头去，默默地看完了全片。这期节目的视频，罗光明发给了远在英国的罗苏子。

"爸，那件小衣服，我记得。是那件吗？"

罗光明笑了："是，被你从垃圾桶里捡回来。"

"幸亏我看到，又明智地捡回来了。"罗苏子吐一下舌头，"我给好多同学看了视频，告诉他们这是我老家古老的民俗——傩舞，他们个个惊叹，说'So great''Magic''Mysterious'' 'Wonderful'……还有同学说要跟我回中国看烟村的傩舞,哈哈,我觉得自己像个文化大使。现在我才觉得文化是一个地方区别于其他地方、成为它自己的最重要元素……可惜,小时候没能多回老家看看傩舞,我现在只能在网上查资料恶补……"

"你想知道啥,问我!"罗光明笑得欣慰。

"OK!"罗苏子竖起三根手指头。

关于傩,罗光明有很多话想和罗苏子分享,却又不知从何说起。这个笔画繁复,三言两语无从解释清楚的字眼儿,穿越数百年,外延辽阔,内涵深邃,他怎么才能对罗苏子讲述清楚,罗苏子又怎么让那些外国朋友了解透彻?

一个念头冒出了芽,罗光明想写傩、写透傩。这趟回村待的时间足,他和父亲聊了又聊,那些存储在父亲记忆中关于傩的旧事,是那么鲜活,赋予了傩舞威武神秘之外的生之气息、人之气息。他这才意识到,在时光的绵延中一直是神与人在共同完成着延续数百年的傩舞,不断地充填进属于人的世俗的念想、欲求、祈愿,呈奉于高过人间的神灵的疆域……傩舞是联通两者的媒介和形式,是世人那一颗颗生机勃勃的心的舞蹈。

戴上傩面的时候,罗光明仿佛舞动在人世与神域的边界,体味着半人半神的神秘况味。透过傩面的两个眼洞,他俯瞰人世间,缭乱的烛火在视线中晃动不停,如同人们絮絮的诉求。不同面目、不同表情在他的视线中晃动不停,真切又模糊。那一刻,他仿佛真的是钟馗,与两个小鬼嬉戏着,有着弱点与禁忌，却又肩负着不可推卸的使命，扫除人间的一切鬼魅邪祟……只有真的成为舞傩人，在那铿锵的锣鼓点中激越起舞，才能真正进入傩的世界，真正懂得傩。

幸亏他这个新进八伯对傩事不隔膜，今年的傩事进行顺利，烟村的热闹景象不输往年，全国各地的记者、摄影爱好者来了四五百人，将"长枪短炮"对准了傩班八伯。傩神庙前重复着年复一年的喧嚣，烛火映照的一张张面孔无比虔诚，搜傩路上奔跑着好奇的孩童，弥漫烟村的烟雾包裹着声声尖叫……可在相似的一幕幕中，罗光明又清晰地感觉到有什么已经不同以往。

第一次看圆傩，他九岁。听父亲说圆傩仪式十分神秘，外人不能靠近观看，于是，他等傩神庙的"跳傩会饭单"念得差不多，就悄悄跑出傩神庙，在烟江边埋伏下来。

被黑暗和冷风包裹的他，睁大双眼，舒张双耳，锣鼓点子被夜风吹拂得时松时紧，时隐时现，忽然地，傩神庙方向传来鞭炮的烈响，他的心脏顿时激跳起来。不一会儿，急切的脚步声"咚咚咚"由远及近，几个人影穿破夜色，挑着箱笼疾奔而至。

他悄没声地跟上傩班，在离他们五十来米的大石头后隐住身子。他看见大伯将一截柴棍插入沙石。后来他问过父亲，这位置有讲究，是预先选好的太岁干支方位。他看见傩神太子面具被从箱笼中取出，安放在柴棍之上。傩公、傩婆、开山、关公、雷公……十余尊面具一一被从箱笼中取出，摆放在傩神太子面前。

大伯高举起火把,将黑暗洞穿。在这簇光亮的引领下,傩班八伯开始绕着傩神面具转圈。

线路似谙熟于大伯脑中,他步伐迅捷,只在拐弯时脚下略缓。众身影绕了一圈又一圈,速度越来越快,越来越快……忽地,火光寂灭,江滩重新陷入一片浓黑。

恍惚间听得杂沓的脚步声四散而去,待眼睛适应了黑暗,他看见几个模糊的身影已跑向了江滩的不同方向,远了。

这一切发生得那么突然,仿佛一个不可思议的梦境……他迟疑片刻,走上前,江滩边只剩下箱笼和锣鼓,傩神面具全都消失不见了。

四十年后的圆傩仪式,无所顾忌地暴露在大众视线中。一辆电视台的转播车早早地停在江滩上,炫目的灯光把即将举行圆傩仪式的地方照得雪亮一片。

在跟随大伯绕圈的快速奔跑中,罗光明一次次被灯光射来的芒刺刺得视线有片刻的失明,脑子一阵晕眩。但他虔诚地奔跑着,竭尽全力完成他的圆傩之舞。

不管世事如何流变,这是属于他的神圣之舞。

2008年

火车已经晚点八个多小时。一个卡座挤了十二个人,罗聪明本来有座,让给了一个带孩子的女人。只能踩实一只脚,他不得不左右脚轮换着，一只手撑住桌面或椅背。上不了厕所，通道上挤满人，厕所里挤满人，车厢里气味复杂得像上百条蛇盘缠在一起。

很久没坐过这样的火车了。十五年前，大学刚毕业的罗光明用勤工俭学的钱，带他去北京。两人买的站票，在人满为患的绿皮火车厢里，一人垫一个蛇皮袋，睡在三人座椅下面，半蜷曲着身体，半梦半醒地摇到北京。

刚想到罗光明，电话来了。"聪明，家里灾情怎样？电视上说线路断了，家里的电话一直不通。""哥，我还没到家。和葫芦去广东办事，被大雪给拦下了，好多趟车停开，葫芦找人弄到张票，让我先回。这车开开停停的，已经晚点八小时了，现在又停了，怕是半夜都到不了家……"

那头沉吟一下，"我再想办法，你注意安全！"

从车窗望出去，旁边的一条公路亮得像面镜子，视线里的树木，矮的覆着厚厚一层雪，高的举着一身白，满世界都被冰雪统领了。

罗聪明想抽烟，掏摸出来看看身边的人，又装回去。这雪景让他想起了去日本舞傩那年，松本惠子带他和父亲到家里做客，一路绵厚的积雪。他和惠子在雪地里打雪仗，人仰面倒下去，只看得见人形的一个凹洞。雪里可真暖和啊，那一刻他真想将惠子拥在怀里，两人静静地相拥着躺在雪的最深处，直到地老天荒。手又一次不由自主地从口袋里掏摸出烟来，他用指尖捻了捻，终是没点。拿出手机拨打家里的电话，没有声音。

他本打算和葫芦走一趟广州,就回烟村忙傩事。不想雪下起来,下得不管不顾,铺天盖地,两人看情况不妙赶到车站,守了一天一夜。车站人山人海,都是想赶回家过年的人。日益庞大的南下打工大军,构成中国大地上迁徙的候鸟群,他们踏着春节的鼓点回到老巢,等过完节日,又纷纷逆向飞回新窝。这独属于中国的景象,以一个特殊的时间节点将"回家"摁进人们的意志,再以隆重的仪式感让那几天从漫长的日子中凸现出来,成为人们一年一度的期盼,一年一度的慰藉,一年一度的光亮。

在密集的人丛中,焦躁像病毒会感染和传播。罗聪明等得一颗心毛焦焦的。父亲这几年肺不利索,特别是冬天,一声追一声地咳嗽,身子虚了不少,终归是让人不放心。看这动静,烟村肯定大雪封山封路了,万一有什么事,妈一个人肯定没法儿对付。金菊住在县城,怕是只顾得了五岁的女儿,她肚子里还有一个呢。还有烟村的傩事,今年怕是悬。

罗光明一口气打了十来个电话,但凡知道的邻居家电话都打遍了,没一个通。这场雪猛,爸的身体不知扛不扛得住。老宅潮湿,他和聪明早劝二老搬到对岸的新村去住,不肯。买了电热毯、电烤炉,不用。二老还是每天守着一盆炭火,说几十年都这么过来的,习惯了。

这些年,罗光明觉得挺亏欠父母,三四年才回去过一次春节,在烟村这可是大不孝的做派,但二老从不多说什么。暗地里,他寄钱回去,觉得于心多少是安慰,可二老都给一五一十地存起来，不舍得用。给孙子压岁钱时，生怕赶不上潮流，比苏醒的爸妈给的多出几倍。哪怕罗苏子不回烟村过春节，他们一年到头也见不着孙子的面，这压岁钱还是用红纸封好，父亲亲笔写上吉祥话，托罗聪明上省城时带来。"谢谢叔叔！"罗苏子拿得欢畅。他纠正，"谢谢爷爷奶奶！"罗苏子重复一句，态度倒认真，可惜父母听不见。

罗苏子第一次回烟村过春节时，玩得不想走，半夜做梦都在嚷嚷"我要看傩"。那一年，父亲格外精神，念请神词的时候声音洪亮，中气十足，站在庙门外都能听清楚。弟弟聪明那年当五伯，舞小鬼，特意拿着酒杯在罗苏子跟前儿晃，逗他。罗苏子伸手去捉，一扑一个空，逗得村人都笑，罗苏子在他怀里乐得前仰后合。他非要一路跟着小鬼跑，知道是叔叔。父子俩跑得满身满头的汗，几天里流完了几年的汗，也笑完了几年的笑。

第二年元旦，罗苏子早早地提出来："爸，我要回老家看傩！"他刚想回答好，苏醒在一旁说话了："外公外婆今年和我们去海南，那边暖和……"罗光明不搭话，自从那次他俩为那件小衣服大吵了一架后，罗光明就选择了永久的退让，他不想失去罗苏子，不想失去苏醒和这个家。

那件小衣服，是母亲吴巧妹临走前硬让他带上的，说这是你的心祠，你的福佑，放在身边总归是好的，也能给你们一家人带来福气。早年间，母亲曾悄悄地将小衣塞进他的行李包，在他去省城读大学时，他又偷偷放回了箱子底，那时不懂母亲的一片心，现在懂了，也就乖乖收下了，却没放在心上。

不想，几个月后，他再次看见了那件小衣服。它被罗苏子套在手指上耍弄着。"爸，这是谁的衣裳，长得奇怪！"他一惊，"你从哪拿的?!"

罗苏子被他的语气吓住了，指了指垃圾桶。罗光明心里一麻，身体不由自主滚过一阵战栗。他将小衣服抢过来，一捏，空的，里面是空的！

罗苏子愣了一秒，哇哇大哭起来，岳父岳母抢火一样扑过来，罗光明顾不上他们，奔进厨房，举着小衣服："你丢的？你知不知道这是什么?!"

苏醒顾着锅里，忙不迭地翻炒："里面的东西长霉了，我就丢了。是你小时候的衣服？那么小，看着也不像啊……"

罗光明嘴唇颤抖着，发不出声来。苏醒将菜起锅："吃饭了，赶紧装饭！"一回头，注意到了客厅里的一团混乱，"怎么？你吵苏子了？"苏醒眉头蹙起，眼睛里添了一小簇火苗。

这火苗彻底点燃了罗光明，他仿佛早就从里到外被浇透了汽油，就等着一点儿火星了。"我吵了，怎样？"声音里带着从未有过的狠劲儿。苏醒怔怔地望了他一瞬，仿佛不能相信，接着，她也爆了："这东西是我丢的，不知从哪个旮旯带回来的，脏兮兮的，要是把病菌、跳蚤、臭虫带回来怎么办？传染给苏子怎么办？"

"是是是，我家带出来的东西都是脏的，所以一回来，我们每个人都要从头到脚洗干净，消一遍毒，衣服里里外外也要洗干净，消一遍毒，你根本就是嫌弃我家，嫌弃我父母，那你当初为什么要嫁给我……"

老人丢开罗苏子，拦在他们中间。可罗光明豁出去了，他受够了。苏醒也一副豁出去的架势，生活被挤压遮覆的所有，争相从被炸开的地表下面蜂拥而出。苏醒哭诉起来，一桩桩一件件，排山倒海一般。罗光明气得双手直抖，他不知道苏醒心里堆积了这么多的不满，他委曲求全那么些年，换来的只是绵绵不绝的不满，他不想看见这个样子的她，不想靠近眼前乱糟糟的一切，他希望这一切结束，赶快结束，他往后退往后退，一直退到厨房的灶台边缘，腰背顶住了什么，已经退无可退了，他看见苏醒还在痛哭，嘴巴变形地开合着，显得那么委屈，一回身，他抓起还冒着热气的一盘红烧鲤鱼，高举起来，狠狠地砸向地面。屋里静寂了一刻，转瞬爆发出更加复杂的混响……

那次吵架的结果，是他们搬回了自己家，虽然和岳父母依然常来常往，可总有一条看不见的裂隙横亘在罗光明和他们之间。他和苏醒最终和好了，恢复了亲密无间，可自此有什么他们再不敢轻易去触碰，都小心翼翼地回避。而烟村，回去得更少了，即使回去，也是来去匆匆，只待上两三日。罗光明不敢看父母的眼睛，他怕看到他们眼里的炙热和切盼，也怕自己眼里的愧疚被他们洞悉。

红布包裹的那一小团，被他从垃圾袋里翻找出来。红布洗净晾干了，里面的东西也摊放在阳光下，享受了一个星期热烈的阳光。小衣服他仔细地用香皂洗过，晾在衣架上，被微风轻轻地吹拂，在空中飘荡。小衣服做得十分精致，看起来简直像一件艺术品。听说那是母亲一针一线缝起来的。

他用红布重新将里面的东西包好，用红线扎好，放进洗干净的小衣里，端端正正地放在他搁衣物的抽屉深处。抽屉说深不深，一打开就能瞥见小衣的一角。苏醒收放衣服时，都能看见它，但她不去碰它，甚至不去瞟它一眼。它一直安稳而孤寂地待在那里。

学校因为雪灾停课，罗苏子被接去外公外婆家了，罗光明坐不住站不安，一遍遍打电话，还是不通。千万种想象在心里头翻滚，他给苏醒留一张纸条，往包里塞进两件换洗衣裳，出了门。

长途班车只到县城，三小时路程慢吞吞走了六个小时。大雪封山，去烟村的班车停开，罗光明在路口拦了一辆顺风车，司机说只能捎他到水村。在水村下车时，太阳已经沉到了山峦背后，罗光明在路边等了一刻，没等到一辆开往烟村的车。他连吸了两根烟，跺了跺冻得发麻的脚，决定步行回家。

他踩着路边的积雪走，雪在脚底发出嘎吱嘎吱声。空气清冽，不时有一两只鸟飞过，在空旷的冬日原野划下一道透明的弧线。远山的山体呈淡蓝色，轮廓线镶一道淡白边，竟是罗光明在省城多年未见过的沉静壮美。

夜仿佛是逆向而来的，逐渐将他身处的冰雪世界全然包裹住了。可是雪，不肯隐匿，映亮了夜色，让他如行走在幽蓝色调的童话世界里,一切是那么静谧,又那么熟悉,多年前,他仿佛就在梦境中经历过这一幕。

心原本平静,走着走着,一股热息逐渐灌注了罗光明的身体四肢,朝着胸腔漫注。他忽然有啸叫的冲动,这久违的原野、久违的山峦、久违的大雪覆盖的一切,仿佛是崭新的……他的双腿有力地迈动着,身影被抻长在大地上,触摸着雪地上的凸凹起伏。一声啸叫冲决而出,"噢哦喔——哦嚯——哦嚯——"叫声惊起两只鸟儿,它们隐约地飞起,又在远处隐约地落下。

罗光明到达烟村水口处时,江对岸几点灯火悬浮在幽蓝的夜色中。他驻足片刻,进村。走过熟悉的窄窄巷弄,只见不少老宅屋门紧锁,一团漆黑,散发着久无人居住的气息。还有一些老宅墙倾柱折,即使在夜色中也藏不住朽败的脏腑。

远远地,罗光明望见了从自家流泻出的一道暖黄光亮,心顿时松弛了,脚步也放缓了。这才觉出累得着实不轻。近家,香喷喷的柴火气息扑面而至,像一只干燥温暖的手抚摩着他的鼻腔、脏腑。推开门,堂屋里围火盆坐着父亲、母亲。

夜里,扑簌簌飘起了雪花。火盆一直燃到夜深,罗光明坐在火盆边和父母絮絮地说话,很多年他们不曾有这样静谧相伴的时光了,感谢这场大雪的成全。

门外传来叩门声时,屋内的人都是一惊一喜。打开门,罗聪明披着满头满身的雪花踏进来,兄弟俩情不自禁地抱在一起。

阳春三月，金菊生下了一个男孩儿，取名罗金子。在吴巧妹的指导下，金菊早早地就为他做好了一件小衣服。可这一年大雪下得异乎寻常，下得漫山遍野，下得烟村不得不中断一年一度的傩舞。"真是可惜了！"吴巧妹抚摩着小衣叹息。

1998年

烟村傩班进京那天，夜里的火车，路过省城。罗光明请傩班吃饭，苏醒带着罗苏子也去了。

罗新民看见罗苏子高兴得又抱又亲，罗苏子哇哇哭起来。苏醒在一旁表情尴尬，拦不是说不是。好不容易罗新民将罗苏子放开来，罗苏子一转身扑进妈妈怀里再不肯松手。虽然罗苏子全程泪眼婆娑，瘪着小嘴，罗新民兴致却高，看一眼罗苏子眉眼间都是个乐，不觉就喝多了，末了连步子都不会迈，还是罗光明背他上的火车。

看见爷爷彻底缴了械，趴在了爸爸身上，三岁的罗苏子终于放松下来，拿手拽住罗光明的衣角："爸爸，爷爷怎么啦？他病了吗？"罗光明已经气喘如牛，答不上话来。他没想到体量不大的父亲竟然这么沉，而且还不肯安静，一只手在空中划拉个不停，嘴贴在罗光明耳边喷吐着酒气，不住嘴地嚷嚷："我没醉，喝！没醉，再来一杯……"弟弟罗聪明提着三个行李包跟在后面，腾不出手来。他已经升为六伯，傩班的箱笼被七伯、八伯抬着。

大伯、三伯、四伯、五伯都喝高了,两两抱作一团摇摇晃晃往前走。上了车,罗光明将父亲放在床铺上,和弟弟交代两句转身要走,父亲伸手一把揪住他,睁开被酒精醺红的眼,"带崽儿……回家……"罗光明俯下身,拍抚拍抚他:"好。明天别忘了请神词!"

父亲"念咒"好几年了,那词烂熟于心,只是这场大醉不知余韵多长,明天晚上就是首场演出。这几年,烟村傩舞的风光都在罗光明的视线之外,傩班的变动他都是听聪明在电话里说的。回的路上他掐指一数,四个指头,有四年春节他没回烟村过了。还是结婚时他带苏醒回去过,她是在城市长大的,压根儿不适应乡下的环境,嫌潮嫌脏嫌路破,嫌饭粗嫌菜咸嫌蚊虫多,嫌猪圈臭……在烟村待上两天,她就待不下去了。婚后没多久怀了孩子,吐得昏天黑地,两人住到岳父岳母家,孩子出生又围着孩子打转,一年耽误一年。苏醒没看过傩舞,连傩舞是咋回事都不清楚。饭桌上,傩班八伯一直在兴致勃勃地谈论傩,苏醒无所谓地听着,她对这土里土气的八个人兴冲冲地赴京演出,抱持既隔膜又怀疑的态度。

罗聪明在电话里说演出挺轰动,原定的两场演出又增加了两场。父亲没有误事,他在次日中午醒来,喝下罗聪明事先备好的一大杯浓稠的狗牯脑茶,脑子连同身体就彻底醒转了。大家长舒一口气。父亲愧疚,独自面壁诵了两遍请神词,大家这才稳住了心。晚上的演出,父亲将请神词诵得从未有过的高亢流畅,他们的傩舞也舞得格外威猛灵动,几家报社的记者采访了大伯，还有电视台来录像……罗光明转述给苏醒，她边熨衣服边听着，脸上挂一抹淡薄的笑。

罗光明看看坐在地板上搭积木的罗苏子，再看看表情淡然熨着衣服的苏醒，环视一下与老家的屋宅全然不一样的小而紧凑的屋子，忽然感到一阵恍惚。瞬息间，旧日的影像蜂拥而至，那久违的激越的锣鼓点子仿佛就响在耳边，过往的岁月伸出一根强劲的手指勾触着他的心。也许，该带苏醒和罗苏子回去看看傩舞了。看过烟村的傩舞，他们也许就会爱上烟村，爱上他的老家。

傩班从北京回时，烟村头人吴泉重派人安排了车接傩班八伯回村，车头上挂了醒目的红绸花。罗光明赶到车站与父亲、弟弟匆匆一见，傩班一行个个神采飞扬。罗聪明最后一个上车，回过头交代一句："哥，今年过年回吧，妈和爸年年念叨你们……"罗光明点点头。

烟村傩班的八伯成了远近闻名的人物，方圆数百里的傩班都来取经听趣闻。大伯是主讲，其他在座的七伯时不时插嘴补充。省里几家媒体也派记者采访了，报上登了，电视里播了。罗光明特地拉苏醒和罗苏子一起看那期节目，罗苏子乍一看到序幕里戴着面具舞动的钟馗，满脸惊恐地扑进了苏醒怀里。罗新民率领众人拜神念祈福词时，罗光明指着屏幕唤他："苏子，看，爷爷！是爷爷！"他才从苏醒怀里扭过头来，慢慢地，也看入了神。

有了这番铺垫，苏醒终于答应带罗苏子回烟村过年了。进入冬月，却有消息传来，今年烟村的傩舞舞不成了，傩班要去日本表演。

罗聪明在电话里兴奋得很："大伯可是作为'中国民间艺术家'被邀请去日本的……"他说村里相当重视这事，连县里、市里、省里也被惊动了。省里专门派了几个门类的专家来烟村考察傩舞，在原生态的傩舞基础上编排了一套适合舞台演出的节目，可以让外人在两个小时里全面了解烟村傩舞的历史、仪程、面貌、特点，领略它古朴威武神秘之美。

不过，这事在烟村并非一帆风顺。村民分持三种意见。一种是支持。这是弘扬我们烟村乃至国家的民俗文化，去日本舞一舞，让他们开开眼长长见识。一种是反对。莫说这日本人欺负过我们，血债累累，烟村就遭受过日机轰炸，幸亏藏在深山里头才免遭日军蹂躏。傩班不该去为日本人表演！况且这傩舞是娱我们烟村的神，为我们烟村人祈福禳灾的。几百年了，烟村一直保持着傩面具不在外过夜的传统，上次去北京演出就有很多人不同意，现在居然跑出国去，如果从国外带回些邪祟，怎么向祖辈交代，谁敢负这个责？！再一种是噤声观望，保留意见。

十二个头人开了几次会，最后决定再做一套傩面具。烟村傩舞名气越来越大，以后出外表演的机会越来越多，做一套专门用于演出的傩面具，反对者就没什么好说了。傩面具可以赶制，但傩班的八伯却分身乏术，这可不是紧急培训一下就能演的，最后头人们举手表决，十票对两票同意出国表演，毕竟机

会难得,今年春节烟村老少做点儿牺牲。"

松本惠子是随老师广田律子来中国研究民俗的,她老师迷上了傩舞,连续三年的春节都在这一带的乡村流连忘返,许多乡民都认得了这个胸前挂着相机、留"清汤挂面头"的日本女人,还有她身后那个肤色白皙、一说话就点头的日本丫头。两人着了魔一样在各个村的舞傩现场转悠,拍摄那些神秘的傩舞场景,跃动的缭乱烛火,被烛火映亮的端穆面具,一张张虔诚祈福的脸,漫天硝烟中奔跑的孩子……松本惠子的汉语好,一路充当老师的翻译,和罗聪明有了交谈。

烟村傩班的日本之行,是广田律子一力促成的。此事定下后,她先回日本准备名古屋一年一次的民间表演活动,松本惠子留在烟村负责相关联络事宜,住在罗家。有段日子,两人同进同出,罗聪明负责教松本惠子汉语,介绍烟村民俗,带她去附近村子实地考察。两人骑一辆摩托车,风驰电掣般穿过这一带的山野小径,成了远近村民熟悉的一道风景。闲时,松本惠子教罗聪明学日本话,用当地食材做寿司给二老吃。烟村人偶尔看见罗聪明一个人,就会打趣他:"你的日本媳妇呢?"

这趟日本之行回来,罗新民不只会说"八格牙路"了,还会说"撒有哪啦""欧哈优""空般挖"。松本惠子父母特地请罗新民和罗聪明去家里做客,"日本人那个干净整洁……"罗新民环视一下自家的屋宅,"真是委屈人家惠子了。"

这话吴巧妹可不爱听,去一趟日本回来满嘴都是人家好,这好那好,就瞧不上自个的老窝了。古话不是说:"金窝银窝

不如自己的狗窝!"大儿子罗光明找了个省城的媳妇,四年没回来了,不就是嫌弃自己的老窝。罗聪明若娶了那日本女孩儿,两处的生活环境差别那么大,她能在烟村安安心心过日子?万一哪天罗聪明被她拉去了日本,他们岂不是看个孙子还要跨山越海?不说远的,就是眼前,傩班去了日本,说好的罗光明一家过年回的也没回,吴巧妹将这个不如意也算在了松本惠子头上。她下定决心,绝对不能让罗聪明娶这个日本姑娘。

正月初一那天,家里独剩下吴巧妹一个人,她从箱底里翻出了那件小衣服。小衣服散发着樟脑味儿,看起来簇新簇新的。苏醒怀孩子那年,她本想教媳妇做一件小衣服的,在正月傩舞时给傩神太子穿上,将来孩子也能像他爸一样少病少灾,福星高照。电话打过去,罗光明倒是应诺了,二老天天在家盼,到了腊月二十六等来一个电话,说是岳父心脏病发作,春节身边离不了人,苏醒孕吐厉害,怕路上颠簸受不住,没法儿回了。两老不好多说什么,默然挂了电话。接下来几年,小两口总有这样那样的理由,年年腊月三十的团年饭桌上,只有孤零零的三个人,这年过得简直少滋少味。吴巧妹巴望罗聪明找个烟村妹子,家里半片山坡的橘树留不住他,他总想出去闯闯,找个烟村妹子安个家,也许就能留住他了。她很想身边有个孩子,可以享享天伦之乐。每年正月初一拜神时,她都虔诚地许下这心愿,让小儿子找个称心如意的媳妇。不想,老天送来的却是个异国姑娘。

罗聪明不理会吴巧妹的想法,照样和松本惠子缠磨得火热。他觉得松本惠子比村里的哪个姑娘都好。松本惠子考上北京大学读研究生，罗聪明为她去配了个 BP 机，腰里"滴滴滴"一响，他就跟听到警报似的，赶紧满世界去找电话。

又一年春节，罗光明终于带着一家人回了，不是三个人，是五个人，还有他的岳父岳母。苏醒怕二老独自在家感觉太冷清，又怕有个病痛照顾不及时，而且，二老听说烟村的傩舞被邀请到日本表演了，也想来瞧瞧稀罕。罗光明心里有点儿别扭，这几年都是陪岳父母过春节，冷落了自己的父母，好不容易回来一趟，还得顺着这边的二老。他没和父母透露，只和罗聪明说了。

"哥，没事，就说他们冲着傩舞的名气来的，爸听了一准儿开心，他开心了，妈就好办了。而且，过年讲究个人气，家家都巴不得宾客盈门，他们是城里来的教授，在咱烟村就是贵宾了……"

"话是这么说，怕是家里不好住……"

"家里住不舒坦，我来想办法。"

罗聪明的办法是找他的小学同学葫芦帮忙。葫芦读到初二就辍学了，先是跟着父亲去县城做泥瓦工，没两年就成了一个手艺超群的泥瓦匠，再四年他自己回乡找了几个年轻人组成一个工程队，那阵子城市建设迅猛，遍地是工程，他接活儿不挑大小简繁钱多钱少，活儿做出来还让人挑不出毛病，慢慢有了口碑就不发愁订单了。再两年他将升级成建筑公司的那摊子事甩给一个兄弟打理，自己回到县城开了个分公司，在烟村买下一处有一百五十多年的老宅子,亲自动手,一点点修复,一点点改造,一点点装饰。村人不明白,葫芦离开烟村几年回来,这葫芦里装的是什么药。整一年后,那老宅重新敞开大门,烟村人大吃一惊,它成了一座有着现代化"内脏"、形貌却古香古色的宜居之宅。

一块仿古做旧的木匾"怀仁堂"挂上门楣没多久,村人发现这座老宅来了很多说洋话、金发碧眼的外国人,也有一些气度儒雅的中国人。渐渐地,村人闹明白了,"怀仁堂"是一个宾馆,只是这宾馆与县城那些宾馆标准间不同,一个个带有独立卫生间的房间设施都是纯中式风格,楼下正中厅堂摆着红木长案、官帽椅、八仙桌、博古架、罗汉床、高脚几……走进去,一股古朴清雅之气扑面而来。外国来的学者、游客特别喜欢这里,宁可舍弃县城的豪华宾馆。广田律子每次来烟村都住在这里,她说"怀仁堂"仿佛一个怀旧的通道,连通着烟村的过去和现在,进出之间可以轻易完成时光的跨越。

"怀仁堂"房价奇贵,四平方米巴掌大的房间一晚五百六十八元,可生意奇好,楼上楼下统共八间房,预订得提前一个月。很快,烟村的另两处老宅也被人买下,花了比葫芦高出一倍的价钱。听说这两处老宅是被省城来的商人盘下的,仿照"怀仁堂"也改成了宾馆。

罗聪明与葫芦是穿一条裤子玩儿大的兄弟,葫芦果然不负友情,给他空出房间,优惠价一百元一晚。罗聪明则将傩班在日本演出的底片给了他,葫芦放大洗印装框后挂在了"怀仁堂"四壁。

不出所料，罗新民和吴巧妹得知亲家公亲家母冲着烟村傩舞来的，拿出了让人惊诧的一百二十摄氏度热情。吴巧妹默声不响地将厢房和闲置的空房都收拾清爽了，平素吃用俭省的她，特地托人买了床品四件套，新絮了棉被，备好了洗漱用品、电热毯，连餐具都换了一套新的……腊月二十八那天，罗新民让罗聪明找葫芦借车，去县城接人。不想，接进家门的只有罗光明一个人。

二老喜滋滋地迎出来，愣住了。一问，火车上太挤，老人家心脏有些不舒服，罗苏子晕车，路上吐了几次，现在四个人先在宾馆休息。

"宾馆?"两老一愣，相互望一眼。罗光明也望一眼罗聪明，原来他没和爸妈说。

一顿几年来人气最旺的团年饭，吃得气氛微妙。罗新民和吴巧妹强作笑颜，本来傩班有事，罗新民和罗聪明都特地请了假。饭桌上，苏醒忙着照顾罗苏子，小孩儿复苏得快，又是第一次来到新鲜地儿，疯了一样满院子撒欢，追着鸡鸭跑。城里来的二老，还没恢复精气神，也不知是否饭菜不合胃口，一双筷子拿在手里都不怎么动，面上客客气气，却与主人的热情不相匹配。

不时地，有村民过来打招呼，顺便看看罗光明的城里媳妇和孩子，还有城里来的大教授。在座的人都不得不起身寒暄，一餐饭吃得磕磕巴巴。饭毕，罗新民备了好茶，本想和亲家公把盏闲话的,老人家不及回话,苏醒抢先拦住:"他们今天太累了,早点儿休息吧。"

"是啊,明天看傩,今天早点儿休息,养足精神。"罗光明赶紧补话。往年,二老和他们一起看会儿春晚,也是早早就进房休息了。城里没有封财门、守岁的规矩。

家里重新冷清下来,显得比往年更加冷清。吴巧妹默声收拾一桌碗筷,不觉间含了两泡泪,赶紧抬手擦了。大过年的,落泪不吉利。

罗光明将苏醒和老人、孩子送回怀仁堂,一个人踏着夜色往回走。此时烟村家家户户燃灯敞户,杯盏交错声夹杂着跌宕的乡音在空荡荡的青石板巷弄回荡,多么熟悉亲切的场景,浸润在淡蓝的夜色中仿佛一个梦境。隐隐地,空气中似传来一阵锣鼓点子,罗光明不由得驻了足。怕是幻听,凝神一刻,像是傩神庙方向传来的。他转身往傩神庙走。

远远地,紧闭的庙门间泻出一线光亮。檐下两盏红灯笼像两只小兽的眼睛。锣鼓点子越来越清晰,罗光明的步子不觉乱了节奏,心也像一只不安分的小兽在胸腔里奔突起来。他没有叩门,凑近门缝,迎着一线炫目的光亮隐约看见两个人影子在舞动,其中一个似是罗聪明……

良久,锣鼓声歇。一个人走进视线,是父亲。他在演示动作,略带沙哑的声音,让罗光明有些恍惚。

时光倏忽退远,罗光明变回十来岁的模样。他紧紧地紧紧地贴在门缝边,用一只眼睛竭力望向那团光晕的深处……

1988年

母亲收拾行李时，硬是将那小衣服塞到了行李包的深处。动作藏掖着，罗光明瞥见了，知道是它。年年正月初一拜神和搜傩那晚，母亲会用一根红绳将它绑在他的胸口处，再套上棉衣。新絮的棉衣本就鼓鼓囊囊的，这下越发鼓胀了，让人觉得那是个赘物。

弟弟罗聪明没有这束缚，在一旁起哄，"怀娃啦怀娃啦！"母亲怎么拿眼睛瞪他都压制不住那股疯劲儿。他几步蹿出门去，边跑边大声嚷嚷，一众孩子立刻围住罗光明，争着往他怀里掏摸。母亲交代了，这东西不能散了，不能丢了，这是他的心、他的福、他的运。罗光明虽然不情愿，却也不得不将胸口护紧，躲闪着那些想攻破棉衣弄个清楚的手，直闹得脸红脖子粗。第二年，他再不肯让母亲将那物件塞进怀里了，左躲右避，可最终抵不住他爸一句话、一个眼神、一声咳嗽，还是揣上了。

须得锣鼓点子响起来，孩子们的注意力才会从他身上撤离，被傩班吸引过去。罗光明也追着傩班看热闹，却不敢像那帮孩子在人群里猛钻，那东西仿佛是身体长出的一个瘤子，活瘤子，让他忌惮。

别村的傩舞时断时续，唯有烟村年年舞傩，只是规模有大有小。进入腊月了，风声若松，傩班就大张旗鼓地投入筹备。

风声若紧，就悄悄地张罗。舞傩时段也有长有短，但仪程一样不少，谨遵祖师爷传下来的章法。

罗光明好奇心重，年年跟在傩班后面跑，在家里看着父亲习练，不知不觉对这摊子物事就熟稔了。听见锣鼓点子，胳臂、腿、手指尖儿不由自主地颤动起来，在心里默练舞步、指法。不过，这娴熟藏掖在心里，他不敢张扬。

父亲今年升为三伯。进入腊月后，他天天晚饭后出门，夜深才归家。罗光明没睡沉，在暗夜里竖起耳朵听，他听见父亲对母亲说，二伯在教他"念咒"，罗光明不知"念咒"是啥，再听，原来是背念长长的请神词和祈福词。听父亲的口气，像是件挺荣耀的事情。

可是那年，烟村的傩舞没舞成。

月圆之夜，乌云没顶，将一枚圆月锁在层云之后。有人趁着浑黑摸进了傩神庙。守庙的刚换了新人。原来的老憨头咳嗽声响彻了大半个秋天的日夜，末了躺倒在床的他喷出一茶缸浓黑的血，走了。新来的守庙人半夜惊醒，听见庙堂里有奇怪的动静，他攥了床边的木棍，晃着电筒摸索出来，先吼出一声给自己壮胆："谁？"

庙里静寂一刻，忽听得庙门"嘎吱"一声烈响，他冲过去，只瞧见几条人影往山坡上急窜。他赶忙回身，装傩神面具的箱子从梁上落在了地上，大敞开来。一颗心顿时跳得支离破碎。他想喊，可这深更半夜的，喊有何用，他再不敢睡，持着电筒守在箱子边直到天际吐白，才紧锁了庙门赶去头人吴泉重家。

没一刻钟,大伯、二伯……八伯们都来了,头人也来了七八位,大家面色肃穆,围住箱笼一清点,少了五个面具。一开山、一钟馗、一傩婆、两小鬼。大伯清点完,叹一口气,闷声骂了句。站在庙里的每个人心里都在骂,只是畏着这是傩神庙,没有出声。没了这五个傩面具,今年的傩事泡了汤,谁心里满满都是一包气。

"雕!"吴泉重猛吸一口烟,将半截烟狠狠地摁灭在地坪上。"找最好的师傅。"

接下来的几天,罗光明的父亲白天见不着人影子,晚上人影子见不着,罗光明问母亲,才知道他随大伯、二伯走乡访村,在寻找制作傩面具的高手。吴叔公说了不惜钱,一定要找最好的手艺人。

八伯和头人的嘴紧,不想扫了烟村年节的喜气。临近腊月二十九,消息才在烟村铺开,傩面具被人偷了,今年的傩舞不成了!听到消息,罗光明心里凉了半截,又有点儿窃喜,今年母亲不会把那物件往他怀里揣了。他听说吴叔公去报了案,受理的警察说也是怪了,最近有几个村的傩面具被盗,这傩面具说值钱也值几个钱,说有多值钱却也值不了几个钱,也不知这些人偷去干吗?吴泉重苦笑。

无傩的烟村仿佛丢了魂失了魄,显得时日乏味苍白冗长。没有了鞭炮的硝烟味,空气清荡得让人脚步发虚。没有了锣鼓声,村巷空寂得让人发慌。罗光明觉得,这年节是空前的没滋味，不好耍。

父亲和大伯、二伯去县城瞧孟师傅那天，罗光明悄没声儿地尾随在他们身后。他是前夜听父亲和母亲说的，暗里拿定了主意。罗聪明在一旁发出绵细的鼾声，一条腿还搭在了罗光明身上，罗光明忍住了推醒他的冲动，竭力让自己徘徊在睡眠的边沿。他做了一个梦，和傩有关。他梦见自己待在一个黑咕隆咚的地方，只有两个细长的洞可以望见外面白亮亮的天光。他凑近洞口，顿时被光亮刺得视线不清、神思恍惚。隐隐地，有熟悉的声响传来，那么遥远，仿佛隔了千山万水，他竭力捕捉那声响，身体先反应过来，脚、手不自主地应和起节奏。是傩，是傩！原来他待在一个硕大的傩面具里头，那面具是一个浑圆的整体，他左推右搡也找不到出去的路……

将烟村的水口甩在极远处了，他才紧跑几步跟上三位长辈。父亲正想斥他回去，被大伯拦住了："难得这孩子喜欢傩，出村这么远了，带上他吧。"

四个人辗转换了三种车，终于敲响了孟师傅家的门。一路上，三位长辈都在议孟师傅的手艺，说不是万里挑一，至少也是千里挑一。只是这雕傩面具的少，孟师傅也是第一次，不知能不能让烟村老人满意。

孟师傅的家散发出一股暖人肺腑的木香。走进偏安一侧的工房，居中一个长木案，上面摆着几个尚未雕琢成形的面具木坯。罗光明拿手指量了下，面具木坯有一拃那么宽，一拃再加一根手指那么长。他嗅了嗅，是樟木。孟师傅在给三个长辈解说，按需截取木料后对剖为二，初坯定形后掏空背面，再精刻细部，刮灰涂漆，装饰附件。刚做完初坯，雕出个大致的轮廓，五个面具全部整好至少得半年。

大伯将钟馗的初坯套在头上试了试，眼睛还没抠出，面部混沌一片。可不知为何，大伯一将它举起罩上脸，隐约的锣鼓点子就在罗光明心里响起来。他摇摇头，将这声响晃散在充溢木香的光线中。

后来父亲他们又去看过孟师傅两次，一次比一次颜面轻松。父亲对母亲感叹："一模一样，几乎一模一样！"

烟村傩班将面具请回那天，举行了隆重的开光仪式。家家户户拿出搁置了半年的鞭炮，将烟村笼罩在震天的轰响和浓浓的烟气中。那是一次憋了太久的宣泄，罗光明觉得不输任何一次年节的傩事。大伯在告神环节，说着说着流下泪来。站在人丛中的罗光明，也莫名地潮热了眼眶。那五个面具，他远远瞧着，安置上下两排十余个面具中，竟看不出是新制的，它们仿佛浑然一体，构成庄严神圣的傩神家族。

从那儿以后，傩面具就轮流安放在八伯们家中了。每年傩事结束，八人抓阄，抽中的恭请傩神面具回家，最后的安放仪式就在他家举行。罗光明大学毕业那年，轮到他家守护傩面具，父亲在前，弟弟和七伯担着箱笼，他跟在后面。他揣上了那件小衣服，相比于发育的身体，那小衣服是愈发地小了，分量似也轻了，不再让他觉得累赘。系小衣服的红绳加长了许多。怀揣着小衣服的罗光明，随一家大小举行了庄重的安座仪式。他似乎第一次感受到了仪式沉甸甸的分量。

那一年，罗聪明当上了八伯。罗光明站在看傩的人群中，望着手舞足蹈的小鬼，心里挥之不去一股怅惘，如果不是他考学出去，此时舞之蹈之的，恐怕是他了。

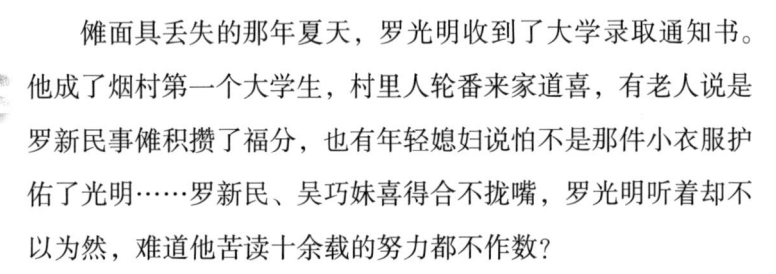

傩面具丢失的那年夏天，罗光明收到了大学录取通知书。他成了烟村第一个大学生，村里人轮番来家道喜，有老人说是罗新民事傩积攒了福分，也有年轻媳妇说怕不是那件小衣服护佑了光明……罗新民、吴巧妹喜得合不拢嘴，罗光明听着却不以为然，难道他苦读十余载的努力都不作数？

临行，母亲悄没声儿地将那件小衣服塞进了罗光明的行李包。他瞅见了，没言语。夜深，他悄悄爬起来，从行李包深处翻出那物件，塞回到箱子深处。他听见罗聪明翻了个身，很快发出了绵软的鼾声。他不想被同学嘲笑他带了个这么古怪的东西。在烟村，它是神圣的。出了烟村，它就是封建迷信的象征，是土得掉渣上不得台面的"四旧"。

在跨出村口的那一刻，他心里有过一丝后悔，也许将那物件带上也没什么，至少会让母亲心安。可是，他只犹豫了一下，就头也不回地向前走了，外面有那么阔大的世界在等着他。

秋深，适应了校园生活开始想家的罗光明收到弟弟的来信，其中汇报的一件烟村大事是盗傩面具的家伙被抓住了。几个盗墓贼，想捞点儿钱过年，他们在后山上连挖了几个坟，没啥收获，其中一个想起烟村的傩舞出名，传说那些面具有好几百年历史了。好几百年的东西算是古物吧，几个人临时起意摸下山来……人是抓住了,事也供认了,傩面具却没追回来,说是两百元卖给谁,那人又卖给了谁谁,那谁谁又卖给了谁谁谁,是个早已不知去向的外国人。村人无法,好在五个傩面具已经归位,看起来威武端正得很,尽管少了时光浸润的那股子气息。罗聪明在信末写道:这些人真是想钱想疯了,什么都敢盗卖,也不怕神灵怪罪。刚刚学了大学政治和哲学被唯物论武装了大脑的罗光明,看到这一句不以为然地笑了笑。

罗聪明还在信里说,刚立秋,村人已经在翘望正月里的傩舞大戏了。你回吗?

罗光明不打算回,他留在省城勤工俭学。他知道为了他上学,父亲借遍了亲戚朋友,欠了很多债。他去工地上搬砖,一天八元工钱,晚上加班每小时一元,每天累得回到宿舍连洗脸的力气都没有。二十天,他赚了一百九十四元。

腊月二十八那天,揣着刚领到的一百九十四元工资,罗光明给吴泉重家打了个电话。吴家装上了烟村第一部私人电话。电话刚接通,他就听到了那遥远又熟悉的锣鼓点子,"梆咚、梆咚、且、嘎、嘎嘎、且……"

这是《傩公傩婆》的锣鼓点子。

一瞬间,一股热流淹没了他的视线,也消融了他的喉管。握着话筒,罗光明一个字也没说出来。

1978年

"骡?葫芦家养的骡?"

父亲罗新民听了摇摇头，笑容真实又恍惚。"困难的难字你会写吧，左边加上个单人旁，就是傩字。十年前，你爸第一次舞傩。今年，是你爸第二次舞傩。"

"十年？舞一次傩要等十年？"

父亲抿抿嘴，用鞋底踩灭烟头，一缕烟从鞋底飘出，"嗯。"沉默一刻后，父亲说书一般，给罗光明讲起一段关于傩的旧事。

"那年，是你爸第一次舞傩，还特地为你跳了《傩公傩婆》……"

"我怎么不记得？《傩公傩婆》？"

"那时候你还在天地间巡游呢。《傩公傩婆》，今年舞傩的时候你就能看到。那年周围几个村的傩面具都被人砸了……"

"为什么被人砸了？傩面具是戏脸壳吗？"

"傩面具啊是戴在脸上跳傩舞用的，是神灵的象征。它比戏脸壳厚、重，木头做的。咱们烟村祖传下来的傩面具有十三个，那可是咱们村的宝贝。那年很多村的傩面具被人砸了，说那是'四旧'，是不好的东西。当时你的吴叔公把头人们召集起来让大家投票，七票对五票，那年你爸就第一次舞上傩了。你爷爷也舞了大半辈子傩，他三十岁进傩班，从八伯到四伯，一直舞到他病倒那一年。你爷爷突然一头栽倒在田里，在床上昏睡五天五夜，临终前突然睁开了眼睛，对我含含糊糊吐出一个音，傩。我知道他的心思……"

罗光明张张嘴想问，终没问出来。信息量大得他啥话也问不出来了。他抬起宽大发亮的额头,睁大眼睛一眨不眨地盯着父亲。

"我成了傩班的八伯,从最基本的学起。那年的傩事进行得比预想的顺利,可到了最后一夜还是出了岔子。那夜是搜傩,紧接着圆傩。傩班在咱家跳过后,出门没多久就听到村头传来一串鞭炮声。那天晚上咱们烟村的鞭炮声可是接连不断,整个村子弥漫着呛鼻的硝烟味,在我听来这一串响没什么稀奇,可大伯、二伯停住了脚,他们凝神驻足,接着传来两声清晰的火铳响,也是从村头传来的。大伯啥话不说,从四伯、五伯头上取下开山、钟馗面具,又抱住傩神太子,扯上我和六伯就往后山上跑。我当时蒙了,这是唱的哪出戏,我们搜傩才搜了一半人家,前面的人家可翘首等着呢。顾不上问,我两只手捧紧头上的面具,高一脚低一脚跟着大伯往山上跑。心怦怦怦直撞胸口啊。

"灯火越离越远,山路越来越黑,压根儿就看不清山路啊,我们在乱树杂草中浅一脚深一脚拼命往山上跑。我怕面具跑掉了,取下来紧紧抱在怀里,心里大致明白了,应该是头人们担心的'狼'真的来了。我们跑到半山坡上,大伯一声'歇',我们这才刹住脚步。三个人找石头坐下来,大伯不坐,半蹲在石头上,冲着村子的方向。他取出烟袋,点燃,吸了没两口,往石头上磕几下灭了火。三个人静静地待在黑暗里,只听得见彼此的呼吸声渐渐平缓下来。村里的鞭炮先是变得稀薄、零星,最后寂了声。那晚我们一直待在山上。我和六伯熬不住靠在石头上睡着了，等我们睡了一觉睁开眼，看见大伯还稳稳坐在石头上，朝着村子的方向，两只眼睛里卧着两星光亮。直到天蒙蒙亮，大伯才派我下山去探探村里的情况。

"晨风将鞭炮碎屑赶得满地乱跑，村子好像浮在一层飘忽不定的碎红上。村人都归家了，村巷显得安详宁静。我不放心，本想去傩神庙看看，想想还是拐回了家。你妈听见门响赶紧起来开门，她一夜都没合眼，那晚村里发生的事是她告诉我的。

"来的一伙人看起来二十来岁，有的面相稚嫩得还像个娃娃。领头的一个，唇上一圈柔软的胡须，穿一件军大衣，胸前挂一个碗口大的毛主席像章。那像章随着他不断在空中挥舞的手臂，不时地在暗夜中闪烁一下。'远近百里，就剩下你们烟村还在偷偷地跳傩，你们这是顽固不化！毛主席说这是"四旧"，你们难道不听毛主席的话?！赶紧将傩面具交出来……'

"无论那伙人怎么问怎么说，村人都保持沉默，在黑夜中站成一圈黑魆魆的墙。这是你吴叔公早在傩事开始前就交代好的，由各头人、傩班弟子分别传达到各家各户。这是烟村人在这个冬天订立的不约之盟。

"这伙人只找到舞傩现场的一只小鬼面具，装面具的整只箱笼都不见了。他们闯进傩神庙，四处翻找一通，一无所获，原本挂在傩神庙驻守的开山面具，也被守庙的老憨头趁乱藏了起来。这伙人咋咋呼呼地闹了一通，村人毫无反应，只是面无表情地望着他们。穿军大衣的小子见实在搜不到什么，最后将小鬼面具摔在地上,用带来的一柄斧子当着村人的面将它劈碎了……

"那伙人终于在夜半时离开了,头人们担心他们会杀回马枪,在村头村尾安排了人守夜。这一夜烟村人都没睡踏实,个个耳朵支棱着。这一年的傩事结束在咱家搜傩之后,你很幸运,有傩神保佑你来到人间。那年的圆傩仪式没有完成,那个得在烟江江滩边进行。大伯从山上下来后,悄悄带领八伯,和头人们一起在傩神庙完成了最后的仪式。那是正月十七的深夜。大家聚到傩神庙,关上庙门,一丝不苟地按照仪程,将面具一个个收进箱笼摆好。那只箱子后来由你吴叔公藏起来了,谁也不知道藏在哪儿了……"

罗新民默声一刻,罗光明才回过味来,"吴叔公到底将那些傩、傩面具藏哪儿了?今年能舞傩吗?我能看到舞傩吗?!"

"能!那些面具啊被你吴叔公藏在一个山洞里了,前天我们刚把箱子取出来,你吴叔公细心,放了很多吸潮防腐的东西,每年都去看看,这些面具保存得很好。你爸啊,今年当六伯,跳开山……"

虽然不太明白父亲的意思,但父亲的表情罗光明瞧得真看得清,他竖起两根手指头,在空中晃了晃。

箱子底放着一件奇怪的小衣服。每年总有一次罗光明会看到它。它被母亲从箱子深处拿出来,古式的对襟花锦衣,罗光明七岁时比试过,和他的上手臂加手指一般长。小衣里有个鼓鼓的东西,罗光明隔着锦衣摸啊摸,猜不透那是什么。母亲从不让他打开衣襟来看,说一旦打开看了,福运就会逃走。从罗光明有记忆的时候,母亲就这么说,一遍又一遍,渐渐长大的他也就泯灭了看一看内里的心思,只是按照母亲的吩咐,将这件小衣服塞进棉衣里面,贴近胸口的地方。母亲帮他将小衣服端正地放好,再用一根细红绳将它和罗光明的身体"结合"在一起。罗光明揣着小衣服跟随大人们去傩神庙敬香祈愿。他或站或跪在大人身后,胸口那儿鼓出一团,仿佛揣着一个饱满的秘密,这秘密在无形中加重了仪式的庄严感。

拜完诸神,母亲不让他撒丫子去玩,而是先牵他回到家,解下小衣服,重新放进箱子里。

奇怪的是,这小衣服,弟弟没有。罗光明还专门问过葫芦,他也没有这样的小衣服。虽然嫌小衣服累赘,但罗光明对葫芦的回答还是很满意的,"如果每个人都有的话,那就不是属于他的宝贝了"。

这一年烟村的气氛和往年大不一样,有一种新鲜的东西荡漾在空气中。傩,似乎无所不在,在大人们的闲话里,在孩子的打闹里不时地冒一下头。大人们镇日忙忙乎乎,孩子们少了管束撒丫子四处乱窜,个个都知道今年要舞傩,不知就里地憧憬着。和罗光明一般大或者小些的孩子都不知道傩是个什么东西,罗光明仗着父亲告诉他的那段旧事,时常被孩子缠着叫他讲"傩"。

今年家里备下的春节吃食也格外丰盛,梁上的腊肉、檐下的苞谷都有了非同以往的阵容。弟弟罗聪明嘴馋,母亲将吃食高高置在梁上,两兄弟只有眼馋的份儿。于是,对傩事的期待里又添加了对食物的馋意。

冬至过后,父亲就经常在夜里出去了。罗光明想跟着,父亲不让,母亲也拦着:"你爸去传习,你莫添乱。"罗光明知道这事和傩有关。一次,他趁母亲不注意偷偷跟着父亲溜出家门,随他穿巷绕弄,看他进了吴叔公的家门。吴叔公家在一个高头窄脸的木门后面,高高的马头墙,罗光明附耳在木门上听了一刻,啥也没听见,悻悻地回了家。

终于熬到正月初一。罗光明前夜守岁快天亮才上床,眨眼的工夫母亲就叫他和弟弟起床了。两人没有赖床,一骨碌爬起身。母亲从箱底翻出了那件小衣服,给罗光明塞进棉衣里,妥妥帖帖地安好,再用细红绳系上。弟弟在一旁眼红地看着,又一次问:"妈,我怎么没有?"

"你没赶上?"

"我没赶上啥?"罗聪明不依不饶地问。其实,这话每年都重复一次,可他照样追问个不休。"你没赶上你哥那趟船啊!谁叫你来晚了。"母亲笑着忙自己的去了。

罗聪明想摸小衣服,罗光明不让,紧紧护住胸口。罗聪明越想,他就越不让摸。两人闹成一团,这一幕也是每年上演。

父亲一早就出了门。罗光明见到他时大吃一惊。父亲不同往日,穿着红底满花的衣裳,戴着绿色的长袖套,头上包裹着黄色头巾。他站在几个同样装扮的人中间,大声叫"光明、聪明",兄弟俩在原地瞅了半天才认出他来。罗光明回过神,看出来和父亲一样装扮的都是村里的叔公叔伯。这一定是跳傩的衣裳了。

忽地心口一热,心念一动,紧紧贴着他胸口的那件小衣,好像和这服装有某种隐秘的联系似的。罗光明呆呆地站在那儿看了一刻,想了一刻,一回头才发现身边空了,弟弟早蹿到人群里去了。母亲从人群中将罗聪明提出来,叫上罗光明,一起进傩神庙敬香。

傩神庙里香息如雾蒸腾,人进人出熙熙攘攘、挤挤挨挨。罗光明脑袋胀胀的、晕晕的。神台似与往日也大不一样,高耸的红烛和跃动的烛火背后,安放着很多他从没见过的戏脸壳,这就是父亲说的傩面具?夸张的眉眼和表情,不知是否烛火闪烁不定的缘故,在罗光明看来,都齐齐地瞪视着他,有的满面含笑,有的威严怒目,直看得罗光明的心怦怦怦激跳。他赶紧俯下头,随母亲跪在神台前,双手合十。母亲久久不动,他用余光瞥见母亲的嘴唇嚅动个不停,在一片喧声中什么也听不见。她一定是在祈祷。罗光明忍不住再次抬起头来,发现神台上有个奇特的小人儿,和那些成人化的面具不一样,它有着孩子的面容、小小的身量,而且它是唯一有完整身子的,尽管那身子藏在小小的合体的锦衣后面。忽然地,他想到了自己胸口的小衣服,这衣裳似乎是合适那个小人儿的……

正琢磨着,母亲碰碰他,他赶紧磕了三个头,每个额头都碰到蒲团。从傩神庙出来,母亲没有走的意思,将他俩紧紧拉在身边。罗光明在人群里四处寻找父亲的身影。耳朵猛地一震,一阵鞭炮的烈响,接着是几声铳响,耳朵仿佛被震麻了,整个身体却兴奋起来,不禁发出啸叫,融入一片仿佛可以掀动天地的欢腾中。

身边一股疾风。一扭头,几道红影子从身边蹿过,原来是和父亲一样装扮的三个红衣人疾奔而过,罗光明正想看清楚有没有父亲,三个红衣人一亮相,接着又疾奔回傩神庙。人群顿时向傩神庙拥去,罗光明顾不得弟弟和母亲,人群里一阵猛钻,锣鼓点子越来越近,再抬头定睛时,已到了人群的最前沿。这时他才看清,三个红衣人都戴上了面具,随着锣鼓点子时而定格,时而跳跃……

红红的烛火仿佛烤热了每一张脸,烤热了眼前的一切,让一切都带上了蒸腾浮动的质感。罗光明瞪大眼睛,在身后人群的涌动中努力保持住平衡,不错眼珠地看着在眼前舞动的三个红影子。父亲说他今年跳开山,他不知道哪个是开山,那个拿着斧子的似乎像,他在罗光明跟前儿跳动着,还凑近他,面具眼窝深处那双幽幽的眼睛紧紧地盯着他。是父亲吗?罗光明在心里轻轻地问。他的两只手不由得攥紧,攥出了满手的汗。罗聪明也从人群里钻了出来,一把拽住了他的胳臂。兄弟俩靠在一起,相互倚护着,随着人群大声地喝彩。

原来这就是父亲说的舞傩。罗光明仿佛跋山涉水走了很长的路,终于抵达了目的地,满身心有种奇妙的疲惫和满足。他终于明白了父亲为什么用那样的表情和语气和他说起傩。那舞动的身影,有着和烛火一样跃动的形态和灼热的温度,正将他的身体他的心点燃。

随后的十多天，罗光明一直紧紧跟随着傩班的脚步，将烟村的巷弄踏了几个来回，又跟着傩班去了水村、土村和玉村。他见识过傩班在深夜里的疾奔，那非凡的速度，见识过一场又一场相似的舞蹈，却还是如第一次看见时那般震动与惊奇。他知道了手拿大斧的是开山，双手挥动铁链的是钟馗，知道了那个可爱的小人儿是傩神太子，憨态可掬笑容满面的是傩公傩婆，赤面挥刀的是关公……

那年冬天，成为罗光明有记忆后最难忘的一个冬天，仿佛直接刻进了大脑沟回，又随着年轮的递增不断加深……

1968年

丁未年小雪过后，田野一日比一日萧瑟。这一时节阴阳两气上下离分，阳气升入空中，阴气沉入地下，留下空荡荡的人间。万物敛息入眠，唯有严寒像一坛酒，在天地间发酵，一日比一日浓酽。烟村的一排排橘树干被捆上了草秸，仿佛打着绑腿的士兵，擎着戈戟戳向白亮亮的天空。

秋天打着旋的风平实了，暗里却添了劲道，每刮一宿，烟村就仿佛瘦去一分，气力松散一截。这一阵，空气紧绷，箍得人的表情不得舒展，烟村的十二个头人仿佛齐齐被人拧紧了眉心。

消息曲曲弯弯地传进烟村，远近有几个村的傩面具被人砸了。隔壁的云村本来有十三个傩面具,一度被人偷走,找烟村借去重刻了一套,前日下半夜,一伙人突然闯进傩神庙翻箱倒柜,将面具尽数砸得稀烂,片甲不留。看守傩神庙的老人心疼得直号,也没能保住这些面具。

云村和烟村呼吸相闻,这一消息仿佛一记重锤,连表面强作镇定的吴泉重也坐不安稳了。

他一个招呼,当晚吴姓头人们都来了他屋里。众人散坐在堂屋内,女人沏好茶自觉退出去,摇曳的烛光将一道道凝重的墨影堆叠在屋顶、地面和四壁上。不一会儿,屋里就被烟气填实了,谁也不开口。

吴泉重吐出一口浓烟,重重咳一声,说:"今天找大家来,是商量下今年这傩还舞不舞?"

"舞!怎么不舞?那都是嘴角绒毛没长硬的浑小子干的,他们对傩没感情,咱们村不会出这样的败家子……"

"我看,悬!不是上头发话,他们敢动祖宗传下来的几百上千年的宝物?我听说,中央讲这是'四旧'……"

"啥四舅五舅的,哪个文件明确说了傩是'四旧'?我看现在的年轻人越来越不懂规矩了。如果不跳,明年咱们日子咋过?……"

吴泉重将烟斗在半空中一摆,头人们安静下来。"我打听了,现在从上到下都闹得凶,听说大城市已经闹过好一阵了,东西砸了不少,至于咱们这傩,说起来是个玩趣,只在堡里耍耍,年节舞舞,为的是祈福禳灾、风调雨顺、平平安安。也不知道这阵风会刮多久,反正现在还没刮到咱烟村,明年咋样就不好说了。今年这傩舞还是不舞,大家给拿个主意……"

又是长时间无人说话。末了,吴泉重让大家投票,赞成"舞"的举手。半空中竖起了两只手、四个烟斗,吴泉重郑重地数了两遍,然后举起了自己的烟斗,"七票,舞!"

这消息在第二天一早传达到了大伯叶永福那儿,又通过他分别传达到二伯、三伯、五伯、六伯、七伯、八伯。四伯在今年春上殁了,这意味着傩班要新进一个八伯,同时五伯之后的顺序进位。"既然头人们说舞,我们就照常舞。如今风气不同从前,不知还有没有人愿意进咱傩班,先放消息出去,该准备的大家抓紧。"

从这以后,每周有一个晚上,傩班的七人就聚在一起传习、训练傩舞。地点在大伯家,人一到齐关上门窗开练,这是头人吴泉重特地交代的。按规矩大家做了分工,大伯年已八旬,气力有些不济,秋来身子一直不舒坦,主持仪式就交给二伯。主跳的是五伯、六伯、七伯,二伯和三伯分别掌鼓、锣,实在忙不过来,大伯可以掌鼓。只是八伯还没落实,眼见年关一天天挨近,毕竟是新人,也不知今年跳傩能不能指望他。

消息放出去一周,有人来找大伯了,是四伯的儿子罗新民,小名笋篦。原来四伯临终前交代了他,他一直在等傩班的动静,加上外面不太平,听到消息后徘徊了两日,终是来了。他自小看父亲跳傩,看了近三十年,算不得门外汉,心里也喜欢,当件事儿敬着。大伯悬了多日的心落下来,眉眼间不由得添了欣喜。

于是，传习增加为每周两次，教授重点落在八伯身上。二伯主授，从傩的历史讲起，再到舞傩的仪式和基本手势、步伐、节奏、锣鼓点。烟村的傩舞只跳不唱，俗称"哑傩"，动作的表现力须得到位。遇到不妥处，坐在一旁的大伯就亲自演练一回。

箩筐人看着木讷，演傩却灵，原也是年年在傩的气息里浸润长大的，一经点拨记忆就纷纷苏醒了。那锣鼓点子也是奇，一入耳，心就仿佛被牵动了，双手不自觉地敛了香火诀，身子也随着节奏颠动起来。

吴泉重偶尔来看看，眉心依然不见舒展。头次来时，他附在大伯耳边嘀咕一两句，大伯击鼓的劲儿顿时敛收几分，鼓声弱下去。三伯会意，锣音也相跟着减弱三分。连堂屋里的烛影也仿佛明白了众人的心思，一时间飘忽起来，将一伙人罩在一股隐秘的气氛中。

动静不能大，才能保证今年傩事顺顺利利进行。烟村的家家户户也仿佛得了令，默无声息地做着准备，在外人面前一言不吭，有人问起都支吾而过。一股劲儿在暗地里攒着，表面看来烟村蔫头耷脑，丝毫没有往年迎春的喧腾景象。

说起来，烟村的历史有近千年。吴家祖辈于南宋年间迁来此地，在烟水岸畔扎根落户，取名烟村。自宋代，烟村出过庠生百人。现在繁衍成两百六十户人家，有两百三十六户姓吴，一条枝蔓衍生出来的，心齐得很。跳傩的八伯来自余下的二十多家杂姓,最短的在烟村也待了有三代。烟村的和睦不是虚传的,更何况大事跟前儿,自然马虎不得,懈怠不得。

以防万一,一天夜里,装有傩神面具的箱笼被悄悄架上了傩神庙的梁间,不知情的人断难发现。这秘密只有吴泉重和大伯、二伯、守傩神庙的老人知道。这些都是上年头的古傩,不能轻易毁在一帮浑小子手里。

烟村的傩舞有文字记载的历史逾五百年。明末年间,村西吴家外出为官者解甲归田,顺便带来了宫廷的傩舞,自此烟村谨奉古傩规制,年年虔诚上演,代代相传。烟村的傩舞,古风犹存,朴拙刚劲,被村人视作保佑来年平安、兴旺的神圣仪式。曾经,也因战乱兵燹或天灾人祸中断过傩事,没有例外的,来年烟村必定人衰气弱,一派萧瑟景象。一旦傩班克服一切艰难,在年节完成舞傩仪式,来年的烟村就会渐渐恢复生气,仿佛衰竭之人重获新生……

时光的叠映不断加深着烟村人对傩事的信奉。年复一年,他们以全身心投入到这一场持续十来天的盛事中,仿佛进行着一场集体狂欢。

箩筐入傩班还为一桩事。他媳妇前月刚娶进家门,家里都盼着她早点儿生个男娃,还没入冬箩筐妈就催着她做了一套傩仔装和鞋帽。依烟村旧俗,凡是想生男娃的新媳妇都要做一套傩仔装,在春节舞傩时给傩神太子穿上,待傩事结束再取回家,祈愿自在其中。罗家笃信傩,箩筐的爷爷舞了一辈子傩,传给他爸,他爸又舞了一辈子傩。他们相信,舞傩之人与诸神最为亲近，自然所得福慧也多，惠及子孙。

今年的傩事与往年有所不同。往年，到了腊月三十清早，傩班的八伯就来到了傩神庙。八个人包括参加仪式的头人们都提前净了手净了身子，众人围在神台前，由八伯们将封存在箱笼中一年时光的十三个傩面具取出，按照位秩挂在傩神太子的神台上。香烛次第点燃，傩神庙笼罩在暖融融的光线中。从这一刻开始，傩神庙里将香雾缭绕，烛火不熄，络绎不绝的祈愿者会在神台前絮絮诉说自家的心愿。

可是今年，吴泉重和八伯照例来到了傩神庙，点上香烛，众人站在神台前，由领头的吴泉重双手合十，领首向傩神太子说明一番。他声音低弱，站在身后的人都无法听清，可众人都知道他说的是什么。礼毕，众人聚拢合议几句，出庙分头而行。

一夜宁静，却无眠。

次日凌晨，蓝黑色的远山还隐没在暗灰的天光中。几户人家的灯火次第亮了，轻悄的脚步声穿过烟村窄而密集的巷弄，踏破地面的薄霜和浅雾，聚集到了大伯叶永福家。

八人到齐，排一长溜队形默然无声地往傩神庙方向走去。天色还昏昧着。到庙口，吴泉重和头人们也到了。众人在神台前站成几排，依然由吴泉重领头鞠躬，言说几句。八伯们合力取下藏在梁上的箱子，将十三个面具一一取出挂上神台。大伯率众行礼，礼毕出来，头人们各自回家领家人来傩神庙烧新年的头道香。八伯们一起走回大伯家。

吴泉重和头人们排了个班,各家出人头,选年轻力壮的汉子负责轮流守护傩神庙十六个日夜,直到傩事结束。

今年轮到大伯家供饭,女人鸡叫头遍就起来忙活了。早饭时间比往年提早了两个小时。八人按位次坐好,个个面容端庄肃穆,不再打趣言笑,大伯将指尖浸入酒中,再弹向空中,如是者三,此为谢师。

众人依次相跟,笋筐也照着几位师兄的样子做了。这一环节他还没经历过,举手弹向空中的一刻,他的身体蓦地绷紧了,血液在内里汩汩地流窜着。

饭间,众人谨守"不得心三口四"的规矩,埋头扒饭,只听得轻微的碗筷碰触声。快吃完时,门外传来鞭炮声,先还稀落,紧一阵歇一阵,渐渐地,稠密起来,一串轰鸣叠压着一串轰鸣。全村的人都在往傩神庙赶,一家一户地烧新年的头道香。

今儿个,除了这一桌围坐的八伯们,烟村的家家户户男女老少都吃素,以示对神灵的敬畏,这样他们的心愿才可能被神灵们聆听并护佑。八伯们例外,他们从今天起将化身为神灵,引领烟村人进行一场长达半个月的耗费体力和心力的狂欢。

搁下碗筷,八人再次净手,鱼贯而出大伯家,鱼贯而入傩神庙。大家换上红底大花布傩服,戴上绿袖套,裹好黄头巾。从神幔后请出傩神太子,为傩神太子换上信士做好的新衣,笋筐亲手给傩神太子套上了他媳妇做的那一套。

一层又一层。傩崽穿上了七件新衣,领口处层层叠叠、五彩缤纷。

忙妥，进行"起马"仪式。八伯们站成三排。吴泉重手举圣筶，略一提气，朗声诵起《傩神太子鸣辞》，声音略带些沙哑，却更显肃穆庄重。头人和村民簇拥在周围，大人们屏息而立，孩子们却免不了笑闹，在人群中穿进穿出。有一岁多的娃娃被大人抱在怀里，一双亮晶晶的眼睛紧盯着神台上跃动的烛火。辞的大意是请各路神灵，无论远近，一起前来烟村，保佑烟村子民来年风调雨顺，家家户户清吉安康。

念完最后一字，大伯代表傩班汇报今天跳傩的地点，判筶卜问神灵意旨。

两枚木筶"扑棱棱"落地，蹦一下，躺成一正一反的阴阳筶，卜成。

八伯们迅速将面具收进箱笼，独留下一个"开山"挂在柱子上"看庙"。敲着锣鼓开始巡游村中各处庙宇，先拜老庙，那里原是傩神庙旧址。再按顺时针依次拜过村中大小庙内的神位，向各位神灵请示后才开始正式的跳傩。

吴姓祖辈安寝之地有两处，烟村人称之东寝地、西寝地。每年正月初一，傩班只跳两场傩，就是分别在这两地跳的，告慰在天上注视着后人、荫庇着后人的祖辈们。

这一天，箩筐没有上场，他除了担箱笼，就是帮着打杂，顺带着看看师兄们如何跳傩。开山的独舞，判官与小鬼的对戏，傩公傩婆憨态可掬的对舞⋯⋯那在空中顿挫有力的香火诀，时而迅疾时而舒缓的步伐，仿佛应和着心跳的锣鼓音⋯⋯

没有跳傩的他不觉也出了一身透汗。待锣鼓息声,傩面具送回箱笼,箱笼回归梁上,八人行过"下马"礼出傩神庙,各回各家。箩筐迎风而行,燥热的脸颊被一股清风冷吹拂着,竟有酣畅淋漓之感。

接下来几天是在本村人家跳傩。往年过了初十,傩班会到外村去跳几天傩,烟村傩舞名气大,临近村子都想沾点儿福气,可今年吴泉重和头人们一致意见,只在本村跳,以免节外生枝。于是,傩班破例歇了几日。这几日箩筐一早起来在家坐也不是站也不是,锣鼓点子隐隐地响在耳畔,像一根勾人的手指往外拽扯他。稍一恍惚脚踏出了门,走几步才想起来,今天无傩事。

初十那天,大伯让他上场了,跳傩婆。面具壳子一戴到脸上,整个人仿佛高大强壮了,他见过的傩婆的笑模样在心里晃。傩婆的步子不复杂也不激烈,小碎步居多,慢慢悠悠和傩公对舞,他听见四周传来笑声,隔着面具壳子听起来有些遥远,仿佛并不真实。正怀疑着,又一拨笑声传来,面具壳子里的他也笑起来,脚步更加轻盈。一场跳下来,大伯轻声说一句"不错",箩筐的脸顿时乐成了一朵花。就是这么舒缓的步子,身子也跳暖了。跳过五户人家后,汗就浸透了内衣,可不觉累,动作越跳越欢实,越跳越娴熟。

连歇了五天,终于等到傩事中最盛大的一夜到来了。正月十六,在本村"搜傩"。往年很多别村的人会在这天晚上来烟村走亲戚,为的就是看傩。但凡有客的人家都会大大方方地在家门前摆上几桌、几十桌流水席,招待这些来看傩的"上面人"。今年却如意料的少了。听说今年还坚持跳傩的就只有烟村了,头人们和傩班八伯的心日日悬着,晚上也难以睡沉,屋外稍有点儿动静就立刻警觉地惊坐而起。好在傩事将尽,只剩这一晚了。

吴泉重在村头、村尾各安排了两人,万一有什么动静,一人负责周旋,一人赶紧点一挂鞭炮,再放两响火铳。

这一晚,傩神庙的烛火也仿佛感应到,案上十多根高高粗粗的红烛飘举着一指高的火焰苗子,将傩神太子俊朗的白脸映成暖红。香息漫出庙门,四处铺散开来,在村口都能闻得见。挤挤挨挨的人群簇拥在一起,一张张被白酒、谷烧酒催热的脸膛情不自禁地笑着。庙门外,头人们早安排人将几十只火铳和成串成串的鞭炮铺成了阵势。

仪式主持人自然是吴泉重,他表情肃穆,口中念念有词,傩班八伯跪在神台前,面对神龛上的面具行三叩九拜庄重之礼,执木筶问卜,掷了三次得阴阳筶。大伯二伯拿着酒壶给其余六位斟酒,饮一口,拜一拜傩神。大伯冲门外高喊:"帮的,吃骑马酒了!"三伯以下弟子各说一句吉利话,"各位其事,前师付后师""开山、大伯,一代传一代"……担任搜傩的弟子含一口酒,鼓起腮帮子,将酒喷在圣像上,意在使之光亮有神。

一声炮响之后,火铳夹杂鞭炮声震地而起。铿锵的鼓声似要被吞没,却又顽强地在一片喧声中坚挺着,发出有节奏的声响。

孩子们蜂拥向庙门外。忽然,身边旋过一道疾风,一回头,身穿红花傩服的八伯们从身侧奔过,速度快得让孩子们来不及合拢嘴。还没等他们回过神来,身侧又是一道疾风,一抬头,戴着面具的开山、钟馗、小鬼杀回来,冲开烟雾,嘴里发出"傩、傩、傩"之音,跳跃着奔进了傩神庙。

锣鼓密集,烟雾呛鼻,开山和钟馗分别举斧头和铁链绕过头顶,铁链发出铮铮的响声,一阵舞之蹈之,鬼疫被俘获。三人将面具推上头顶,恢复凡俗面目,回归平凡肉身。傩班八伯再次聚在神台前,齐声高喊《拜饭诗》。

火铳、鞭炮又一次轰鸣,这声响足以将烟村渊深处的一切鬼祟炸醒。傩班风风火火而出,按照初一路线去村中各个庙宇参神。火把划破黑暗,扛铳的紧随其后,放爆竹的,挑桶的,敲锣的,打鼓的,还有开山、钟馗、小鬼,空着两手的大伯、二伯殿后……一行人步伐急促,伴着鞭炮和"傩、傩"的吆喝声,奔行在烟村狭窄的巷弄中,奔向被烛火穿透脏腑的黑暗里。

溯至村东,挨家挨户的"索室驱疫"开始了。

今晚,烟村家家户户灯火通明,村民们对跳傩路线早熟稔在胸,在厅堂供好了"三牲傩饭",掐着时间点还没等傩班切近,一家大小手持线香已在屋门口虔诚等候。站定不一会儿,锣鼓点就越逼越近了,傩神太子先被主人迎进家门,傩班八伯依次而入,先在门外唱赞诗歌,接着开山、钟馗、小鬼风一般旋进堂屋……程式是一样的，唱诗却是量身定做，表达不同的祈愿。

在箩筐家，特意加跳了《傩公傩婆》。箩筐跳傩婆，三伯从他手中接过傩神太子，将傩神太子下体的塞子打开，往新婚床上滴几滴酒。那傩崽早在郑重的仪式中装上了"心祠"——那是用红布条包裹的一捧沉红，里面装有写着烟村男丁姓名及生辰八字的锦纸，还有五谷、锡管、丝线、海马和中药糅合一体的"脏腑"，经香火熏炙，经处士开光后装入傩崽体内。有了"心祠"，樟木制作的傩崽在人们的意念中，就成了拥有血肉的活生生的神灵，而不再是抽象的象征、空洞的物件。

二伯带领箩筐一家老少，手持线香，跪拜在地，向供桌上的傩崽行礼。人们在心里默默祷告自己的心愿……

酣畅淋漓的一天，开启的将是酣畅淋漓的一年。心愿美好，尽管平平仄仄的日子等在前路。

次夜，完成平生第一场傩事的箩筐，亲眼看见媳妇将从傩神太子身上取下的装了"心祠"的小衣放在枕头下。他将媳妇压在身下，满怀蜜意地酣畅淋漓了一回。于是，一粒种子在她的身体里种下，十个月后结出了一枚果实，名叫罗光明。